薄田泣堇散文精品选

旧都的味道

（日）薄田泣堇 / 著
陈德文 / 译

百花文艺出版社
BAIHUA LITERATURE AND
ART PUBLISHING HOUSE

图书在版编目（C I P）数据

旧都的味道：薄田泣堇散文精品选 / （日）薄田泣堇著；陈德文译. -- 天津：百花文艺出版社，2011.1
ISBN 978-7-5306-5273-2

Ⅰ. ①旧… Ⅱ. ①薄… ②陈… Ⅲ. ①散文—作品集—日本—现代 Ⅳ. ①I313.65

中国版本图书馆CIP数据核字（2010）第235258号

百花文艺出版社出版发行
地址:天津市和平区西康路35号
邮编:300051
e-mail:bhpubl@public.tpt.tj.cn
http://www.bhpubl.com.cn
发行部电话:(022)23332651　邮购部电话:(022)23332478
全国新华书店经销
天津午阳印刷有限公司印刷
※
开本787×1092毫米　1/16　印张18.75　插页2　字数226千字
2011年1月第1版　2011年1月第1次印刷
印数：1-3000　册　　定价：35.00元

目录

早春的一天

读书倦了，到院子里晒太阳。

二月的太阳如健壮的小伙子快乐的笑脸。两肩到后背都沐浴在朗朗的阳光里。全身膨胀，散发着一股热气，使我昏昏欲睡。不时有棉絮般的片片白云静静掠过太阳，驼色的阴影骤然落下来，刺骨的凉气如小雨一般降临。于是，刚刚松弛的身心又重新收紧。

“春日尚浅啊！”

我不由自言自语。柳、樱、玉兰、无花果、雪柳等花木，自旧叶的落痕中，悄悄伸出薄红的幼芽，似乎为了迎迓这五六日的好天，然而，乍暖还寒，看样子也许会细雪纷飞吧。这些芽儿有些气馁，只得坚守枝头，不动声色。在这当儿，只有梅树独自开出银白的花朵，将那幽深的带有几分苦味的香气撒播在周围的大气里。

刚才阴霾的天空，不一会儿就明亮起来。太阳像一个黄熟的大柚子光耀夺目。干涸的沙地上描绘着梅树的姿影，如水墨画一样，清晰可睹。

一组粗大的树干斜逸而出，像壮汉伸展着强劲的臂膀，宛如一笔画成的线条的长长幼枝，显示着勃勃生机。

这一切不仅描画于地上，而且在我心底里也印下了朦胧的影子。

我爱梅。过去我看过众多梅的绘画，其中使我心动的是号称“江南第一风流才子”的唐六如[1]的两三幅水墨。六如平日起卧于金间门外的桃花坞，筑别业于桃花庵之中，日日饮酒，醉余作《桃花庵歌》：

桃花坞里桃花庵，桃花庵里桃花仙。桃花仙人种桃树，又摘桃花换酒钱。酒醒只在花前坐，酒醉还来花下眠。半醒半醉日复日，花落花开年复年。但愿老死花酒间……

他寄予桃花无限的情爱，从所遗留的作品上看，六如自己有时神志不清，与其说是对桃花，毋宁说是对梅花更痴情。否则，他的作品不会表现出这种花木高洁的品格。我们从梅花冷艳的苦味里，能嗅出六如凛然的气质。所有的嫩枝各个自由地伸展着，通过树的枝叶所显现出来的高傲而顽强的气象，人们可以感受到这位以“第一风流”自许的画人那种超越世俗规则，近乎自暴自弃的性格和生活。

邻地的园圃里开着五六株漂亮的水仙。虽说已是春天，寒气犹时时袭来，水仙赤裸着冲出土块，亭亭而立，高擎着牙雕般浑圆而冷艳的纤腕。那玉指撮起的金杯银盏，正在一滴一滴掬着阳光的芳醇。这花的倩影里蕴含着尼僧般的清净，在众多的草木之中，开放于春色充盈的时节。那冰清玉洁的花瓣，储满了甜腻的娇艳，紧紧吸引着赏花人的心。真正暗示着草木生命顽强地复活起来，如实歌咏着清纯无垢的自然无限欲望的，只能是春之先驱——梅和水仙等花木。

[1] 唐六如：“六如”即《金刚经》所谓“如梦幻泡影，如露亦如电”，唐寅以之为号，称“六如居士”。“桃花庵主”亦其号。

犹如从高空投下小石子一般，两只小鸟猝然飞了下来。它们并不想停留于生长在那里的树枝上，而是直接飞到地面，一前一后交替着在树荫的湿地里散步。薄黄的羽翼，急促的脚步，每走一步就微微摆动一下长长的尾羽，看上去无疑是黄鹡鸰。

鹟和鹪鹩等鸟儿，从山间飞来乡下时，宛若缩头缩脑的遁世者，不管什么时候，总是独自旅行。鹡鸰却不同，许多场合都是夫妇结伴，犹如公园里散步的游客，于湿漉漉的水洼旁边，故意展示着黄嫩的羽色，悠悠然颤动着长长的尾巴，跷起爪儿转悠。

站立于枝上，正在为家计喋喋不休的麻雀们，本来都具有祖传的眼睛向上的习惯，这时忽然看见了黄鹡鸰优美的身姿，连忙从树上飞落下来，歪斜着小和尚般圆圆的脑袋。

“打哪儿来的小冤家，怎么不太认识呀？”

“看那羽毛，就像膏油一般。”

麻雀们将肥胀的身子团成圆球，两三只结成群，七嘴八舌啁啾着，跟在黄鹡鸰后头打转。

转眼一看，阳光和暖的枯草地里，不知何时来了一只三色猫，弓着脊梁正在打盹儿。麻雀们的声音并不太吵闹，猫像个沉浸于深深思索中的哲学家，似乎想表示一下：那种为了生活下去的喧闹，并未扰乱它的静思。它故意闭着一只眼，眯着另一只眼，轻蔑地转过头朝那边瞧了瞧，当明白是怎么回事之后，轻轻在鼻子里哼了一声，打了一个大哈欠，伸长了两只前爪，在温暖的阳光里躺下睡了。

春之赋

一

春，尚未归来。

患病以后，身体特别耐不住严寒酷暑，夏天一到，就想念秋天，冬天一到，就思恋春天。此外，我什么也不知道。想到冬天较之往年更为严酷，冬至尚未到，就早早期盼着春天了。尤其这三四年，斗病弄得我身心交瘁，一看到为自己生病的身体带来柔和和感触的春天或秋天，我就觉得踏实，不得不从心底里产生感谢之情。

“太好啦！相隔一年，又碰到这样的好季节啦！”

我一直闲居家中，不踏出门外一步。我不像年轻人那样，一到春天就去欣赏没见过的花草，就到高山野岭各处转悠。我也不像从前那样喜欢出外旅行，寻访世间闻名或者尚未为人知晓的古木老树。只是在庭院巴掌大的小花园里来回逛着，观赏四周的景物。

所有的草，缀满了天鹅绒般华美的花瓣，个个浓妆艳抹，香气四溢。所有的树，青枝绿叶，在油亮的日影里尽情地伸展着，一副饱享个体生命快乐的样子。看到这些，一种生之欢愉，和着枝头小鸟的鸣啭，还有那花丛中往来采蜜的飞舞的蜜蜂的嗡嘤，这一切交汇，融合，如雨点洒落在我的心头。使得我的阴郁的心境骤然变得明朗起来。

如今那一片刚刚吐芽的嫩草，每天一寸一寸地伸长着，不久将像女人的香发那般细密而蓬松吧？我喜欢踩在草地上，光着脚，足心凉凉的，软软的，一时间有一种痒酥酥的感触。

古代晋朝有一位昙始和尚[1]，别人都管他叫白足和尚。他的双脚比脸面细白，外出时，在刚刚下过雨的泥土里吧嗒吧嗒地走着，一点也不脏。我的脚和和尚的脚不同，色黑而粗糙，一踩上细草的嫩叶，立刻染上绿色，仿佛从心里感受到春的温柔，体味到春的芳馨。

二

春，给世上万物增添力量。

那是哪个时代呀，中国有个人叫马明生[2]。当时仙术盛行，他听说人一旦熟悉此道，便可长生不老，连人们愿望之中最难实现的飞翔技艺，都可以轻易学到手。于是他急忙去拜访安期生[3]，成为安的弟子。安期生是深谙此道的老手，有着上天入地、无所不能的美誉。

[1] 昙始和尚（生卒年不详）：关中人。鸠摩罗什座下弟子。曾于386年携经律数十部往辽东宣法，“显授三乘，立以归戒”，有说此即高句丽闻道之始。生平多异迹，虎不敢近，剑斫亦不能伤。慧皎《高僧传》云：“始足白于面。虽跣涉泥水，未尝沾湿。天下咸称白足和上。”

[2] 马明生（生卒年不详）：临淄人。本姓和，字君贤。据《马明生真人传》、《诗纪外集》等，其少时为县吏，捕贼受伤，太真王夫人以药治愈，乃弃职随夫人执役。后以安期生为师，周游天下，勤奋参道，遂获赐《太清金液丹经》，依此炼丹，服后与其徒阴长生俱得仙而去。或云其未乐升天，服半剂为地仙，辗转九州五百余年，后白日登仙。

[3] 安期生(生卒年不详):琅玡人。人称千岁翁、安丘先生。秦汉间燕齐方士的代表人物,后世道教上清派奉为“八真”之一。《史记》记黄老之传承云:“乐臣公学黄帝、老子,其本师号曰河上丈人,不知其所出。河上丈人教安期生,安期生教毛翕公,毛翕公教乐瑕公,乐瑕公教乐臣公,乐臣公教盖公,盖公教于齐高密、胶西,为曹相国师。”又记李少君语汉武帝:“臣尝游海上,见安期生,安期生食巨枣,大如瓜。安期生仙者,通蓬莱中,合则见人,不合则隐。”帝遂“遣方士入海求蓬莱安期生之属”。关于安期生的传说很多,据说他卖药东海边,老而不仕,在天台山悟道授徒,曾与始皇帝论道三昼夜,又创金液神丹方,终得太丹之道、三元之法,羽化登仙。

马明生经过长期的从师修业，得师父亲传之“金液神丹方”，服用这种神丹，不但可以延年益寿，不老不死，还能身轻如鸟，在天上任意飞翔。

长久的愿望实现了，马明生十分得意，他告别众人，进入华阴山深谷之中，用学得的秘方炼制仙丹。

他把炼出的仙丹小心翼翼地捧在掌上，脸上浮现出明朗的微笑。

“现在我要把这仙丹吞下去。等一会儿，我的身子就会像鹳鸟般飞上高空。大地啊，要过一阵子和你再见啦！”

他说着，随即向长期以来亲昵无间的大地投上最后的一瞥。

就在这一刹那，他的心变了。他把捧在手心的仙丹一下子吞了一半，剩下的一半毫不客气地扔了。

马明生本来想成为飞仙，想在太空里振翅高翔。谁知这时他的身子眼看着渐渐收缩起来，弯弯曲曲地佝偻着，不一会儿，变成了小小的“地仙”。

是什么力量使得马明生在这重要的关头改变了主意？人们对此各有解释。但我认为，这是那个季节正赶上春天的缘故。不难想象，山野明净、万紫千红的春景比起广袤无边、空洞无物的上天来，会使得不管什么样的仙人圣徒都猛然回头。他们之所以转换心境，说到底，不就是这个原因吗？

类似的事，世上还很多。

静寂和杂音

一

三月将半的某日，我拿一张藤椅放在庭院向阳的一隅，静静地坐着，独自沉浸于思考之中。

这是初春时节和暖的一天，开放不久的梅花叶露着清芬，将那带有几分苦味的馥郁的香气，一阵阵散放出来。纤纤素腕、高擎花盏、饱吮着阳光的水仙，像喝醉酒似的，和着似有若无的大气的流动左右摇摆，不可自持。这两天正在筑巢的小麻雀们，也忘记将衔来的沾满尘埃的树叶运到窝里来了，只是停在阳光里的小树枝上，继续做着美梦。搞错了季节，较早归来的两只小燕子，站在刚刚吹芽的柳枝上，战战兢兢巡视着四周，根本不想放开歌喉。到处静悄悄的，听不到一点声音，在我陷入沉思的时候，天气融和，久久沐浴在阳光里，我感到自己就像割下的一束青草，瘦骨嶙峋的两肩，乃至每个思考着的问题，仿佛都浸满了阳光的味道。

猛然间，一阵风吹来，宛若一只无名的可爱的小动物，不知从何处跑来，故意恶作剧一般，将小燕子夫妇从柳枝上吹落下来，摇醒了麻雀的酣睡，打散了梅花，又将水仙推倒在地面上。接着，它又顺势跑上丝瓜架，骤然之间，在我的头上轻轻喝叫着。

我抬眼看看头上，有一只去年秋天剩下的歪斜的小葫芦，连着被扯断的蔓子一起缠络在棚架上，在风里摇荡着不相应的大屁股。

“葫芦呀，不要发出空空荡荡的声响！”

我自言自语，目不转睛地盯着那只孤零零飘动于棚架上的葫芦。

二

很早很早以前，帝尧要将自己统治的天下禅让给许由[1]，许由坚辞不受，躲进箕山坳里。有时口渴得很，来到河边掬起清凉的河水饮下。有人看见了，送他一只瓢，说：

“用这个喝水最方便。”

许由高兴地接过瓢，喝完水，就势把瓢挂在旁边的树上。

溪谷忽然刮来清凉的山风，瓢被吹得哗啦哗啦响。许由听到这个声音皱起了眉头。

“这东西太吵啦！”

他说着，站起身，从树枝上摘下瓢，随手扔到地上。

[1] 许由（生卒年不详）：字武仲，阳城槐里人。《庄子·逍遥游》曰：“尧让天下于许由，曰：‘日月出矣，而爝火不息，其于光也，不亦难乎！时雨降矣，而犹浸灌，其于泽也，不亦劳乎！夫子立而天下治，而我犹尸之，吾自视缺然。请致天下。’许由曰：‘子治天下，天下既已治也，而我犹代子，吾将为名乎？名者，实之宾也，吾将为宾乎？鹪鹩巢于深林，不过一枝；偃鼠饮河，不过满腹。归休乎君，予无所用天下为！庖人虽不治庖，尸祝不越樽俎而代之矣。’”尧复请许由做九州长官，许由于颍水边洗耳，表示名禄之言污了他的耳。后世奉其为隐士鼻祖。荀子赞云：“许由善卷，重义轻利行显明。”

我们灵魂的故乡是静寂的天国。灵魂所孕育的一切美，皆由这种静寂所产生。这正如小鸟将自己的古巢绾结于深山的密树枝头，鳗鱼将自己的诞生地选择为不知名的深海的水底一样。我们的灵魂独自安居于空堂，耽溺于思维之昧，还是同宇宙之灵或草木之精默然相许呢？当这些秘密还被包裹着尚未解开的时候，只有静寂才是唯一的，不可缺少的。爱思维的人不断沉醉于静寂，因为他们的灵魂总是为壶中之醍醐味所滋育。不用说，许由是其中之一。他比任何人都更知静虚之真趣。

他的心和大自然的脉搏深深相通，所以对于他来说，风吹树上的瓢儿发出的声响，哪怕是自然的轻率的躁动，都会给他的冥想带来麻烦。他之所以从树枝上取下瓢，一定是不想再给这种轻率者以躁动的机会吧。

实际上，这种杂音，对于那些具有静虚心境和热爱思维生活的人，是可憎的耗子、乌鸦和老虎。这不是我随便瞎说，而是过去的诗人早已说过的话。

他就是杜甫，这位悲观诗人有一次在秦州的塞上遇到隐者阮昉[1]，这是一位令他一见如故、与他志同道合的朋友。他俩踏着长满秋草的小径，任凭冷雨打湿了衣襟，你来我往，交情不断。然而每次见面，都为附近的喧闹之声而恼恨，于是相商打算要找个静寂的边远村子搬过去。

“只要能逃离这种噪音，哪怕被老虎吞掉也不后悔。”

这话还留在那时写的诗中。你看，他们是多么害怕世间嘈杂，又是多么深爱静寂啊！

[1] 阮昉：杜甫寓居秦州时交游三人之一。二人酬唱之作有《贻阮隐居》：“陈留风俗衰，人物世不数。塞上得阮生，迥继先父祖。贫知静者性，自益毛发古。车马入邻家，蓬蒿翳环堵。清诗近道要，识子用心苦。寻我草径微，褰裳踏寒雨。更议居远村，避喧甘猛虎。足明箕颍客，荣贵如粪土。”又有《秋日阮隐居致薤三十束》。

三

现代都市杂音的喧嚣，路面电车刺耳的撞击声，货车旁若无人的轰鸣，还有摩托车无节奏的高音……这种伴随速度和战栗的杂音，时时刻刻不断向我们身边突然袭来，弄得我们的户外生活极度兴奋和紧张，越来越感到疲劳不堪。因此，要镇定兴奋，缓解紧张，消除疲劳，就必须有天鹅绒般的静寂之境。我们在各自温暖的家庭里想获得这种静寂之境，而喧嚣的杂音这种小恶魔们，却闯入我们清幽的避难所里来，处心积虑阻挠我们的一切努力。最近去世的英国文坛散文名家乔治·穆尔(George Moore)[1]有一天向笔录者口授文稿，住在隔壁的两个爱尔兰妇人跑来提出严重抗议。

“你要工作，我们管不着，你要声音压低，不要扰乱邻居。像你现在这种声音，我们住在隔壁怎么受得住啊！”

乔治·穆尔竟不为这种抗议所动，依然继续大声口授。不久，隔壁突然传出了走了调的风琴声。不用说，这是发出抗议的妇人们为了复仇而采取的办法。而且每天都一样，只要穆尔一开始工作，隔壁就准时响起单调而懒散的琴声，弄得执拗的穆尔无计可施。

用杂音报复杂音，这就叫以毒攻毒。这位散文诗人，深知自己的工作需要静谧，但他没有想到隔壁两个劳累的女人同样需要静谧。他在这一点上毫不在乎，真是有点说不过去。

[1] 乔治·穆尔(1852—1933)：爱尔兰作家。曾留学法国，深受自然主义影响。作品有小说《伊斯特·瓦特斯》，散文三部曲《致敬与告别》等。

四

今日读报，报导英国诗人曼斯菲尔德(John Masefield)[1]最近访问美国，看到那些像发狂的野兽一般奔驰的汽车行列，说了下面一段话：

“世界要回到过去，要找回一度失去的平静的心。美国人也应从这种愚蠢的毫无意义的速力竞赛中猛醒了。我们艺术家到那时候，不应该一味和普通人一样兴奋，陶醉于那种愚蠢的狂跳乱舞中。幸运的是，我们的灵魂从来都是沉静不慌、不焦不躁的。咏唱着沉静的灵魂之歌，唤醒世上的人们，这正是被称做艺术家的那帮人的义务。”

对于慌乱的美利坚国民，劝慰他们尚未入定的灵魂得以安静，可以说正是这位诗人的卓见。

五

风每次吹来，葫芦就哗啦哗啦响一阵。对于一个耽于精思的身体，是有些聒噪刺耳。但一般来说，不会像许由那样毫不犹豫地从树枝上摘下来，葫芦自有葫芦的快乐，它如今打心眼里喜欢那样的声响，所以才扭动着屁股，哗啦哗啦地响个不停。

我干脆搬着椅子，躲到庭院的角落里。

葫芦是不会追到这里来的。

[1] 约翰·曼斯菲尔德(1878—1967)：英国诗人、剧作家。有诗集《咸水谣》描写海上生活的苦辛，另有剧本《南妮的悲剧》等。

侘助茶花

一

今夕，我独坐一室直到天黑。

灰色的薄暮，黑猫一般蹑手蹑脚悄悄从屋子的一个角落爬到另一个角落。阴影叠印在墙上，摇曳于壁龛的柱子上。那里悬着一只花篮，从厚厚的墨绿的叶丛中，两三朵杯形的小白花，微微吐露着气息。

侘助，侘助茶花！——这是友人西川一草亭氏，看我长期身体不佳，这两三年没有踏出家门一步，他可怜我的处境，为了慰我病中孤苦，特地送给我的。

二

据传说，侘助茶花是加藤肥后守[1]从朝鲜带回来的，移栽于大阪城内。除了侘助茶花，肥后守还带回了肩羽纯白的喜鹊、虎皮，以及各种稀世珍品。现在，京都清水寺的成就院，生长着石榴米一般小红花的茶花，称为“木侘”，肥后守从朝鲜带回的是种在自己寺院境内的老树。事实上，世间有很多牵强附会之人，只因为肥后

[1] 加藤清正(1562—1611):安土桃山时代武将。丰臣秀吉的亲属。早年屡立战功。1592年丰臣秀吉侵略朝鲜时为先锋,作战勇猛,有“恶鬼”之称。丰臣秀吉死后,回日本助德川家康粉碎大名联盟。后为熊本城主。以筑城和治水闻名。

守膂力过人，所以遇到那些粗笨或来历不明之物，不管传入的日期合不合乎实际情况，都毫不犹豫地一律加在这位强者的肩膀上。

“看，这也是肥后守带来的。”

“喏，那个也是。”

人们总以为这些东西都同清正的那只粗壮的胳膊有关。

三

这茶花取名侘助之因由，以一草亭氏所言最为得当。据说，泉州堺有个和利休[1]同时代的茶人笠原七郎兵卫，法名是吸松斋宗全，俗称侘助。因这位茶人十分珍爱此花，所以后来就以侘助之名命名之。

这个姑且不论，侘助茶花名副其实地带有闲寂的意思[2]。茶花中有一种称做狮子笑的，高擎着火红的花瓣，仿佛要把肥厚的绿叶烤焦。比起这种茶花来，“侘助”显得更为矜持。墨绿的叶荫下，小巧而清净的姿影如隐士轻轻一闪，沉醉于冷酒般寒凉的初春的阳光里，如小鸟一样微微颤动着嘴唇。侘助茶花小小的花杯，满汲着如雨的日光，虽说那只是少少几滴，也足够自酌自醉的了。

[1] 千利休(1521—1591)：本名千宗易。茶道大师。确立了闲寂、枯淡的茶道美学观点，使茶道仪式回复十五世纪珠光大师奠定的简素面貌，这一改良最终使茶道上升到民族艺术的高度。其指导制作的茶具富于乡土朴拙气息，意境高雅。他对当时乃至后世艺术标准和社会礼节影响巨大，因而成为日本文化史上最著名的人物之一。

[2] 日文的“侘”字含有“清静”、“闲寂”的意味。

四

“花有着难以割舍的清寂之趣。”

茶人从同一季节的草木中选择侘助茶花作为草庵之花，他的感觉比起常人来确实更加细微、深切。在这墙和障子隔开的四叠半的小房内，茶人面对一盎绿茶，为了饱享简素生活的情趣，他必须忘记墙和障子以外无限广阔的大千世界，将幻想和思索牢牢禁锢于这个小天地的个人生活之中。

这就是他的生活方式。这种所谓生活方式是经过长期磨炼的简素生活的象征。例如从锅盖的放置到拿起花勺之柄的手法，都有严格的程序。按照这些规定的程序再现出来，这种程序本身所具有的奇异的力量，会使壶中天地般的小小茶室，增添无穷的余裕和沉静，从而主客之间就会产生一种心情的和谐和一致。同每日纷纭繁复的现实生活全然相异，在人们的心目中创造一种闲寂和清静的世界。

在这静默的世界里，壁龛中悬挂的写有古代禅僧法语的挂轴、洗手盆、古代的舶来物茶盒、乐茶碗[1]和茶勺——这些东西简直像魔术师变的小动物一样，随着主人老妪手中银白的指挥棒往来跳跃，各显其能，共同创造出茶室必不可少的奇特的氛围。这奇特的氛围不用说就是闲寂和清静。

过去，小堀孤蓬庵[2]赏玩的古濑户茶盒“伊豫帘”，后来被其子权十郎看到，他说：“其形似编笠，古雅，清寂，故以古歌咏之：‘斑驳陆离伊豫帘，使我心中倍凄然。两眼痴痴相守望，一副清寂殊可

[1] 赤乐茶碗：由桃山时代的长次郎(？—1625)等陶工所开创的茶陶流派，因所烧之器的底部盖有“乐”字印，故称“乐烧”。乐烧产品多为茶碗，据釉色划分为赤乐与黑乐两种。

[2] 小堀远州(1579—1647)：名政，号孤蓬庵，江户前期茶人、园艺家。

怜。'"看着看着，一种闲寂之趣，轻烟一般沁入人心，令他感叹不止。

如果你感到茶室的氛围稍有欠缺，在这个时候，你就看看壁龛间的侘助茶花吧。将自然秘藏于内里的一种孤独感，在朝夕冷凝的空气里静静开放。这花作为自然的使者，将闲寂和清静充分带到了草庵里。

我坐在幽暗的茶室里想象着。茶花化为小小的一团灰色，悬浮在夜色里。

待花之心

不管朝哪个方向看，都是花的微笑。

妙龄女尼，一双丰腴的乳白的手，可恼地合着掌儿。——这是木兰花。

醉在春里，容颜姣好，肌理透着微红。——这是海棠。

用指头轻轻一碰，立即从梦中醒来，一副失魂落魄的样子。——这是单瓣樱。

少女一般染着浓浓口红的山桃。

闪动着金黄眼神的连翘。

玉洁冰清，含着几分寂寞的梨花。

四月的太阳，使人如醉汉一般昏昏欲睡。这湿润的柔和的光线——较之光线，说是一种气息更合适，使万木沐浴于充满梦境、触感和香馨的春影里，不停闪耀着光辉。仔细一瞧，其中花朵盛开的只占十之二三，剩下的十之七八，仿佛约好了似的，仍旧鼓胀着蓓蕾。这些蓓蕾渐渐蓬松，微微开启着芳唇，满储着春色，竞相绽放，宛如被一种眼睛看不见的奇异的力量所驱使。

偶尔有浑身花纹、尾端拖着细长利剑的蜂子，像个无赖一般盗蜜。它用坚硬的头硬是顶开半放的花瓣。有时又有调皮的轻风不看对象、不择手段地戏弄一番。这些受到光顾的花蕾也就任其摆布，悄悄张开了花瓣儿。然而，那些尚未邂逅无赖汉和调皮鬼的蓓蕾，是在什么风的吹拂之下，又是用了多长时间才绽开花朵的呢？我很想亲眼揭开这个秘密。

附近有一棵高大的木兰树，我伫立树荫下，目不转睛地盯着即将开放的一轮花朵。

就在今天早晨，如手掌贴合一起的乳白的花瓣，逐渐放松了聚合的力量，如今正等待着最后的一息，尚未见开放的动静。象牙般肥厚的花瓣之中，我微微感到一种似有若无的花的波动和清幽的花的气息，犹如一缕香烟飘向我的脸面。

然而，花还是没有开放。

五分……

十分……

二十分……

不知从哪里飞来一只蜜蜂，大腿的毛上沾满了金黄的花粉，它突然钻进我一直守望的那朵木兰花里。我连忙挥手想把它赶走，蜜蜂生气了，威胁般围绕我的耳畔飞旋。但是，它失望了，过一会儿不知飞到哪里去了。

三十分……

花朵还是纹丝不动，似乎在四月和煦的阳光里睡着了。不过，这只是表面现象，花儿如今正由“蓓蕾”向“满开”过渡。从心情上说它正在沉着冷静地一步一步前进。打个比方，它像一只小鼓，正从一个节拍转向下一个节拍。

我像一位花的守护者，眼睛一直盯着这朵木兰花，不久就倦了。这时忽然想起一件事来，那是什么时候，我住在一家温泉旅馆，晚上连个交谈的人也没有，百无聊赖地守望着河对岸山麓上的一座古寺。我一心盯着寺门瞧，看那寺门何时关闭。我看了半天，那寺门也没有人关，谁知在我稍微转一下视线的当儿，那寺门已经关上了。

深谙个中消息的是唐代的玄宗皇帝。

春天某一日，玄宗走过御苑对面长长的回廊，下了两三天春雨，如今刚刚晴明。四周的树梢上被细雨打湿了，油一般的雨点吧嗒吧嗒滴落。所有的花朵都像少女的红唇稍稍开启，但尚未达到满开的程度。玄宗有些不满足，对身边的侍臣说：

“看，所有的花都含着微笑等待时机呢。——快拿羯鼓来。”

玄宗从侍臣手里接过羯鼓，在回廊上胡乱敲起来，居然奏了一曲《春光好》。这位皇帝的心情特好，站在身边倾听鼓声的侍臣们也都十分感慨。一曲奏毕，玄宗指了指院中的花树，脸上现出得意的神情。

“看那边，你们知道这是怎么回事吗？”

众人都向院里望去。奇怪，刚才还含苞待放的御苑内的花树，如今不约而同地一起盛开了。大家十分激动，人们都忘记了刚才皇帝奏乐所花费的时间。

我想放松一下，便离开木兰花荫，在周围随便踱着。过了一会儿，又回到那棵树下。这时我发现木兰已经绽开了乳白的花瓣，花房中幽然散发着醉人的芳香。

诗乃良剂

深居家中已近十年，我的病相当长久了。

古代诗人写道："病中得闲暇，亦非可恶事。"对于平素身体强健、工作繁忙的人来说，偶尔因病得闲，可以暂时使心情放松。"这样也不坏嘛。"他们微笑着说。

然而，像我这样一个抱病十年的人，白天黑夜强忍着没完没了的痛苦，对付因疾病带来的种种不便，成为日常的一项工作，哪儿还有那份心情享受病中之闲呢？凭我个人经验，身体健康的时候，忙于工作，偶尔获得一点闲暇，确实给人以清静愉悦之感。一旦长期患病，就成为世上所说的"有闲之身"，这期间只顾全力应对这个形影不离的病魔及其带来的痛苦，是根本品尝不出一点闲暇之趣的。

清朝的屠琴坞[1]以诗人闻名，又以体弱多病为人所知。前来探病的亲友总是这样安慰他：

[1] 屠琴坞（1781—1828）：即屠倬（字孟昭，号琴坞、潜园、耶溪渔隐）。钱塘（今浙江杭州）人。嘉庆戊辰（1808）进士，官至九江知府。工诗文书画，尤擅篆刻。有《是程堂诗集》、《唱和投赠诗》、《耶溪渔唱词》等。

“你身体如此衰弱，只好乐天知命，随遇而安，说不定会好起来的。”

屠琴坞听了这些话作何想不得而知，但要在我，成天价遭受病苦的折磨，听了这些安慰的话语，即使我具有貘[1]的性格，也不会作此妄想。相反，这些话会给现实生活不断带来刺激，故以不作回答为好。

这位屠琴坞，因为自己有痼疾，瞒着医生，知道什么样的药对病有效，在保养期间经常调配此药服用。这种药不是别的，而是诗。对此，他说过这样的话：

“古人以书画二者为最有效之保健药。我有一友，以为仅此二者尚不足，还须添上琴、石、香、茶。唯有诗被当成了猛兽。

“我生病之后，好多事都不做了，书画等也成了多余之物，单好诗这一道，锲而不舍。沉疴病榻，气结难耐之时；朋友探视，有诗相赠之时，此物便不离我手，数度推敲吟哦。一旦从中发现深味，宛如人参、茯苓一般甘甜。当看到格调激越之作时，又如吃到姜和肉桂一样辛辣刺舌。此二者于治愈内脏方面疗效不小。三五年下来，我几度濒死，之所以没有死，大都有赖于诗的力量。这样看来，诗之于我，是最好的保命药。”

实际上就应该这样，现在我等也耽读自己喜欢的好诗。虽然不敢说读诗能医治自己急躁的脾气，使疾病尽快好转起来，但似乎可以在发病时排除一些心理上的不安情绪。

另外对于我个人来说，同诗一样有效的是观察自然。尤其是草木，凝望草木，就等于凝望静寂，凝望一种单纯至极的生活。

[1] 貘：想象中的动物，形似熊，鼻似象，目似犀，尾似牛。传说能食人之噩梦，寝其皮可以辟邪。

我一年四季，不管多么寒冷，也不管多么炎热，碰到好天气，一天总要花几个小时到院子里向阳的地方去。透过明朗的阳光和澄澈的大气，看到草木本质的姿态，乐在其中。草木皆如生命的火焰，从黑土里燃烧上来。它们是健康的，但它们似乎不知道健康本身的可贵。它们成长，它们繁衍，仿佛又丝毫感觉不到生命的忧郁。它们是群生的，众多草木聚在一起，仿佛这就是生活本来的面目。

它们又像那位倪瓒[1]描绘的沙树图一样，孤零零立于高空之下。它们的眼睛似乎一直注视着自己的孤寂。

我站在明朗的日光里，凝视着草木的生活百相。我忘记了自己的疾病，减轻了痛苦。对于我这个患了不治之症的人来说，能够忘掉几分病苦，这也许就是治疗的一种方法吧。

[1] 倪瓒（1306—1374？）：即倪云林（字元镇，号云林子）。常州无锡（今属江苏）人。广有家财，终生不仕。与黄公望、王蒙、吴镇并称元四家。有《清閟阁集》、《倪云林诗集》。

鸡

突然醒来，抬头向卧室的小窗一看，门外仍是黑暗如墨。模模糊糊中，不知从哪里，传来雄鸡报晓的嘹亮的高音。

“鸡叫了，看来这附近有人家养鸡。”

我自言自语。邻室的家人好像翻了翻身，我听到一声响动。

“那是邻家的鸡，前不久还是个雏儿，不想已经能报时了……”

家人半睡半醒地说，不久又睡了。我听到了轻微的鼾声。

我一直闭着眼，但很难入睡。

报晓的鸡鸣。那声音很久没有在意了，长时间从我的生活里消失了。我出生在小小的乡村，在那里度过少年时代。那时候，鸡是我生活的一部分。我们每天每天听到鸡鸣，天不亮就知道黎明马上就要到来。那高亢雄健的鸡鸣，驱散了恋恋不去的黑夜，使人有信心把即将到来的一天牢牢掌握在手中。我们这些生在农家的孩子，白天的工作不论多么劳累，梦中每每听到鸡鸣，立即驱走眷恋被窝的慵懒之心，马上折身而起。

“天已经亮啦！”

雄鸡具有的无与伦比的敏感，于黑暗中传递着拂晓时似有若无的薄明的律动，凭着那雄健的叫声，切实感知到黎明本身所带来的新鲜与昂奋。

尽管鸡舍关闭得严严实实，尽管透不进一丝微弱的光线，于一团黑暗之中，鸡舍内的雄鸡瞪着眼，注视着细小的缝隙，准确感知着摇曳于东天的微弱曙光的到来。这种敏感究竟从何而来，古人的解释极尽想象之能事。

有一种说法是——从前未知国的中央耸立着一座大山，叫桃都山。山上生长着一棵世上罕见的桃都树。树枝和树枝之间的距离有三千里。不难想象这棵树有多大。树上栖息着一只天鸡，每当东方天空流动着的第一道晨光照射树梢的时候，天鸡发现树叶之间闪耀着金黄的颜色，就扯开喇叭一般的嗓门，高唱黎明的赞歌。于是，下界万家鸡舍的雄鸡们，听到这遥远的鸣叫，尽管天色仍然薄暗，也都学着一齐报告黎明的到来。

在幽暗的鸡舍里，如何能及早感知拂晓的到来，并高歌相报呢？这当然是由于天鸡的叫声从遥远的方向传过来的缘故。这天鸡并非一直站在那棵难以想象的大树枝上，而是栖息于生有一副血红鸡冠的雄鸡们的感觉之中。

这无疑是雄鸡的阳光，就像如今印度原始森林中的野鸡一样，在古树荫下和草丛中散步时遗传下来的“未知的感情”吧。

古时候，深居山里专念于修行的人，无论如何身边总有一只白鸡和一条白狗。这白鸡白狗似乎可以驱除深山的邪气。不知道为何非要选择白色不可。对于躲进山林，沉浸于静思生活的人来说，狗对生人的吼叫以及报晓的鸡啼，两者都是不可缺少的。

“忠于职守的优秀的预言家。”

我在床上想着，翻了一个身。农民家里饲养这位长着红冠的预言家，一年三百六十五天，天天都可以把早晨清凉爽净的大气，明朗健康的身心，充分摄取到自家中来。这是多么轻松和幸福的事啊！

我不知道其后自己还想了些什么。只记得，想着想着，我又睡着了。

醒来已近八时，从西边的小窗户向外一看，毗邻的空地上静静地洒满了冬日明丽的晨光。一只雄鸡闪烁着金黄的羽毛，像一位将军一般，带领众多的母鸡，昂首阔步地走着。

“正是那位预言家！”

我心中不由一震，一直注视着它的动作。预言家发现了什么食物，它自已不吃，嘴里发出“咯、咯、咯”的声音。雄鸡用充满关爱的叫声，呼唤散在各处的母鸡们。于是，母鸡们欢欢喜喜一齐向这边跑过来。

春菜

乡下的弟弟寄来一个粗糙的竹筐小包裹,收到时几乎被挤压碎了。骤然间,一股强烈的刺鼻气味,透过筐缝漏泄出来,迅速地扩散。闻到这股气味,我立即笑了,连忙用手去解包裹的绳扣。就像刚刚采摘的,几把鲜嫩的韭菜从包里掉了出来。我拿起一把托在手掌里。

“春天到了,韭菜叶儿长得这么长啦。”

我的家乡是备中[1]地方,爱吃韭菜。到了盛夏,走过那些小村庄,人们就会看到农家墙根和菜园的角落到处开满一簇簇细白的小花,在风中婀娜地飘动着。那就是韭菜啊!

等到海里的马鲛鱼上网时节,大地回暖,这些小蔬菜从漫长的冬眠里苏醒,用那扁扁的柔弱的叶芽,顶开厚重的土块儿,日渐伸长。贫苦的百姓买些马鲛鱼的鱼子煮汤,这时,人人都不会忘记掐一些鲜嫩的韭菜叶放在汤里漂着。这韭菜和鱼子很相合,一块儿熬汤格外提味。

[1] 备中:今冈山县。

中国晋代的人尤其好酒，饮一次酒三日不醒。有个叫周顗[1]的，绰号“三日仆射”，他的子孙之中出了一位清贫的隐士——周颙[2]。

这位周颙发愿到锺山的深山坳里过隐遁生活。他的朋友王俭——少年时代有人说他是宰相的料子，因而为世人所器重——有一次对他说：

“你在山中深居简出，每天都吃些什么呀？”

“说起山中食物嘛，有红米、白盐、绿葵、紫蓼，还有……”

隐士说出一连串好听的名称，这时旁边一位人士突然插嘴问道：

“听说您在山里净吃蔬菜，其中哪一种最可口呢？”

锺山的隐士一经问起自己爱吃的东西，就像小孩子一般害起羞来：

“春初之早韭，秋末之晚菘……我所好仅此二者。”

韭菜的美味正如这位山中人所言，实际上只限于春初破土而出的嫩芽。口感滑爽，清香溢齿。开春时节，头刀韭菜腋香般浓烈的气息，比起其他季节来，更显得风味独具。

一个秋天，诗人杜甫收到友人阮昉赠送的三十把韭菜，他非常高兴，说道：

“韭菜如刚割的青菜一般新鲜，其根圆浑如玉箸。我老弱身冷，有此可医健康。”

时在秋令，蔬菜已过了季节，比起春之物来，肯定口味不佳。于是不能不想起春初的韭菜，那每一片叶上都充溢着生命的活力，让人切切实实尝受到“春”的温馨。

然而，奇怪的是，我最初吃这种蔬菜时，其气味直冲鼻孔，很是难以忍受。然而习惯了，不觉之间对这种气味不但不以为苦，反而觉得回味无穷。听说马来半岛出产一种名叫“榴莲”的果实，味极甘甜，然而奇臭无比，很多人都退避三舍。耐心食之，那种恶臭反倒变得不可缺少。习惯之于物，皆如此也。

[1] 周顗(269—322):安城(今河南汝南县东南)人。字伯仁。曾任荆州刺史,官至尚书左仆射。为人落拓,性情率直。后为王敦所杀。王导后来得知其曾上书为自己脱罪,言辞恳切,殷勤备至,泣曰:"吾虽不杀伯仁,伯仁由我而死。"《晋书·周顗传》云:"顗以雅望获海内盛名,后颇以酒失,为仆射,略无醒日,时人号为三日仆射。"

[2] 周颙(约473年前后):字彦伦。周顗六世孙。所学泛摄百家,而长于佛理,工隶书,为文言辞婉丽。曾任益州主簿,转国子博士,兼著作。后卒于官。于钟山西筑隐舍居之,终日长蔬,颇以为适,留下本书所谓"早韭晚菘"一段佳话。李商隐《题李上谟壁》云"嫩割周颙韭"即典出于此。有文集二十卷行世。

梅雨初霁

一

淅淅沥沥下个不停的梅雨，终于放晴了。我穿着木屐，躲开水洼，在院子里走了一圈儿。

周围湿漉漉的树木，像泅水的狗一样，时时摇动着身子，将水珠抖落下来。要是碰到额头，那水珠直流进脖颈，倒也不怎么可厌。

我家的庭园里有好多树木，都是一些粗杂的树种，没有一棵是惹人眼目的。古代汉朝皇帝造上林苑，因为是天下无双的权力者的事业，广大国土之内，敬献名果名树者不绝于途。许多人不愿起一个普通名字，为了引起皇帝的好感，往往苦心孤诣搜罗一些吉利的名称。什么“千年长生树十株”啦，“万年长生树十株”啦，等等。这具有相同名称的十棵树，其实也各不相同。连那些官员们都感到惊奇。

我家当然没有这些贵重的异木嘉树，只能说一片灌木杂草。这些寻常树木，夏天一到，都伸展着黄绿色柔嫩的枝叶。拿人作比，仿佛都是一些贫苦的农民和樵夫，带着亲切的微笑凝望着我。

按照人的兴趣，将庭院里众多的树木囚禁、抓挠、改造，远不如这些杂木更能保持本来的素朴、粗放,不失扎扎拉拉的刺激感。人生活于其中,心怀幻想,仿佛隐栖于山林之中。而且,杂木根干强健,大多比嘉木健康,正像农夫和樵夫,比有产阶级懒汉强多了。天气好的日子,沐浴在灿烂的阳光下;落雨的时候,融进风雨之中,我仿佛觉得那些树木就是我自己。对于我这样久病的人来说,这样的心情等于暂时从病苦中挣脱出来。

二

雨还在下着。湿的天空,湿的树木,湿的大地,这样的雨连我们悒郁的心胸都会濡湿了。蒙眬地看见绿荫下似乎有一只小虫,带着寂寞的音响落到我的面前。

是黄熟的野梅。

我向头顶上浓密的绿叶望去,那里到处结着雀蛋般大小的梅子,带有斑点的半个面颊红得悦目。

过去有个叫王戎的人,目光锐敏,他可以直视太阳而不眩晕。王戎小时候曾和许多朋友在冷清的乡间小道上玩耍。一个朋友突然高声喊道:

"你们看,那里有李子。"

大家顺着他的手指望去,那里有一块茂密的芳草地,路边长着一棵李树,枝上坠着一颗颗熟透的红红的李子。

孩子们争先恐后朝那棵李树奔跑,只有王戎一人站在原地不动。

过路的人问这位少年:

"你为何不去摘李子,不喜欢吃吗?"

"叔叔,那李子味苦,不能吃。"

"你摘下来尝过吗?"

"没有。不过,叔叔你想想,那树生在路边,而没有遭窃,为什么?肯定是味道不堪入口啊。"

听到这位聪明少年的回答，那位过路人心悦诚服地点点头。正好这时第一个吃到李子的少年在树上大声喊道：

“味道太糟啦,不能吃！”

我悄悄伸出手,采下叶荫里的一颗梅子,放进嘴里尝尝。这梅子正像昔日王戎所见的李子一样,又酸又苦,不堪入口。

“这是杂木啊,虽然好容易长出了果实,就连这果实也会被人遗忘的。”

我心里满怀亲切,深深地看着这棵梅树。

新蝉的语言

一

这时节，走过那片山丘和森林小径的人，一定能听到头顶树梢间一种高亢的声音，如飞沫闪着光亮，不住地飞洒下来吧？——那是初蝉的鸣叫，是报告新的季节到来的先声。

欣欣向荣的树木，将泛滥于太空的阳光吸引到每一片绿叶里，又令人目眩地反射出来。当梅雨前的第一次轻风吹来之时，它们就放松筋骨，摇晃着肩膀，无所顾忌地笑语喧哗。

这放纵的笑声给四周带来了不安和骚动。为了不使自己的鸣叫受到割裂和冲击，蝉发起抵抗，憋足气力，提高调门，“吱，吱，吱……”地高歌起来。

听到这高亢的鸣声，人们不得不切实感到初夏六月那种尖锐而劲健的气魄，联想到这样的强音来自那种紧抱新树枝干、脊背黝黑、双翅透明的小虫，不由为这种小小动物体内涌动着的强大的冲击力所折服。

这森林中的小小歌手，昨天还待在黑暗的土窖里，同许多地下工人一样，以黑暗和泥土为饵，过着窒闷难耐的生活。

据闻，美国有十七岁的蝉，就是说有的蝉度过了十七年漫长的地下生活。他们在地上复苏，接连数日酣醉于朗朗日光、簇簇绿叶和新鲜大气里，尽情地饱餐一阵子吧？尽管这样的例子极少，但无论怎么说，它们或长或短，都是走过漫长道路的苦行僧，深知行路难。它们长年累月禁闭在不见天日的土窖里，重复过着若有若无的生活。其间，它们看不见任何东西的双眼，一定如饥似渴，希望获得新鲜的大气。它们如今从地狱和天国之间一条狭窄的坑道爬出来，一直啃咬着酸苦的乔木树枝，脱下地下工人沾满泥土的工作服。这时，等待着它们的究竟是什么呢？

英雄的现世生活的讴歌者，这无疑是生命的复苏和高扬。

二

过去，伊势山田住着一个人。有一年夏初，他有事到江户去，独自一人踏上漫长的旅途。

旅人通过佐夜中山的时候，已经是离家之后数日的一个下午了。这时，突然一声高鸣，从薄紫的夕暮的天空箭一般飞落下来。

"是杜鹃鸟！"

一瞬间，他产生了联想。按照自己家乡的习俗，这鸟一旦飞来，就是松鱼初登膳桌的时节。

"已到了杜鹃飞来的时候啦。首次上市的松鱼实在好吃啊！"

旅人想到这里，不打算继续赶路了。他立即调转脚跟循原路回到家里。他尽情饱享了松鱼的美味，又重新踏上东去的路途。

杜鹃一声鸣叫，使得旅人想起初次上市的松鱼。那么，初蝉"吱、吱、吱"地反复高吟，人听了又会抱着什么样的心情呢？

在我家乡，凭着那高亢的鸣声，蝉最早告诉人们麦田黄熟了。农民们听到那声音首先想到要割麦子了。否则跟着就要进入梅雨季节了。

我的家乡流传着这样一个故事。

许多农民之中，有人听到初蝉的鸣声，居然不相信蝉鸣的意义。某人听到白日的蝉叫，就嘀咕道：

“又催促要收麦啦。我家的麦田没有熟，要你去管？我自己一看就明白。”

他到山坡上观察麦子是否成熟。奇怪的是随着脚步渐渐走近麦田，响亮的蝉鸣渐渐低迷下去。他爬到山上一看，眼前一片金黄的麦穗波浪一般随风摇荡。周围一派静寂，那蝉声一点也听不到了。

其后，过了一会儿，这个农民又发现一件怪事。那里盛开的雪白的野荆花，经常有蜜蜂飞来，它们像托钵僧人一样嗡嗡念着咒文。然而就在这一天，他一点也听不到蜜蜂的这种叫声了，这才感到不安起来。

他不相信初蝉的先觉，不久也就失去了耳朵。

三

许多诗人中，最喜爱蝉、最乐于倾听蝉鸣的是白居易。传说著名的醉吟先生，死后葬在龙门山，他的墓前有吊客供酒。白居易跑到墓前喝得烂醉如泥。现在他遗留的作品中有几篇咏蝉诗，题为《早蝉》的一首说，月出先照山，风生先动水，犹如早蝉的鸣叫，及早进入闲人的耳朵。一闻忧心开，二闻乡愁暗胸间。这样的短诗令人难舍。有意思的是，还有一个爱蝉人刘禹锡，他俩初闻蝉鸣，像小孩子一般高兴，千里迢迢，互致诗作，互相唱和。其中一首写道：如今蝉鸣一声，院中的槐花也有一两枝盛开。蝉鸣是告诉我老了。我也一并转告于你吧。自己头发白了，日渐衰老，但光叹息也没有用。把这种想法强加给亲密的朋友倒有些不好意思了。

总之，白居易的咏蝉诗，作者伤老而忧郁的影像过于黯淡。像蝉这样的森林的歌手，以高亢的声调讴歌新生的一刹那，它那快活的心情和昂扬的气魄，竟未能被诗人写入自己的诗作，这一点令人感到遗憾。

木樨香

“好香，是木樨！”

我踮起脚尖站在走廊一端，隔着一块板壁，瞅了瞅附近那一望无垠的丛林地带。我知道，这种树木盛开白色或黄色花朵的时候，从二百米以外就能嗅到浓郁的香气。这时，我却到处看不见木樨树那种繁茂而挺拔的常绿树的枝叶。不过，我既不气馁，也不遗憾。

著名的江西诗社的盟主黄山谷，于初秋的一天到山寺拜访晦堂老师，叙毕久阔，山谷迫不及待地说：“我想请教一句不太合时宜的话……”于是他就“吾无隐乎尔”这句话的释义询问老师的意见。山谷为弄明白这句话的真正涵义下了很大工夫，但还是有些不太清楚的地方，他为此感到苦恼。

晦堂似乎没有听进去客人的问题，什么也没有回答。寺院里一派静寂，秋风飒飒吹动着周围的树木，一股冷冷的幽香随风飘进敞开的房屋。

晦堂静静地开口了：

“听到木樨香了没有？”

“是的，我在听呢。”山谷回答。

“喏，这就是……”晦堂的嘴角浮现着笑影，“‘吾无隐乎尔’的意思。”

山谷听罢，打心里佩服老师这种新鲜而明确的回答方式。

抓住眼前可闻可感的事物，暗示疑难问题的诠释，从而打开诗人穷途末路的心境。老师的这种魄力令人感动。但是，这时候更使我感兴趣的是，对坐于寺院深处一室中的老僧和诗人，都呼吸了轻烟一般脉脉流动的木樨的馨香。但不可忘记，他们呼吸的不单是花的芳菲，实际上是秋的高逸、闲寂的精魂发散的香气，净化了主客二人的心灵，加深了他们的兴味。

一切草木之花有幸留存于我们心中的印象，不外乎是各自的形、色、光的交错。唯有木樨，凭着浓烈的带有苦味的香气，向我们默然叙述着它的存在。

木樨花龌龊、古旧，仿佛用金纸银箔剪下来又涂抹在枝头一样，没有什么姿色。单凭它浓烈的香气，只不过是一个质朴的香炉。

秋渐深了。湛蓝的天空愈益湛蓝，大气也越来越澄明了。月光每晚都在深化着忧愁和冷澈，虫声渐渐磨出了音律。木樨深深感触到这种风物的动态，将老而弥坚的生命和缥缈的情思含蕴于馥郁的花香之中，于十月末静寂的午后，通过银白色或金黄色无数只小香炉，燃烧着，熏蒸着。香气飘荡于木樨的枝叶间，飘荡于木樨的东西南北……最后流散了，飘着飘着，周围的大气被熏染，土壤被净化了。

接着被净化的还有草叶、石子，还有我的心灵……

秋的小天使

一

"啾，啾啾。啾，啾啾……"

明丽的秋阳，照耀着紧闭的障子门。午时过后，我忽然听到慵懒的蟋蟀声里混合着这样的鸣叫。仿佛有谁怀着孤寂落寞的心绪，一心一意在吹口哨。那是一种微弱的茫然无助的声音。

我不由一惊，离开桌前，悄悄打开了障子。

我一眼发现了发出叫声的主儿，那是一只小鸟，长着花白的头羽，金黄的胸毛和漆黑的翅膀，两肩一带雪白的刺毛直立着，闪闪发光。宛如穿着一件绣上家徽的羽织礼服。

"啾，啾啾。啾，啾啾……"

小鸟经过半年多的长途旅行回来了。它仿佛向我报告出行的理由，表达阔别已久的歉意。它低下那个老人似的花白的头，反复向我行致敬礼。

"果然是白头翁，它又回来了？"

我嘀咕着。小鸟这才发现是我，一边行礼，一边斜着黝黑的面孔，好奇地盯着我。

二

秋天，将敏锐而强劲的力量根植于白头翁的先驱者——百舌鸟这位小英雄不屈的精魂之中。我今年秋天第一次听到百舌的鸣叫是九月十三日。那是早晨，四周最高的一棵树上站着一只百舌，有力地摇动着长长的尾巴鸣叫：

“咯，咯，咯，咯……”

听到那嘹亮的叫声，看到那飒爽的身姿，刹那间我有了如下的感觉。密匝匝排列的工厂的红色屋顶，上块干裂的田畔，牧场小屋吊起的蚊帐里，光脚站在地上的足趾间，所有在这些地方流淌的热汗，骤然之间消解了。我感到初秋泼辣、健康、冷澈、明丽的氛围就要降临到这些地方了。

秋天还把乐于空寂与隐遁之心孕育于鹪鹩灰色的小小胸膛之中。鹪鹩比百舌来得晚，等到树叶全部干枯落尽了，它才悄悄飞来。它是一个孤独者，不管什么时候，它都没有旅伴。“闲寂”诗人芭蕉[1]也耐不住秋的空寂，作俳句云：

即使转头向此方，依然寂寂秋黄昏。

鹪鹩最喜欢透澈灵魂的孤寂。“自然”哪怕打个喷嚏，它也飞得无影无踪。它那小巧的身体，不断寻求寂寞，在没有阳光的阴湿的暗影里搜索着。

[1] 松尾芭蕉（1644—1694）：江户前期俳句诗人，创立蕉风俳谐。一生多旅行，写下众多俳句和纪行文。有《野曝纪行》、《奥州小道》、《嵯峨日记》等。

在这两种小鸟前后到来之间，十月过半，悄悄来访的白头翁，正是适合这种祥和季节的来客。这种可人的小鸟，到处张扬着仁爱的天性和近乎愚直的亲近人类的性格。一到这个时节，树上的果子成熟了，变成金黄色或紫红色的草籽，也从鼓胀的荚里爆出来，噼噼啪啪飞向广阔的外界。这是一个随处可以看到丰穰、成熟和收获的季节。

蜜蜂们趁着正午前后和暖的时光倾巢出动！

“再干上一场，然后就是长期休息。”

它们飞向残花采蜜，头上沾满金黄的花粉。蓑虫很早就在枯叶编织的草庵中过着隐遁的生活。碰巧这两三天一直是和暖的天气，又回想起看厌了的世间诸相，悄悄从紧闭的草庵小窗内探出黝黑的面孔，向周围滴溜溜看了一番。

附近的山冈上，四十雀好像马戏团一样，带领一班人马欢乐地喧闹着。这些小伙伴们吵吵嚷嚷，忙着练功，它们抓住小树枝演练习得的技艺，个个都在大显身手，有的翻筋斗，有的荡秋千。

三

人人都在忙碌的时候，白头翁由于生来喜欢亲近人类，飞近了人家的墙根，“啾，啾啾”地低声吟唱，焦褐色的胸前穿着羽织礼服，像织机工人一般十分可爱地点着老人般的头颅。

对于谁都不忌讳，哪怕是心怀叵测的调皮鬼，它也是一样的放心，一样的行礼。见到这种殷勤的鸟儿，世上的人，尤其是农民们，给它起了个不太礼貌的绰号——“傻瓜鸟”。

“那鸟见了俺，一个劲儿行礼，它把俺当成大爷哩。这个傻瓜！”

然而，这正是人的过于浅薄的误解。其实这种鸟儿生来就对人抱有好感，认为整个世界充满善意，对什么人都没有坏心。这种穿着家徽礼服的小精灵，把任何人都当做朋友，不分彼此地传播着友爱。那个焦褐色的胸毛下包裹着的小小的灵魂,充满了怜爱和善良。人们如果稍稍加害于它,那可将是无限的耻辱啊!

要理解这种鸟儿的美好的天性,一点也不难。你如果见到这种鸟儿一边叫,一边向你低下老人头行礼致敬,你不要马上走开。你也可以郑重地向它们点头还礼,道一声“谢谢,谢谢”。

也许有人笑话你:“喏,瞧他多傻!”

人,如果自己不犯点傻,就根本不会懂得愚直和善良的难能可贵。

野蓼

夏天，厨房旁边的小花圃里，被风吹来的一粒小小的种子，抽芽，长出几片叶子。这是蓼草。家人每经过这里，总是抽空浇浇水，拔去周围的杂草，以助其成长。

眼看着辛蓼渐渐长大了，茎也长了，叶也有了。紫红的茎，新鲜的绿叶，轻柔地在风中跳舞。看到这些，我们心里非常高兴。

一天正午，我站在阳光明丽的园圃里，看到家人嘴里咕哝着什么。

“怎么啦？”

“今天用这叶子做蓼醋，可一点也不辣，问人家才知道，这是一种野蓼啊。”

“野蓼？”

“是的，一点也不辣呀。上当啦。我们不要这种野蓼，干脆拔掉算啦。”

“不，不要拔。有一棵野蓼也好嘛。”

我仔细一看，外观上和木蓼完全一样，果真是野蓼吗？实际上这小园里密密麻麻生长着紫苏、茗荷、生姜和山椒等。其中有一棵没有辛辣味的愚人般的野蓼也不错。

秋来了。因为是天生的野蓼，所以茎叶都完好无缺，蓼穗上盛开着微红的白花，花的背后是带有细小红点和绿点，紧紧抱合在一起的小巧的果实，随风摇动。那风中的倩影十分美丽。我每当看到它，心中就感到无限欣慰。

“野蓼啊，你丝毫没有一点儿野性。”

大家异口同声地说。

多罗叶树

秋的黄昏渐渐降临。

嘴里没说，头脑已作如是想。节奏昂扬，线条明快。静静的十月夕暮，薄紫的晚霭悄悄从草叶上滑过，慢悠悠在树与树之间渗透、弥漫。

潮湿阴冷的大气里，草木入定一般纹丝不动。不知不觉间，它们渐渐进入我的心中，尽情地扩展着柔软的枝叶，蜷曲着粗笨的茎，飘散着浓郁的花香。

我的心不知为什么，一面对草木，马上成了俘虏，毫无选择地、无条件地全部接受下来。我常常走在野外的道路上，遇到堵塞路口的一棵大树，看见路旁笑靥盈盈的小花小草，总是停下脚步，立即兴高采烈起来。

“……”

阔别已久，重新见到昔日相熟的朋友，总想用亲切的话语呼唤它，但立即又想不出合适的语言。正当踌躇之间，我惊奇地发现，草木早已进入我的心里，互致问候，低声交谈起来。这时，我一看到花，刹那之间立即羡慕起那些勇武的蜜蜂来。它们迅捷而机敏地钻入储满丰润花粉的花心，尽情夺取自己所需要的营养。然而从我的天性上讲，我是不会这样做的。

没有一丝风，庭院一隅的胡枝子盛开着白花。木屑一般的白花无声地飘落，淡淡的幽香混合着泥土的气息，轻烟一般低低弥散于我的心间。

“丁零，丁零……”

传来了银铃落地的声响。长着长长的触角和焦褐色后肢的小精灵，从土块和草叶中钻出来，搜索着什么。

“丁零，丁零，丁零，丁零……”

第二个、第三个银铃跌落了。——虫儿鸣叫着。

夕暮渐深了。纵横交织于眼前的树木，一律涂上了灰褐色，如幻影一般站立着，好像耐不住雾一样的忧郁，深深叹息着。树的体内所特有的生药般微微发霉的冷香，暗暗袭上我的心头。其中有一株浅白光艳的树木，长着椭圆形的发光的大叶子，反射着周围的黑暗，悄然而立。——即使夜间也能看出那是多罗叶树。

多罗叶树，我打少年时代起就熟悉的老朋友。我时常摘下肥厚的叶子，于薄暗的厨房的一隅，将火屑儿摊在叶面上，这样，就会产生一种幽幽的熏香般的香味，经火屑儿温热的叶面，会浮出奇异的斑纹来。我们指着叶上的斑纹，随意起了各种各样的名字，以此为乐。

“达磨！”

“黑猫！”

多罗叶贡献出自己珍贵的树叶，让我们玩个痛快。对此，我至今依然打心眼里怀着敬意和感谢。

十七日夜晚的月亮，从东方的天边露出了脸儿。水一般清冷的薄明渐渐流布开来。猝然之间，我的心中如磷火一闪。灰白的薄明间，几竿青竹呈现着琅玕般滑滑的肌肤，规规矩矩地直立着。

如今，浮现于我的眼前的植物园里，遍地看不到竹子。无疑，以前我曾在哪里见过的竹子，以后不知何时潜移于我的心中，不失时机地在增长根干、扩展枝叶吧。

竹子都如同仙女般地微笑着。

据说，古代的人高兴时画兰，发怒时画竹。为了强烈表现这两种植物各不相同的特性，有时是要有这样的心理准备的。不过，如今根植于我内心的青竹，充溢着和悦之气，它的簌簌的叶子在笑，它的柔韧的枝条在笑，还有它的琅玕般的根干也在笑。

有些草木，就像风兰寄生于岩石之凹或树皮腐烂处一样，它们沉睡于我的苦寂的心里，用碧绿的叶子和馥郁的花香，不断给我委顿的生命以青春的活力。

往昔，李龙眠[1]醉心于画马，法云寺的绣长老看不惯，规劝他说：

“你那般埋头画马，来世也许会变成畜生的。”

这位优秀的画家听到后立即变了颜色，心中大吃一惊。其后他断然不再画马，而一心一意画佛像了。

从这个故事说出来，我未曾见过李龙眠画马的优秀作品，实在可惜。但是如果画家自己不想变成马，那也是没有办法的事。与此相反，或则一向达观，如果说醉心于草木，后世就会托生为草木，我一点也不惊讶。万一出现这样的事，我定会寻找同样喜欢草木的人。我一定会寄宿到他的心中。

[1] 李龙眠（1049—1106）：即李公麟（字伯时，号龙眠居士）。北宋一代宗师，擅人物、马，亦擅山水、佛像。

柿子

乡下家里寄来一箱东西，打开一看，火红的柿子咕噜噜滚了出来。

我家的住宅周围，有十二三棵柿子树，其中最多的是皇宫柿。我清楚记得，孩童时代每当柿树结果那年，就有一串串火焰般硕大的柿子，背景则是碧蓝、清澄的暮秋的天空。

我家的皇宫柿多半是老树，碰到歉收的一年，结的果子很是可怜。每逢这个时候，为了使得来年秋天不再失望，经常面对柿子树演上一出戏。

那总是选在当年十一月亥日子时，到了这天，父亲手里拿着锯子，我空着手站在不结果的柿子树下。

"结不结？不结就把你锯掉！"

父亲威胁道。随后用锯子敲一敲干裂发白的树干。我照他预先吩咐的那样，代替柿树说道：

"我结，我结，来年一定结果，请不要把我锯掉。"

"那我们等着，等到来年再看。"

父亲说罢，挥一挥锯子，大步走向另一棵柿树。

到了第二年秋天，柿树会偶然如约似的结出一串串火红的柿子。但多数场合，仿佛故意让我这个代言人出丑一样，若无其事不予理睬。但是这些老树毕竟长期为我家出了力,拿它们也没有办法。家乡寄来的皇宫柿,一定是从老柿树上三三两两聚集起来的吧。

植物新品种改良专家、著名的卢萨·巴班克(Luther Burbank)[1]鉴于核桃外壳厚硬,吃起来不方便,曾经创造了一种薄壳核桃,这样一来,小鸟飞来全吃光了。所以还是恢复原来的品种。他还成功地培育出不生毛球的栗子新品种,也是因为易被鸟雀啄食,不得不中止这项工作。

栗和核桃生长着坚硬的外壳,是为了保护自己的果实不受外敌侵害,可谓用心良苦,而柿子那饱满和火红的果肉裸露于寒气之中,耀目争辉。这种一切听任处置的愚直天性,更能引起我的好感。

古时候,王梅溪[2]曾说,江南有一种果树叫红盐橄榄,树枝很高,要采摘果实,首先在树干上涂盐,人在树下等待。不一会儿,橄榄就从树枝上自动掉落下来。江南某人听到此事,亲自跑到那里观察了几次,他看到当地人采摘橄榄果实,不是登梯子就是用竹竿打,从未看到有人在树干上涂盐,因此当做了笑话。

采摘柿子也一样,因为树枝很高,竹竿有时够不着,于是不勉强,枝头上留几个也无妨。高高的树梢上,初冬的太阳每天以灿烂的金色光芒抚弄着这些圆红的果实,下面的人看到这幅景象,也会高兴的。

[1] 卢萨·巴班克(1849—1926):美国园艺家,培育出八百多种果实和花卉。

[2] 王梅溪(1112—1171):即王十朋(字龟龄,号梅溪)。宋文学家,举进士,为官有政声。著有《龙溪集》、《会稽三赋》、《东坡诗集注》等。

初冬的一天

初冬白日的静寂,使我如进入膨大的圆壶之中,心里十分安宁。

刚才,焦褐的前胸穿着祖传礼服的一只小鸟,一边扑棱棱扇动着羽翅,一边啄食地上的虫子。它有时被翻卷的落叶吓一跳,后来玩够了,吃饱了,停在割掉的芙蓉花根上休息,凭着善良的本性向我行礼。它连续五六遍低下老人般的头颅,忽然又改变了主意,欻然越过墙头,不知飞到哪儿去了。看它那副样子,就像小鱼从壶中一跃而出。

我的眼前站着一棵石榴树,朝南的树枝上结着五六个火红的石榴,果头很重,压弯了树枝。其中最大的一个,张开大嘴快活地笑着。红玉般的石榴米如牙齿般排列,贪婪地吮吸着初冬时节清冷的空气。

我在附近一块庭石上坐下来,好大一会儿被光闪闪的石榴吸引住了。庭石已经被冬阳晒得暖暖的,一股温热透过衣服传到我的肌肤上。

石榴树上方,碧蓝澄净的天空飘过一团棉花般的白云。少年时代经常躺在旷野的草丛中,将无边的空想和梦幻寄托于头上高高飞翔的云朵。后来生病,起居失去了自由,于是我更加寄情于那自由奔放的流云。

古代诗人白居易曾梦到登嵩山，他虽然病足而起居困难，但梦中一点也不觉得疼痛，走在平日恼人的山路上身轻如燕。如今，我想使自己的理想和幻梦也长上奇异的翅膀，当我随心所欲在天上遨游的时候，就是我逃离病魔的桎梏，获得解放的时候。那时，我要使自己的顽固、气闷、过于拘泥的内心长上奇异的翅膀，最好的办法还是看一看流淌于碧空的一片白云。那片白云无疑就是我的幻影。

童年时因为长期仰头眺望行云，脖颈一直僵硬、疼痛。我远远目送着薄薄的飞云，再次将目光转向枝头的石榴，望着那枚醉痴痴张口大笑的石榴。

我发现那里有个奇怪的东西，稍稍有些吃惊。不知打哪里爬上来的一只灰鼠，正坐在树丫杈上，尾巴灵巧地缠着树枝，前肢间摆着一个大石榴，用微微污秽的鼻尖顶在石榴米上，咯吱咯吱大嚼起来。

“嗯，原来是它。”

当我发现这只灰鼠，立即产生了联想。

我家院里有一棵无花果树，今年秋天结了好多硕大的果子。到了成熟时节，采下的无花果中，凡是肉厚味甜者，总是被什么啃了几口，或是留下一些抓破的伤痕。究竟是何物所为呢？好长时间不得其解。

一个朝露瀼瀼的早晨，我发现一只头颅湿漉漉的野鼠，顺着无花果树下滑，无意之中揭开了这个谜底。

经常潜隐于漆黑的地窖，心里盘算着高高的果树梢头，知道果实生熟的，在同族之中只限于几个头脑聪明的家伙，不是个个都会神机妙算的。当时我这样想，其后也就忘了，如今我又想起这件往事。

古代有位道士许迈[1]，他是王羲之的好友，两人一同结伴上山采药。当时，道士的道袍曾经被什么咬坏了。“一定是天棚上的调皮鬼干的。”道士口里反复念着咒语，于是，从黝黑的天棚孔里，从家具背后，所有的老鼠如串珠一般接连不断地爬了出来，一只只被按着头排列于庭院之中。许多老鼠不知为何被叫出来，始终保持坦率的神色。其中唯有一只老鼠缩头团背，将鼻尖抵着地面，纹丝不动。道士立即明白，咬坏道袍的究竟是哪一只了。

面对这只悔过认罪、良心发现的老鼠，道士会怎么处罚呢？对此，我毫无所知。然而，对于我这里的野鼠，我不奢望它会像道士家的那样知道廉耻。它伤害我院里心爱的果树，可见是一个小小的强盗。对啦，还是不要太认真为好。我长期患病，疾病教育了我，在这种时候，更应该虚心、静观，不要沉不住气。而且疾病的亲切关照无微不至，它怕我万一犯了过失，故而让我的手也麻痹了。

[1] 许迈（生卒年不详）：字叔无。句容人。恬静而不慕仕进，父母既终，遍游名山。与王羲之为世外之交。

乌瓜

乌瓜蔓子缠络在破墙上，蔓子上坠着一个椭圆形瓜。

乌瓜开花时，正是夏天酷热的晚上。蚊子聚集在廊柱上，蝙蝠扇动着翅膀，笨拙地、无声地飞旋着。乌瓜很快开花了，它屏住呼吸，不想引起任何人的注意，粉白的花瓣悄悄沉浸在周围的薄暮里。

黎明时分，花儿急忙闭起嘴唇，它厌恶同夏日的太阳勉强接吻。从花的羞赧的心怀里，生长出几个鸟蛋般大小的乌瓜，日渐增大起来。随着时间的过去，有的被虫吃了，有的被调皮的孩子摘去了。秋天过半时节，只剩下一个乌瓜了。

秋天的原野，长着形形色色的树果和草果，从树枝上、草蔓上累累垂挂下来。其中，有在高枝上张着大嘴，吐出火焰般果肉的甘石榴。将叶间的葡萄摘下一粒，放在口中消融着，能尝到酒的味道。皇宫柿红熟的果肉，其清凉的甜香溢满唇舌。佛手柑的果香飘散四方。——绚丽，多彩，丰饶！“秋”被这一切夺去了，它只管一心一意用爱心抚摩和拥抱它们。然而，生性素朴、贫弱的乌瓜，一向不被重视。腼腆羞涩的乌瓜，反而心安理得，于毫无关心之中，守着孤独的个性，一味珍视生命，坚强成长。——就这样，乌瓜日益肥壮起来，那青白的肌肤，如少女的胸脯一般圆润丰满。

不久，石榴、葡萄、柿子、柑橘等惹眼的果子，都从树枝或草蔓上被摘走了。每天，秋风萧萧吹动着落叶树，黄叶纷纷散落下来。

秋天并不停步，它的背后接踵而来的是冬日干枯的跫音。秋抬起白发皤然的头颅向周围巡视。直到昨天，笑声荡漾的大地早已不见些微欢乐的影像了。它低下头嗟叹着。

突然一样东西吸引了它的视线，那是破墙上悬挂的乌瓜。随着阵阵秋风，乌瓜不断扭动着浑圆的肥臀，媚态诱人。

秋这才想起早已忘却的东西。它连忙走向墙根。它用一直爱抚石榴、葡萄、柿子和佛手柑的手掌，开始爱抚起乌瓜来了。对于从来不受珍爱，一直活在清冷、孤寂之中的乌瓜来说，它不会明白这秋的态度本来就是充满浮浪之气的，于是，它变得通体鲜红，在冷寂的秋的手掌中，像幼鼠一般浑身震颤起来。

像被什么追赶似的，秋去了。四周一派冬景。凄清、孤寂的风物之中，只有乌瓜鲜红地垂挂着，没有什么人来采摘。昨天，今天。

朱栾

初冬，又归来。

我喜欢初冬。一个人独自待在静静的一室，庭院的树影映在向阳的明亮的障子上，连树枝上飞来的小鸟的姿影都印在上面了。这时，阳光正转向南面，我打开窗子，坐在廊上，树影宛若蓝眼睛的波斯猫一样，静悄悄从我的膝头爬上胸间，紧紧依偎着我，使我体味到初冬阳光的温暖，枯草的香气和若有若无的厚重感。这个季节最让人怀恋的也正是这个时候。

院子里的落叶树，不觉之间叶子发黄了，落光了。散乱的树叶，似乎要寻找一块安身之地，立即在风中翻滚，打旋，发出瑟瑟的声响。

只有栌树，独自饱吮着晚秋初冬的日光，斑驳的残叶变得通红，如酒酣耳热的醉汉。有人说，夏天里没有什么好看，而这种杂木更易被人遗忘。然而，它所具有的季节感，还有那十一月末略略显现出的闲寂的情趣，却能使悠悠然的心境获得充分的满足。

穿上木屐走下庭院，透过疏朗和裸露的树木间隙，可以仰望初冬广袤清澄的天空。明朗而不那么强烈的阳光，雨点一般倾注到地面上。

庭院的一角生长着四五棵枝叶茂密的常青树，其中，闪着粉绿色叶子的是朱栾。浓绿的叶间可以窥见两三个肥硕的果实。

过去,在中国的巴邱,有人发现一只坠弯树枝的大橘子,他好奇地摘下来,用指爪剖开一看,内有两位侏儒老人相向而坐,全神贯注地下棋。其中一位感到外面有凉气进来,视线迅速离开棋盘,自言自语道:

"啊,太累啦,肚子也饿啦。"

说罢,从袖口里取出一块晒干的"龙眼",削下两三片来,放进嘴里嚼着。这当然是神话般的传说,不过,在这静寂的天气,晒着和暖的阳光,下一下象棋什么的,倒也不坏。

柑橘中的老人吃罢饭,将吃剩的"龙眼"还原为活龙,骑上龙背不知飞到哪里去了。这又何必呢?要是我,不会这样。

"还是佯装什么也不知道,照旧下棋为好。"

我把黄熟的朱栾捧在手里,仿佛想出了一个妙案,口中自言自语。然而,马上又觉得这是一句毫无意义的话,不觉微笑起来——于是,我被包裹在周围柔和温馨的空气里。

金橘的童心

一

一个冬天的午后，一直沉寂的庭园，忽然因雀鸣而骚动起来。透过玻璃窗向外一看，不知从哪儿飞来一群麻雀，一串串停在庭院的树枝上。它们像发现什么可疑的重大事件一样，一律倾斜着小脑袋，翘起尾巴，唧唧喳喳地叫个不停。

我好奇地打开玻璃窗，到外头观看。站在附近树上的麻雀立即停止了吵闹，一齐飞向道路对面邻家的屋脊、房檐和板壁上了。尔后，轻捷地转过身来，低着头向这边瞧着。

“吵死啦，出了什么事啦？”

我用和人讲话的口气问道。于是，最先飞走的一只小个子麻雀，从树上连忙回答：

“你看，那边金橘在哭呢。好奇怪呀！”

院子角落有一棵金橘树，一看，圆圆的小金橘们，个个金黄的面孔都溢满了泪水。我不以为然地看看麻雀们，说道：

“一点都不奇怪，金橘偶尔哭一场也没关系嘛。它还是个孩子啊。”

“可不，它还是孩子啊。”

麻雀们齐声冷冷地笑道。

二

冬天的果园内，同类植物柑橘中，有个大的紫柑，有汁多的香橙，有浓郁的佛手柑，品种繁多，为何非要有个小小的金橘呢？

不因别的，正如人类在漫长的一生里同命运搏斗一样，须有一种海阔天空的伟大气象。但即使到了老年，那孩提时代天真无邪的感情，那童年时期小小的好恶，是无法彻底抛弃的。大自然也一样，它还有着硕大的紫柑和怪奇的佛手柑都难以体现的稚拙的生命和幻想，那就是缀满枝头已经黄熟的金橘们。

一生葆有童心的金橘啊！

同那生下来就带有老人般“闲寂”趣味的柚子相比，金橘的一生就是持续的童心，它永远长不大。正如柚子一生都没有青春一样，金橘一生也不会有老熟。

没有成长和变化的一生是寂寞的。

因此，金橘在哭泣。

琵琶法师

盲人比一般人聪慧,这是谁都知道的,用不着多说。我知道一个很好的例子。

藤村性禅是平曲波多野流[1]最后的检校[2]。这些人以古典相承传,同时代风尚背道而驰。所以既没有门弟,也很少富于同情心的听众。可以说,演奏者和听众合起来只有一个,他就是藤村检校本人。

从这种境况来看,不难推测,检校晚年的生活多么悲惨。

这位琵琶法师曾经从京都来访问过我。当时,我住在大阪南本町的公寓里。那天雨后初晴,大阪街道的路很难走,到处是水洼,一片泥泞。

检校由梅田车站乘上人力车,走到半路,他发觉车夫正为道路难行而发愁。他打破沉默说:

[1] 平曲波多野流:平曲乃日本中世物语之一,用琵琶伴奏讲唱《平家物语》里的故事,为镰仓幕府时期盲人生佛所创。波多野是平曲的一个流派。

[2] 检校:盲人中最高级的官职。

“车夫,因下雨,这路很难走,到下一十字路口向左转,出某某町看怎么样? 那里也许会好一些。”

车夫暗暗骂这个盲法师,眼睛看不见还指指点点。不过到了十字路口,他还是向左转了过去。道路比刚才好多了,他不能不感到吃惊。

后来,车夫出于好奇,当走到街上又一个十字路口时,他停下车问:

“客人,这回该向哪儿转? ”

他回头望望车上的客人。这时,眼睛看不见的检校立即连连指示他:向右,向右;向左,向左。

客人的指示比亲眼观察还要准确,车夫佩服得五体投地。他把客人拉到我的位于南本町的公寓,用毛巾擦擦脸上的汗水,说道:

“今天和您这位眼睛不好的客人同路,使我明白自己是个什么也不懂的睁眼瞎。对于大阪这种让人头疼的街道,您怎么这般清楚? ”

检校的回答很简短:

“五年前我来过一次,那天也是雨后初晴。”

蜡梅

桌上的花瓶插着一枝蜡梅,刚刚展开笑靥。笔直的薄黄的茎,蜡一般肥厚的花瓣,金光闪闪。——但有一点,花蕊里隐含着一痕浓紫,除此之外,一律呈现着黄色。堪称花的呼吸的馥香,也带有几分苦涩,使人想起栀子的颜色来。如果说梅的冷艳像白瓷,那么蜡梅则具有陶器的温馨和大度。最近以来,细雪霏霏,寒气森森。在这种天气里,看到白梅剑拔弩张的性格,就会使人神经过敏,同周围的寒冷格格不入,甚至感到憋闷。而蜡梅呢?它虽然一味孤高自许,但本身的清寂并不一定使周围变得冷峻。它总是微笑着面对自己和他人。在这一月末的严寒中,见之亦可品味出从容娴静的韵味来。

绘画的难点

从前，有人问画家大雅堂[1]：

"先生，对不起，我想请教一个问题，绘画最难的是什么？"

大雅一手罩在额前。

"这个嘛，绘画最难的是，最后看起来什么也没有画。"

不愧为大雅，深知绘画之要害，从艺术家一生来看，最好的艺术，不从制作中来，而是存在于沉默静思之间。

[1] 大雅堂(1723—1776)：即池大雅(号九霞山樵、霞樵、大雅堂等)。江户中期文人画家。文人画集大成者。其妻玉澜亦为画家。

炒栗子的香味

沉浸于秋天和暖的阳光里，我的身体散发出炒栗子的香味。是的,不光是香味,我还切身感到恰到火候的内部的温度和口感。这种凭着自己身心的敏锐,品味出季节感的特征,只属于我们东方人。我们因此而感到骄傲。

白鱼

故乡老家寄来了白鱼。

这四五天,季节仿佛后退了不少。水量骤减的河口,咸水和淡水交汇之处,芦根间结了薄冰,然而从中跃出了迎接春天的小生命,那就是白鱼吗?

我试着撮起两条捧在手心里,冰屑般的小鱼,凉凉的肌体上带着黏液,滑滑的,仿佛能溶进一滴水里。小而尖的头颅的顶端,两只针尖大的似有若无的黑眼睛。

古代的咸阳宫中,有一只奇特的大方镜,宽四尺,高五尺九寸,人在镜子前面,映出的是倒影。用手触摸胸脯,五脏六腑历历可见。如果内脏有病,用大块布片裹住身体往镜前一站,有病的部位就会清楚地显现出来。心怀不轨的女子,用镜子一照,心脏的跳动就出现异常。那位残暴的秦始皇,使众多宫女一一站在镜前,要发现谁的心跳可疑,就毫不留情地杀掉。

具有水一般玲珑剔透的身子的白鱼,没有受到咸阳宫魔镜的照射,但它体内流溢着的生命的悲欢和喜悦,还有偶尔遇到水藻中蟹的威胁时而产生的一时的悸动,它都能运用细小的眼睛,透过无鳞的柔软的肌肤观察得一清二楚。

白鱼啊，你想必看到了自己饱胀欲破的肥硕的下腹内成熟的卵子吧？卵子成熟了！现在这个季节，小雪霏微，寒气凛冽，但已感到春的气息。在河口咸淡交汇之处，从泥沙和腐烂的叶丛中，你亲身感到一种生命的冲动，你凭着一副瘦弱的身子冒险地开始了寒水中的长途旅行。

望着燃烧渐尽的篝火的火影，我想尝尝刚上网的家乡春水的珍味。要是有芹菜，可以采来做汤吃。故派小婢跑到附近的小河里找找看。

两只麻雀

早晨起来一看，正在下大雪。

昨夜整夜没有刮风，周围一片死寂。但不时听到一种瑟瑟的声音，像悄悄的私语，使人有梦幻般的感觉。现在看来，那是纷纷而降的雪片，从树上滑落的声响。

“啾，啾，啾。”

我的目光停在发出声音的地方，看到厚厚积雪的松树的幼枝上站着两只似乎冻僵的麻雀。

“叽，叽。”

麻雀发现一夜之间世界万物改变了模样，到处闪耀着炫目的白光，也许对这种奇怪的变化不能理解吧，只是倾着小脑袋一个劲儿瞧着，不大开口了。

“啾，啾……”

“叽，叽……”

两个小家伙，究竟在想什么？交谈什么？

古时候，晋太康二年冬，普降大雪。南洲这地方，有人打河面的土桥上走过，他听到了什么声响，向桥下一看，雪里藏着两只白鹤,它们似乎在躲避风雪的袭击。

“今年真够冷的。过去,尧天子驾崩那年冬天,是的,没错,是那年冬天,也是这般冷啊……”

其中一只白鹤听到有人经过,张开羽翼,拍击两三下,随即旋上风雪交加的高空。

“可不,那年冬天也一样……”

剩下的一只说着,连忙跟在同伴的后头,转眼消失于灰色的天宇。

“尧天子……”

的确,在有数的生物中,鹤最长寿。它们的对话要是照人类社会的习惯,只能这样说:

“下啊,下啊,这是十年来最大的一场雪。”

“好冷啊,二十年没有这么冷啦。”

人们在说明一种稀有现象时,总是想起自己过去短暂的经历,从中寻找适当的例子。与此相对,土桥下面的老鹤,却十分自然地将两千年前的事同两三天前的事放在一块儿言说。其记忆之准确,气量之宏大,真是无可形容了。

不过,那两只体格膨大的麻雀,似乎有些不满,它们那叽叽咕咕的语言,还有那悲戚的眼神,究竟是因何而来呢?

我不如那位雪中打土桥上经过的南洲人。我不懂鸟语;然而,看到那悲哀的表情,似乎明白麻雀们心中在想什么。

那两个小生灵战栗于饥寒交迫之中。

雪,继续飘落,仅剩屋檐下一块小小的空地裸露着。极目远眺,到处掩映于一派又白又厚、纷然而降的大雪之中。

我抓起一把米,瞄准那块空地撒过去。

麻雀看到了,微微动了动身子。

乌鸦

今年大寒的天气里，连着几天温暖如春。进入三月，奈良的取水节[1]开始的时候，又恢复了原来的寒冷。

早晨阴霾的天空，过午稍有晴明。阳光如闭一只眼微笑的女子，不时将笑声布满大地。我最喜欢阳光，看到这种光景，再也坐不住了，外套一丢，立即走出家门。

菜园的蔬菜拔光了。土地又经农民的手精耕细作，仿佛累了，细密的肌肤饱吮着日光和寒气，静待着播种的日子。看到这些我不能不想到，一个不断制作新产品的创造者还未解除疲劳，又忙着制作下一个产品的丰富而悲悯的情怀。

我倚在一棵脱光叶子的栎树干上，日光震颤着从我的羽织礼服上爬过，实实在在照在背上。我喜爱由冬季到早春的阳光，这个时候能够感受到阳光具有虫子一般敏锐的触觉，又散发着一种烤面包般的焦香。这时的阳光颇似处女颈项上的绒毛。

[1] 取水节：奈良东大寺二月堂一种庆祝仪式。每年于3月（原为阴历二月）13日未明，于井中汲水，于屋上燃火。

所有这些感觉，都表明太阳不光像有人说的如“熟透的大南瓜”，更像一只满怀亲切意味的软足动物。我背靠着树干，任身子包裹于阳光之中，昏昏欲睡。

忽然觉得脖颈有些凉气，太阳不知何时已经躲进云里，细雪霏微，从阴霾的天空飘落下来。

“又下雪啦。”我口中嘀咕着，迅速离去。不想眼前发现了一个奇怪的东西，又重新将身子靠在树干上。不是别的，那是蹲在菜园中汲水瓶顶端的一只小乌鸦。它的眼神凝望着瑟瑟降雪的天空。乌鸦不像平素那样胆怯和谨慎，没有发现我就在附近，即使发现了也毫不在乎的样子，只顾一心一意瞅着深广的雪空。

“干吗那样全神贯注呢？”我不得不作如是想，对于小乌鸦来说，那表情不是喜悦，也不是悲伤。

“看来这只小乌鸦，生下来初次遇上冬天，对下雪很好奇吧？”我这样推断。

和乌鸦相似的有一种黑羽的八哥，东方的画家自古喜欢用水墨描画它。和乌鸦不同，这种鸟嘴上长着老兵般长长的口髭。它喜欢戏水，天气一冷，到了下雪时节，常常到水面上飞翔嬉戏。我见过五六幅不同画家画的八哥图。被称做“东山御物”[1]的牧溪和尚[2]的一些作品，在中国被斥为缺少疏略之法，很难登大雅之堂。可是他的一幅八哥画却收到了很好的效果。这幅画的题材同这位和尚那种纵酒酣眠、醒后高歌的放逸性格颇为相合。画中一棵缠络着茑萝的老松，干上立着一只微俯着身子的八哥，眼里闪射着雪亮的光芒。鸟头上方高悬的小松枝上，结着一颗松球。这些至今仍历历映在我的眼里。

[1] “东山御物”：指宫廷中“东山文库”所收藏的珍宝文物。

[2] 牧溪和尚（生卒年不详）：名法常。蜀人。南宋末画僧，长于山水、花鸟、人物，笔墨简净，尤以禅宗道释画闻名。

雪村[1]的八哥画也很杰出，画中的鸟儿立于岩头，右足屈曲，左足直立，左眼又大又亮，笔力健爽，墨色盈润，其新鲜感永远令人吟咏不尽。

与此二作相比较，雪舟[2]的八哥画构图则过于简单，画面上鸟儿的身姿犹如一墨块，岩石一线，枯茨一线，其余皆不见一物。尽管如此，较之前面两幅画，我打内心里惊叹此作中所表现的强劲的力度。牧溪和尚的八哥眼睛朝下，而雪舟则任鸟的眼睛遥望天的一部分，目光专注于一点。雪舟画的八哥瞭望降雪的天空，心中涌动着莫名其妙的思绪，散射着黝黑的精灵之光。透过那些冲决坚硬的土块，顽强露出头来的无名小草，我看到了这种精灵之光。于冰冻的寒空冲天而立的公孙树，像个大孩子一般向八方伸展着手臂，然而指尖全都指向北方。我也从公孙树如此敏感的神经中看到了这种精灵之光。

我久久凝望着小乌鸦的行动，过了一阵，似乎想起什么似的说：

“对呀，那眼神多么像八哥鸟啊。”

乌鸦依然一心一意眺望着天空。大雪纷纷而降。

[1] 雪村周继（1504—？）：室町后期画僧，慕雪舟，学宋元画。作品有《风涛图》、《竹林七贤图屏风》等。

[2] 雪舟（1420—1506）：室町时代著名画僧，有画圣之名。俗姓小田（一说藤原），法名等杨。应仁元年（1467），随遣明使船队来华，居留两年，与中国画家交游，博采众长，融会贯通。长于山水、人物、花鸟。

公孙树

最近，京都大学的S博士写信来说，他第一次读到我的旧作《站在公孙树下》，非常感动。看到诗旁边注着："咏于作州津山之畔"，因而想到诞生寺里有一棵公孙树，相传为法然上人手植。这位博士问我诗中写的是不是这棵树。我回信说，诞生寺的公孙树未见到过，很想去看看，那首诗中所吟咏的是我由津山至汤原的路上见到的大树，好像生长在一座寺庙的境内。

公孙树是我喜爱的一种树。它从小就不弯曲，笔直地指向天空，一个劲儿向上伸展。长成大树以后，每当秋来，山间朔风拂去一切美梦，公孙树鸣奏着金黄的铠甲，显现出成年人的勇武气象。公孙树一生下来就具有一个理想主义的灵魂。尤其在冬日的寒空，它的赤裸的根干盘踞着大地。顶天而立，浑身充溢着雄健的精神。那副英姿简直无法形容。这树的枝头一律如磁石一般指向北方，不知意味着什么。但仔细一看，这现象只出现在它浑身裸露，立于寒空的冬季。

一到春天，同许多树一样，公孙树也在恋爱。此树有雄雌之分。尽管这种树也属于高大的乔木，根基强固，参天而立，有的相隔遥远，互不见踪影，但雄树的花粉乘着浩荡的春风穿山越岭，飞过一座座村庄，去寻找远方的雌树。这可是一次漂泊之旅。花粉在意想不到的地方碰到雌树，产生爱恋，于是结成金丝雀蛋般的果实，其余的花粉病瘠于途，凋零于途，沉腐于陌生的土地。

悲恋即死。——这种欲望何等大气，何等悲壮。我不能不为这种博大的灵魂和无限的寂寞而悲泣。

公孙树啊，你站立于平原之上，在众多的树木中，你最先用蔷薇般的晨光染红自己的指尖。你最先凝视着夕日的悲凉，而在白天，又第一个接近灿烂的太阳。今天这时候，每当风一吹来，松枝上黄色的花粉好像抖动面粉袋一般纷纷飘散。看到这种烟雾腾腾的景象，我不由想起那眼睛望不见的高空，你的花粉为着一种激烈的思恋之情喘息、悲叹；又为着一种憎恶之念战栗、苦恼。正像盲目的小鸟一样，在浩渺的旅途上奔波不息。

你是原野上伟大的理想主义者。你的生命落地，结实，哪怕是微小的几粒，你也绝不后悔。这一点更能说明你是一位优秀的理想主义者。

燕归来

燕归来。

紫黑的羽衣，雪白的前胸，勤奋的身影，迅疾地穿梭于城中的大道上空。看到这幅情景，一种未曾感知的青春的新鲜之情袭上心头。阳历三四月间，繁花似锦，万物静寂，诱人睡意。人们沉浸于一种迷醉和慵懒的状态，甚至那久欲一尝的春之芳醇都激不起其一点兴味。然而，一旦燕归来，看到那灵巧的羽翼，沉滞的春心迅速鼓涌起来，硬化的血管跃动着新鲜的血潮。世界一下子明朗了，春的悒郁转化为春的快乐。绘画转化为音乐。音乐——这是旋律急速的生命进行曲。引导这支进行曲的，是有着一身紫黑羽衣和雪白前胸的小燕子的圆舞。

燕子啊，我只知道你是南国的归航者。伴随着小小的身姿，你同时带回了光明和活泼。但我们一点不知道你是从哪儿获得这些的。我们知道，你从早至晚像小孩子一样，掠过长满嫩草的山冈。我们知道你作为家族一员，毫无顾忌地穿窗而来，在我家的房梁上筑巢育雏。我们还知道，到了秋天，你们全家男女老少，飞越晴明的蓝天，一直向南迁徙。然而我们却一点不知道，在大海的彼岸，你们停落哪个国度，又是过着怎样的生活。

我们想起古老的传说中那位长者的女儿。这是一则奇特的爱情故事。姑娘同某国一位素不相识的美男子相爱，良宵苦短，每当晓鸡高唱，那男子便慌慌张张，匆匆离去。一天早晨，姑娘悄悄在他衣襟系上一根丝线。后来，她循着这根丝线寻找恋人。丝线穿山越岭，经过深山坳里一棵大树。不想丝线就在树洞的入口处断绝了。其后再也不知那个男子的去向。燕子在大海彼岸那个陌生国度中的生活，正像姑娘的那位恋人白日里的踪影，化成一个深不可测的谜。

我们又想起社会同艺术家的奇妙关系。社会接触艺术家的优秀之作，对于所创造的崭新世界报以惊异的目光。至于艺术家是从何处获得如此美好的创造动力，则一向毫无所知。艺术家时时离开俱乐部里的玩友，或时时离开恋人温暖的怀抱，去从事一项个人的工作。社会对个中情由全然不晓。

有人说：

“我看到那位艺术家和神一道走路，那人像索取小钱一样，对着神絮絮叨叨说个不停。”

还有人说：

“我昨天确实看到他了。简直就像个俄罗斯人，喝得酩酊大醉，疯疯癫癫哼着一首流行歌。”

然而这些皆属市井邪说，同事实真相毫不相干。当艺术家独自一人的时候，世间会想象着他孕育作品的那个奇妙的夜晚，但却丝毫不了解艺术家受胎的消息。我们可以想象燕子带来光明、快乐和生气的故乡远在南国，但我们毫不知晓那是怎样的国度，燕子又是过着怎样的生活。可以想象，那里的太阳像南瓜一样黄熟，大海像酋长一般快活地微笑。这样的猜测也仅止是我们的想象。那位长者的女儿，只能使情人的一半属于自己。社会，只能接触艺术家生活的一半。同样，我们也只能了解燕子奇妙生活的一半。

燕子是不停运动着的空中的精灵。犹如恶魔信赖自己强健的邪恶的力量，燕子也对自己强健的羽翼深抱自信。这种鸟儿时时停于婀娜的柳树枝上，它们呢喃细语，似乎在品味静止和休息时那种天鹅绒一般舒适而柔美的心境。实际上，休息对于燕子来说，不是为了慰藉，而是为了行动，因此，只要疲劳稍稍解除，便迫不及待地向着广阔的天空冲击。生命，呈现着电光一闪的气势。

美国人的个性急不可耐，他们旅行时选择最快的火车，乘汽车时尽量加大油门，在街上步行时，身子前倾，疾步如飞。为了长期坚持那种紧张的生活，他们不得不具有机器一般铁的神经和铁的骨骼。光这样还不行，此外，还须具备燕子般的生动、活泼和自由。只有这样，才能在任何紧张的环境中得心应手，左右逢源。

燕子，你是长着翅膀的精灵。你从南国长途之旅中归来，如电光一闪飞进城市的大路。街道两侧耸立着白石的墙壁，红瓦的屋顶，瘦削的街树，笔直的电柱，四角的窗户，细长的石条……好似音乐的节拍，分别在你眼前乘兴跃起，又一个个迅速消失在后头。

你穿过大街，在广阔的原野上圆舞。女尼般清白的木兰，有着娼妇般红唇的茶花，女优般白粉散香的丁香，流着寡妇般泪水的棠棣，还有桃、樱，各种花草，皆如未来派画家手里五彩缤纷的颜料，在画布上流动，不久又混成一气，最后又被一股色调粗犷的旋风席卷而去。燕子啊，你飞到城里的空地，在阴暗、泥泞的小路上擦地飞翔时，犹如看到一幅中国女子制作的刺绣，狭窄的民居密密麻麻，眼看就要倒在你的面前。你改换身姿，以绿枝弹雀之势，跃上屋顶，转瞬间不知消失在哪里了。

天空里的精灵啊，你是未知国的归航者。你疾飞如箭，圆舞如环。你周围的一切都在快活地流动、旋转。我比什么都更爱你的生活。

绿叶雨

原野，山峦，一片翠绿。

这时节——尤其是今年，经常下雨。比起濡湿草木新芽的初春的雨，比起迟些日子到来的梅雨季节的雨，这个时候的雨有着不同的韵味。初春的雨寒冷，梅雨季节的雨过于忧郁。夹在两者之间的晚春的雨，明丽，快活，充溢着暖意，像银子般闪着光亮。初春的雨无言地润泽着，而这时的雨却潇潇有声。这雨声带有静谧而亲切的情味，是天空和草木精魂的窃窃私语，令人想到柔滑的肌肤和芳馨的呼吸。风时时横扫着草木的嫩叶，宛若一位美人，雨滴从颈项流下来，经过腋下，滑入乳畔，凉丝丝，痒酥酥，她忍不住摇晃着身子，笑弯了腰。这种快活的情味只有这时的雨才体会得出来。

受到这种快活和明丽的引诱，蛤蟆从叶荫深处慢腾腾爬出来，雨滴一落在它的脸上，那蛤蟆像个醉汉一样，误以为是唇边的酒泡，遂用笨拙的前爪，悄悄揩抹一下鼻端。而且时时蹲踞着，不住打量着周围的一切。

谙熟历史的俳句诗人小林一茶[1]，将蛤蟆的这种姿态比喻为旅途上被大雨浇湿的游子。蛤蟆啊，你所寻觅的一茶，是个很好的俳人。他的灵魂为长年的悲苦所扭曲。

［1］ 小林一茶（1763—1827）：名弥太郎、信之。江户后期俳句诗人。著有《我春集》、《七番日记》等。

这时节还有一位你更好的朋友，但它不适合同你一起沐浴着这明净的雨。它是蟹。蟹带着沾满泥土的硬壳，从庭院石头的背后横着身子爬出来了。像一列钢铁制造的蒸汽机车，不住地吐着泡沫，看上去就像德国人想象制造的生物，外壳上打上"Krupp公司"的印记。我家位于近海的沙滩上，蟹很多，一到梅雨季节，经常有蟹经过墙壁，沿着房柱，爬进屋内的榻榻米上。螃蟹啊，你和蛤蟆虽然各自过着不同的生活，但你们都很自尊，都具有自尊者的孤独性。过去有位厌世哲学家叔本华，他到意大利城市去旅行，当地的人们——尤其是漂亮的女人们，对他很冷淡，而对同时来到这个城市的厌世诗人拜伦，简直就像招待王公贵族似的加以欢迎，于是叔本华很没有面子，草草离开了那座城市。螃蟹和蛤蟆都其貌不扬，笨拙丑陋，总不至于互相嫌弃吧？

树木上还有雨蛙和蜗牛喜欢雨。雨蛙是闻名的独唱家，蜗牛是古怪的沉默者。一个是从树叶跳到树叶，一个是从树枝滑向树枝。雨蛙像艺人一般只身奔走四方，蜗牛像灵场的巡礼者，将全部家产都背在自己身上。它们偶尔会在宽阔、碧绿的芭蕉叶上相逢。彼此只是行注目礼，一句话也不说，匆匆擦肩而过了。它们都喝足了雨水，尝尽了雨味，专心地同雨嬉戏。它们懂得，要是放过这个时节，雨天就会很快过去。

夜深了。我喜欢放松筋骨躺在浴槽里，悠然地倾听着那萧萧的雨声。而这个时节的雨，最适合于我这个时候的心境。

麦熟时节

一

我在小池畔敷草而坐。七天没来了，这里的景象完全变了。池面上漂浮着十几朵睡莲，银白的花盘上静静地熏蒸着金黄的香气。花盘光洁、明净，具有尚未被神人动一下手指般的纯白和羞赧。池子周围，菖蒲、三棱草、蒲草等高茎植物，肩并肩茁壮成长。到了六月，大部分野草很快长出叶子，所有开花的植物，也都饱吮着新鲜的日光。为了趁此机会，诱惑那些狂蜂浪蝶，它们尽量伸长秆茎，跷着脚尖，两手捧出一轮花来。

哦，飞来一只蜻蜓。这是一只刚从水中诞生的鲜洁而幼小的蜻蜓。头上嫩绿的大眼骨碌骨碌动，它似乎用头颅观察，用眼睛思考。看那姿影又好像为了保护池水清幽的环境，它张开薄绢般的亮翅，静静地叮在一处，谁看了都会觉得这是一位出色的小天使。然而，它那硕大的唇吻，又充满了无限的贪欲和无坚不摧的力量。这是多么矛盾啊！看着那副沉思的大眼，会使人醉心于它的美丽和清纯，但又无法否认，它那与生俱来的贪欲，又会使它吃了又吃，永远没有餍足的时候。

头上响起声音，一看，蜻蜓发现了雌儿，蓦然飞过去。两只蜻蜓互相缠绕，球一般落在水面上，刚紧抱一起，转眼又展翅高飞，越过睡莲，越过菖蒲，又一下子越过柳树梢头，消失在广阔天空。

蜻蜓啊，为了刻骨铭心的爱情，你舍弃池水这块清净之地而无悔。我想，在爱火燃烧的一刹那，你的无餍的情欲，使你在叮住对方时尝到了无限的快乐和悲苦。在那无法言说的感情里，你惊喜，叹息，在初夏的晴空里飞翔不息。

二

今日到野外一看，麦子黄熟了。这一带地方的习惯是，麦子脱粒后，剩下的麦秆大都烧成灰，因此麦秆不受重视，长得十分细弱。但在我的家乡，较之籽粒，农民们更重视收获麦秆，用心地培土、施肥，因而麦秆要比这里粗壮得多。

割下的麦子捋去麦穗之后，必须重新处理麦秆。将三节以下的部分铡掉，在晒场上用硫黄熏蒸，摊开晾干，剩下的麦粒就这么自然丢掉了。这就像产婆为产妇收拾一番，把婴儿裹在布片里，就那么扔在那儿不管了。

不知是什么时候，我回乡正赶上麦秋时节，男女老幼一起下地，紧张地劳作着。

我独自待在家里，看到这种情景，心里非常难过，心想："这两天在家闲着的只有庙里的菩萨和我两个啦。"

我们村里有个穷人家的媳妇，发现自己肚脐眼里长出了麦芽，这事一时弄得满城风雨。经医生诊断，这是在收麦时钻进的一颗麦粒，在适度的体温下生芽了。

那女人说："收麦时，总记得麦粒确实迸进了怀里，因为忙，就那么忘在里头啦。"

我们村子到了麦秋，真是忙得不可开交，所以我听了这件事十分理解。不过，无论如何忙，麦粒钻进肚脐总得取出来，要是以为女人的肚子连庄稼都能扎根，那可真是异想天开了。

雨日熏香

一

梅雨前，都说今年一定是个“干梅雨”季节，可入梅后，到今天为止已经下了两场雨，这两场都下得很大。

我喜欢雨天。因为雨天能使人品味到快活的晴日所没有的宁静。每天每日下个没完没了的梅雨季节的雨，对于我这个多病的人来说，真有点过于郁闷了。然而令我高兴的是，我可以因此逃脱一些外界的纷扰，慢慢品味那番恬静的心情。

梅雨时节的雨潇潇而降的日子，我的心境十分安逸，即使用来读我喜欢的书，也似乎是一种浪费。在这样的日子，我觉得可以写出优秀之作。然而用来写作也很可惜。只要可能，我什么也不做，只想静静走进自己内心的深处，游览孤独，品尝孤独。

焚香适合于任何场合，尤其是梅雨季节雨中焚香，闻之更使人心性安然。根据本人的爱好，这时候我总是使用白檀香木。听着绿叶上的雨声，双目紧闭，闻着弥散全屋的沁人心脾的幽香，仿佛魂魄已经离开肉体，徘徊于陌生的法苑林的小路上。那雨声浇灌着心灵，自然界浸透着温润和柔情。这种温润和柔情，是将“自然”和“我”融为一体的最佳媒介。我的灵魂和宇宙的大灵魂，实现了神交和感应，就是在这个时候。我和草木鸟虫等小精灵窃窃私语，也是在这个时候。唤醒如今再也无法见面的墓中的你这位故人，娓娓谈论着往昔的交谊，还是在这个时候。

香烟渐渐变弱而尚未消散的时候，我的心里感到轻微的疲劳。我站起身推开窗子。那一直认为打落在我心头上的雨依然在外面潇潇而降。薄暗的院角里，紫阳花红湿绿濡，悄然挺立。这花仿佛沉浸在清幽的梦境中，眼角含着青白的微笑。它是梅雨季节不可缺少的一景。栀子、合欢——这些都是白日里做着光明的梦的花，而唯独紫阳花做的却是孤寂阴郁的梦。

紧靠紫阳花身旁，蜀葵红白两色的花被雨水打湿了。这种花草为了轮番品味梅雨季节的雨水和晴日的阳光，其茎像柱子一般笔直挺立，而花全都横向地簇拥在一处。

我曾经看过光琳[1]和乾山[2]描绘蜀葵的画作。两幅画十分相像，好像是兄弟俩商量好画的。茎和花都极富于图案的韵味。但乾山的这幅画其花茎直刺天宇，更显现出强劲和厚重的生命力。这也许反映了作者的人格吧。

过一阵子，雨势小了。不一会儿，夕阳渐渐漏泄下来。带着湿气的新鲜的风飒然吹来，这一带浸透了雨水、俯伏着身子的树林，就像狗抖落身子上的水一般，脱去了水汽又猛然直立起来。周围洋溢着一种静谧的快活的空气，宛如大哭一场之后那种欢快的心情。日暮前的这一刻，清晰可见的只有合欢花。

[1] 尾形光琳（1658—1716）：江户中期画家。初学狩野派，后转向光悦、宗达的装饰画风格，大胆而华丽。有《红白图屏风》等传世。

[2] 尾形乾山（1663—1743）：光琳之弟。与酒井抱一继承其兄衣钵，创立光琳画派。并为日本三大陶工之一，发展出单纯稚拙而又奇拔的装饰风格。

二

雨晴时到田间一看，小河里涨满黄浊的雨水，一直浸到田畔。看到这个，就想起小时候每到涨水的晚上，时常去砍鲇鱼的往事来。一手拿着一端绑着割草镰刀的竹竿，一手擎着火把，沿着昏黑的河岸一路走去，一边不停挥动着火把。大鲇鱼见到火光，哗啦一声拨动河水，将硕大的头颅浮出水面。这时，立即挥动长柄割草镰刀，瞄准鱼头用力砍去。这种捕鱼法确实有些残酷。每逢梅雨季节，小雨疏疏的夜晚，不约而同地说："真想去砍鲇鱼呢。"于是三三两两，穿上小蓑衣，跟在大人身后出发了。

那是哪一年，幸田露伴[1]先生担任京都大学讲师的时候，我见到了他，谈话中提到砍鲇鱼的事儿。幸田先生是著名的钓鱼高手，他听到我的话，不解地思索着说："是吗？鲇鱼生性胆小，看到火把躲藏起来，不可能浮上水面的呀。"

因为是幸田先生的话，他说鲇鱼是胆小鬼，当然是可以相信的。然而，认为鲇鱼胆小就怀疑它不会贸然将头浮出水面，这种说法却很难令人信服。为什么呢？

因为我小时候不但多次亲眼看见过，而且自己也曾照鲇鱼的巨大头颅挥过镰刀。

[1] 幸田露伴（1867—1947）：本名幸田成行，别号蜗牛庵。小说家、随笔家。代表作品有《风流佛》、《一口剑》、《五重塔》、《命运》、《滔天浪》等。多数作品倾向于以浪漫主义手法展现艺术创造者的顽强意志，进而歌颂艺术的强韧生命力，晚期则趋向写实，并表现出对历史的与日俱增的兴趣，于辞世之年完成了《芭蕉七部集评释》。学识渊博，文学造诣颇深。与尾崎红叶、坪内逍遥、森鸥外等人齐名，这一时期在日本文学史上被称为红露逍鸥时期。1937年日本政府颁发的第一届文化勋章的获得者。

三

这个时节开的花，有柿子花和马铃薯花。这是极其简素而质朴的花。仿佛只要结籽就已足够，其他皆属华奢。这种花常被这里的农夫刻在木头上或折叠成纸花，富有所谓农民艺术的韵味。柿子花那种类似廉价香水的甘甜香味，只不过是自然界为实际需要所迫，而做出的一次小小的骄傲的表示而已。

四

如今这个世界，草木以绿色为自豪，但独有一种草，茎叶皆为紫色，整个体躯散发出紫色的香气。这就是紫苏，是最具特色的一种草。古代，在京都圆山的茶寮里，各界人士的夫人们举办过服饰评比。大家都以为穿金着银最能显出豪华之气，唯独中村内藏助的妻子，承袭尾形光琳的趣好，外面套着素色的上衣礼服和黑白夹袄，里边再穿几件洁白一色的紧身衣服，令众人刮目相看，获得好评。紫苏的紫色，虽然没有这样的趣好和素质，但它也许是在天地造化的颜料盘中只剩下紫色时被创作出来的。尽管如此，它的色与香都浸满浓紫的情调。这种大胆的创意，在这样的季节里，更能充分发挥特有的效果。

棕榈花落的时候

一

下了几天的雨，一下子晴了。犹如一个病人骤然恢复了健康。时隔很久，我也拄着拐杖到乡间小道上散步。

原野，山丘，一派醉人的水绿。夏天的太阳如熟透的橘子，又酸又甜，有滋有味地在空中辉耀。仔细一瞧，周围的绿已经渐渐失却七天前快活的笑意，早早蒙上了一层伴有轻度疲劳的忧郁之色。

走过贫家的屋后，发现后门口有一棵棕榈树突兀而立，树上满是饼干一般既干且黄的碎花儿。

棕榈树，你忽然飞来，在我心中扎下了根。你的幼芽，一味指天而生，你对高空的思慕和憧憬，孕育着自己的干，不许有一点歪斜和弯曲。昨天一寸，今天一寸，明天一寸，始终不忘笔直地向上生长。正像一位真诚的修行者，厌恶一切前来求教的谦虚的弟子们，你不愿长出树的羽翼一般的枝条，只着意于一株正直的干，一个劲儿向往蓝天。有时，你合上手掌大的叶子，对着眼睛看不见的东西祈祷。又有时，你兀立于暗夜之中，独自沉思，无端垂泪。如今，你开着饼干般黄色的小花。今天天气阴郁，你的花儿开始纷纷凋落。落花的地面也不再会长出你的后代来了。因而,你的仰慕高空的心愿,想必更加炽烈,更加寂寞吧……

我仰望棕榈花,思虑重重。

二

我的故乡老家,宅地里有一片竹林,其间长着八九棵棕榈树。一棵棕榈每年可以剥出十二张棕榈皮。到了这时候,棕榈皮的工匠们前来帮着剥树皮。每棵棕榈都很高大,其中总有一两棵相隔很远也会交合在一起。剥皮的汉子绑着两副梯子,爬到树顶上干活。

一年夏天,一个陌生的工匠来给我们剥树皮,我把他领进竹林就回家了。

不久,竹林里响起快乐的歌声,偶尔还能听到墙外过路的女孩儿说笑的声音。不一会儿,工匠似乎累了,竹林又恢复了平时的寂静。

日暮前,那汉子拎着一捆棕榈皮,颓然来到我家。

“今天真倒运,命都差点送掉啦!”

“怎么回事?”

我们吃惊地问。

“我从最高的棕榈树上横着摔下来啦,重撞了腰骨。”

“好危险哩,摔伤了没有?”

母亲从旁问道。

“还好。”那汉子转向母亲,“大婶,父子之情真奇怪啊,当我一下子跌到地上,一眨眼以为就要死啦,可这时我眼前突然闪出了孩子的脸蛋。后来我还清楚看到最小的孩子一跛一拐走路的样子。这些都是一眨眼工夫的事啊!”

“可不嘛,真是的。”

母亲听了十分感动。我有些莫名其妙,第二天特地走进竹林,站在那棵最高的棕榈树下。我拾起一块石子向树梢扔去，在石子刚刚落地的时候，我想学那位汉子，眼前能看到三个最要好的朋友的面影。

一次失败了，两次失败了，三次又失败了。第四次用力上投，那石子不知落到什么地方去了。

这事着实有点勉强，我本想体验一下为父的一番心情，可我那时还是个十一二岁的孩子啊。

雷

一

打雷了。

羊背般柔和的六甲溪谷，忽然涌现大块的云朵，转眼之间电光闪闪，雷声隆隆。

“这个时候，山雨就要来啦。”两三天来为酷暑所恼的我，靠在藤椅上，高兴地眺望西北的天空。

各种形状的云，急匆匆从这道溪谷飞向那道溪谷。每块云朵仿佛鸟兽一般，都长了羽翼和蹄爪，迅疾地飞过悬崖，沿山脊奔驰。雷助云势，响声也在逐渐加大起来。不觉之间，又销声匿迹，欢快而降的雨，也不知逃到哪儿去了。

我居住的西宫地方少雨，夏天到来，也难得看见大雨。我所熟悉的某人士，一次下雨外出，打的伞被盗，他一气之下，从此对雨伞断了念，下雨天只披一件雨衣，直到现在也不觉得有何不自在。这足以说明，阪神地方少雨到了何种程度。

一位工人有这样的口头禅：“虽说住在城市好，但这一带更便利。实际上，要住就只可住在六甲山下。”

他不愿到望不见六甲山的远方工作，我想这大概因为本地工资高，气候好，再加上少雨，上下班不必太担心。

夏天，听不到雷声也颇感寂寞。同这里相比，京都的夏天虽然无风而闷热，但常常打雷，气候多变而有趣。京都一带的土地为群山包围，雷在天上轰鸣，引起反响，四周的山峦隆隆之声此起彼伏，如野兽咆哮。好似一位站在舞台上的优秀舞蹈家，雷被周围群山的回声所激荡，一次狂舞又一次狂舞，终于神经错乱，有时竟会踏破浓云，滚落到下界来。京都有张开羽翼的大寺院和高缈入云的乔木。在京都，即使产生落雷，一点也用不着害怕。况且，这地方来去也很方便。

天地之物，两相拼搏，互相爱慕，互相憎恶，这样热烈的欲望随着电光的闪灼，大雨的喧骚，无休止地显现出一种动摇不定的情怀。由此带来的市街的骤变也不可忽视。慑于太阳的威力而变得委顿、干瘪的古老房舍、道路，都在沛然而降的雨点里，鱼一般迅速苏醒，恢复了平日的呼吸。

豆大的雨点迅猛地砸落下来，天空里白光一闪，转瞬间一阵轰鸣袭向屋顶、房檐，又被街树弹跳起来，隆隆地滚落到道路上。男女一阵哗然，四散奔逃。平素如墓地般静穆的京都城，雷雨一旦来临，立即鼓动着心脏，加速了脉搏，找回了往日的青春。雷雨袭来，其激烈的程度，为别处所罕见。因为常常有雷雨，这也是我喜欢京都夏天的一个理由。

雷雨过后，大地濡湿，空气潮润，街道树如小鸟抖水一般弹落雨滴，发散着新鲜的水汽。在京都大街上嗅一嗅，觉得特别有味道。

二

我对于诸神的派系一无所知。但我想，京都上贺茂、下贺茂祭祀的逢雷神和别雷神，是否如其名称那样，皆属雷神呢？这些神被供奉于森林之中，人们祭祀首先想到贺茂。不难想象，京都人是如何慑服于雷的声威了。

闻老婆的男人

我朋友S氏的同窗之中，有一位年轻的理学家。

理学家已经结婚。青年女子有了丈夫，就会知道许多过去所不知道或不想知道的事情。这位青年理学家的妻子发现的东西，除了众多新娘子所经历的之外，还有一件谁也不知道的事情。

这女子偶尔走了一趟娘家。回来时，理学家丈夫凑到她身旁，把鼻子顶在妻子身上，狂嗅一阵。

“你到哪儿去了？”他带着深深的疑惑问道。妻子回答说去娘家探望母亲的病了。丈夫还是紧追不舍：“你身上有男人味儿，你是不是去会男子啦？”

她想了想，原来在她的哥哥们中，有一位做花匠的，也去探母病，她和这位哥哥坐在了一起。她说清楚了，丈夫这才满意地笑道：“是吗？你的身上就有这样的气味哩。”

这种事反复多次，每每被丈夫猜个正着。年轻的妻子逐渐对丈夫敏锐的鼻子产生了兴趣。她外出乘电车，专选年轻漂亮的男子身边落座。进咖啡馆，也专挑风流潇洒的男人近旁的椅子。每一次回来，丈夫都像猎犬一般围着年轻妻子浑身嗅个遍。

“又见到谁啦？怎么有青年男人的味道？”

“嗯，见到啦，不过没什么。”她故意挑逗地说。

丈夫又反复嗅了一遍,问:“好,说出名字来,这男子究竟是你什么人?”

他怀疑妻子有事瞒他,改换了眼神执拗地追问着。这时候,女子心中暗暗感到了一种被嫉妒的幸福。

鼻子这种病态的敏感,在病态的丈夫心中投下了暗影。当妻子觉察到这一点时,对自己由好奇而变成恶作剧的行为悔恨莫及。她为了治疗丈夫的这种怪病,费尽了心思,自己也从此尽量不再挨近男人身边(这不光是丈夫治病,对于防止女子自身转移注意力也很有必要)。然而丈夫照样狂嗅妻子的身体,不忘追问所见到的男人的情况。妻子甚感苦恼。最近,她终于想出妙案:在自己身上搽上很浓的香水。这种香水能麻痹丈夫敏锐的嗅觉。于是,丈夫皱着眉头说道:“真香啊!”

从此只有这一句话,再也不追问遇到什么样的男人了。妻子这才放下心来。

“这回去见谁都没有关系啦。”

妻子也许心中会这样忖度。可想归想,她的丈夫再也嗅不出什么名堂来了。

菜园的早晨

我家宅子前边有一块围绕着竹墙的四五十坪[1]大的菜园。趁着朝阳尚未升起，我及早把椅子搬到墙外，任凭水一般的凉风吹拂着肌肤。这是我每天必做的一件事。

菜园里，形象超群、顽强稳健的当数玉蜀黍，胸间抱着几枚生着金色毛发的苞形果实，长长的叶子如手臂般下垂，其风姿宛如大寺院里所看到的菩萨像。晨风吹拂，垂到下肢的叶子，经风一吹，如长长的臂膀就势扬起到肩部，如舞女的素腕，摆动着动人的舞姿。那纤纤素手在欢笑，在歌唱，模仿着各种各样的动作，尽情嬉戏。同时，胸中怀抱的苞形果实上的金色的胎毛，也荡漾出种种波纹。

从几重薄皮上探知玉蜀黍是否成熟，每一层皮摸上去都如触及女人的肌肤一般，令人感觉敏锐。玉蜀黍和女子一样，动辄就向你巧妙地露一手，切不可疏忽大意。

玉蜀黍旁边种着茄子。黄瓜、南瓜、西红柿、辣椒，渐次成熟，由青转红，唯有茄子，紫茎上开紫花，紫花结紫果，自始至终，一律紫色，不能不说是来自一种坚定的意志。

[1] 坪：一坪相当于3.3平方米。

许多果实，虽然同样为晨露浸润，为阳光照耀，但都各呈异味。茄子要趁清晨露水未干之时采摘，只有那些干燥无味的果实，过午的太阳晒着硕大的屁股，热气渗进果肉，用手一摸，火一般烫人。其可怕的程度，犹如正午的电车上突然上来一位青年女子，从她身上可以感知街面上灼热的日光。

莴苣已经起薹了。将叶子捋掉，或一刀切下来，切口会有白色汁液流出。这种蔬菜和无花果一样，都有淌不尽的奶水般的汁液。宛若女人的肌肤割破了，流出的不是红色的血，而是白色的乳汁。

竹墙边的凤仙花开了。鸟翼状的花杯溢满露水。果实合在一起，稍一触摸，壳儿爆裂，种子就势跳跃而出，十分有趣。同样爆出种子的植物还有酸浆果，掰开蟋蟀腿一般满是刺毛的外壳，立即噼噼啪啪爆出声来。这种草籽令人怜爱不已。

水绒草的叶子里也会长出纸捻儿般细长的茎，弯成弓形。到了八月末，斑斑点点，布满纸屑似的红花，到了秋末，许多种花儿都不见了，唯有水绒草，在晦暗的树荫下，轻轻摇晃着一丝红花，令人感动。

说着说着，夏天的太阳露出了脸儿，无情地投射着强烈的光芒。我也该更换一下椅子的位置了。

草之情

暴雨即将降临的天气，原野的道路上沙尘飞扬。我看到一个农夫急急忙忙将割下的草收集起来，浓郁的青草气息向四方飘散。闻到草香，我的脚步自然放慢了。我尽力翕动着牡牛一般的鼻孔，深深吸了一口气。

这无法言状的草的芳馨。站到草堆前的一瞬间，我的胸中蓦然浮现出一系列的那些被割下的草的名称：蓬艾、萱草、野菊、犬蓼、杉菜、露草、酸叶……我不但感知着它们那种不怕践踏、不畏蹂躏的生命之魂，而且切实品尝到了这些杂草可人的清香。我有着天生如牛一般愚钝、正直和坚韧的性格，也有着牛一般的嗅觉。我若也有牛一般的胃袋，我将同牛们一样，变成一个极端的素食主义者。我对此确信无疑。

我对草的这种深情来自何处？

在我看来，草不论多么渺小，多么细弱，都是嵌镶在大地上的生命之眼。它们有触觉，它们知冷热。所谓"生命"，不管采取多么飘忽不定和徒然无为的表现方式，其内里总是积聚着美、力量和光辉。万物之中再也找不到比草的生命更加谦恭、素朴、正直和坚毅的东西了。对于我，草就是"语言"。它是一种一刻也不能安住的奇异的存在。草没有蹄爪，它是一直伫立于同一地方的小兽。草没有声带,它是永远保持沉默的小鸟。

然而,我对于草的亲情并不仅限于此。

孩童时代,我是在草丛中长大的,更确切地说,我和草一起成长。我生在乡野寒村,我只有几个小伙伴,我同这几个仅有的小伙伴玩耍,总是选择草地。当我和伙伴们不在一起时,就一个人在草丛中跌打滚爬。因为小草已经开花,结籽,我可以同它们一道玩了。朝鲜牵牛花吸附在手指上,稍一接触,会发出蝈蝈般的鸣声,同时从荚里弹出一颗酸浆果来,使得还是小孩子的我甚感惊异,更促使我玩得天昏地暗,忘了时间。

草地里隐藏着各种各样的小虫,有纺织娘,土蜘蛛,屁股挂剑、俨然军人模样的蟋蟀,生着长长的触角、酸意十足的螽斯,装模作样的螳螂,花花公子般的放屁虫,还有蝼蛄,蚯蚓……这里有着神话之国的君主和小百姓们忙碌而又悠闲的生活。拨开草叶,压弯草茎,向里边一看,这些演员们正上演一幕幕好戏,对我发出一阵阵难以抵挡的诱惑。虫的亮相,虫的情恋,虫的对打,虫的舞蹈,虫的谋反……一场一景,颇为动人。他们一发现有我在盯着,大吃一惊,立即收敛一切动作和表演,草草退场,落荒而逃。于是,这些气急败坏的小冤家们,便来咬我的手指,用长满细毛的双腿,抓蹬我的额头。

那是什么时候,我和上田敏先生一起在京都御苑散步。苑内的草地上嫩芽新萌,在阳光里耀目争辉。上田喜欢法国,他看到这副景象,立即若有所思地说:“日本的草,大多手感粗硬,法国草原上的青草既柔软又很少生虫,看上去十分舒服。”

我听了,不由感到这位长在大都市的学者和我这个乡巴佬之间,对于草和昆虫的感触真是相差万里。虫时时咬我的手指,蜇我的肌肤,然而它们始终是和我嬉戏的伙伴。

不光是虫,草偶尔也向人露出白牙。萱草有剃刀般的叶子,数度割伤我的指头。蓟草的针好几次刺伤我的掌心。但是,无论在什么场合,我一看见草就满含亲情,真想叫一声“啊,我的兄弟”。哪怕它们沾满沙尘，哪怕它们被牛尿濡湿，我都毫不在乎。

同乐共欢，相辅相成——我和草的关系须臾不可离分。正因为如此，我今天站在暴雨袭来前的田野道路上，一闻到草的清香，就不由停下了脚步。

硕大的雨点描画着飞箭般的银线，噼噼啪啪打落下来。那农夫慌忙背起草捆儿跑了，我紧紧跟在他的后头。

哲人的晚年

做了三十年《妇女家庭周刊》(*The Ladies Home Journal*)著名记者的爱德华·博克(Edward Bok),最初担任报纸速记员的时候,是个十五六岁的少年。

他当时会见过诗人老奥利弗·温德尔·霍姆斯(Oliver Wendell Holmes)[1]、朗费罗(Longfellow)[2]以及宗教家菲利普斯·布鲁克斯(Phillips Brooks)[3]等人。这些名士们出于几分好奇,都亲切地接待了这个少年,而且同他进行了种种有益的交谈,并在少年的笔记本上签名留念。因此,这位少年待在波士顿期间,感到无比快乐。

[1] 老奥利弗·温德尔·霍姆斯(1809—1894):有美国十九世纪最优秀诗人之称。其子小奥利弗·温德尔·霍姆斯为美国实用主义法学创始人,律师、教授、法官。

[2] 朗费罗(1807—1882):美国诗人。曾留学西班牙,后长期任教于哈佛学院(今哈佛大学)。其诗作表达了反对民族压迫和种族歧视的精神。代表作有《夜吟》、《奴隶之歌》、《候鸟集》等。

[3] 菲利普斯·布鲁克斯(1835—1893):圣公会牧师、布道家。1859年起,先后任费城基督复临教堂、圣三一教堂牧师,美国圣公会波士顿圣三一教堂教区长、马萨诸塞州主教。以其人格和卓越口才而受拥戴。曾应邀为维多利亚女王讲道,并在纽约市圣三一教堂连续主领礼拜,声誉甚隆,极受欢迎。著作有《关于布道的讲义》以及数卷讲道词。他还是著名的圣诞诗歌《小伯利恒歌》的作词者。

少年最后访问的是爱默生。这位文豪是少年最尊敬的，也是最想见到的人物。

少年中途访问了住在爱默生家附近的女作家路易丝·奥尔科特（Louise Alcott），两人在温暖的火炉旁交谈了很久。女史听到这位少年当天的计划，有点为难地说："想访问他，能不能见到面呢？这阵子他很少会客。我有些无能为力，实在对不起啦。不过，你好容易来一趟，我们好歹到他家走走吧。"

女作家穿上外套戴上帽子，脚步轻松地在前边引路。此事发生在爱默生逝世前一年。这位康考德（Concord）的哲人和老文豪，长期以来，一直受到国内外人士的崇敬。

到达爱默生的家，文豪的女儿站在门口迎接。奥尔科特女史说明少年的来意，姑娘听罢果断地摇摇头。"父亲最近不会见任何客人。因为见了客，有时反而弄得很难堪。"

少年热心地说出了自己的渴望之情，他的纯真终于感动了对方。

"好，请等一等，我去问问看。"姑娘进去了。奥尔科特女史跟在后头。过了一会儿，女史回来了，眼里满是泪水。

"进去吧。"女史的话很简短，少年随其后穿过两个房间，那姑娘在第三个房间的门口站住了，眼里同样满是泪水。

"爸爸——"她只这么喊了一声。这时，爱默生已经坐在桌前。听到女儿的叫声，他用异常平静的态度，立即站起来，伸出了手。然后，他握住少年的手，俯身仔细看着这位稀有的来客。他的悲戚而柔和的眼神，使人感觉不到有什么好意。

他让少年坐在书桌旁边的椅子上，自己没有坐下来，而是走到窗边，站在那儿吹口哨。少年莫名其妙地盯着老人的举动，这时忽然听到有人低声啜泣。向周围一看，那是他的女儿。姑娘悄悄走出房间，少年求救似的望了望奥尔科特女史。女史将指头压在嘴唇上，直直地看着他，示意他不要做声。少年实在坐不住了。

过了一会儿，老人静静离开窗边，经过少年面前时点了点头，随后坐在自己的椅子上。他的两只悲戚的眼睛一直望着坐在自己对面的少年的脸孔。这位无言以对、困窘不安的小客人再也无法沉默下去了。

少年提到这位主人的一位亲友卡莱尔(Carlyle),而且想向老人索取一封这位亲友给他的信。

一听到卡莱尔的名字,主人惊奇地抬起眼来,不慌不忙地说:"卡莱尔吗?哦,他今天早晨还在这里。明天早晨他还会来。"他显得像孩子一样天真,然后改口道,"你问这干什么?你有什么事吗?"

少年又把自己的要求说了一遍。

"是吗?让我找找看。"主人高兴地说,"桌子抽斗里塞满了他的来信哩。"

听到这些话,奥尔科特女史湿润的眼里充满了喜悦的光辉,嘴角边掩饰不住微笑的影子。

室内的空气一下子变了。老人打开塞满信和书的抽斗,搜寻着。他不时抬起头来看看少年,眼里充满亲切的光芒。少年说,他从纽约来就是为着这个目的。

"是吗?"老人听了快活地笑了。

老人没有找出任何少年想要的东西,他关上了抽斗,随后又低声吹起口哨,一边奇怪地盯着两位客人的脸。

少年心想,不能再坐下去了。他想总得留个纪念,于是从口袋里取出一张纸来。"先生,请在这上面写上您的名字,行吗?"

"名字?"

"嗯,请。"少年说,"先生名字是Ralph Waldo Emerson,对吗?"

听到自己的名字,老人似乎丝毫没有感觉。"这名字你先写下来看看,我然后照抄。"

少年简直不相信自己的耳朵,但他还是拿起了笔,写着:——拉尔夫·沃尔多·爱默生,康考德;11月22日,1881年(Ralph Waldo Emerson, Concord; November 22, 1881)——老人见了悲戚地说:"啊,谢谢。"

他接过笔,一笔一画像习字一般,慢慢将自己的名字抄下来。他一写到边缘,就很为难,犹豫好久,才又继续一字一字写下去,而且改正了一个错字。好容易写完了,老人疲倦地放下笔,将纸片还给少年。

少年把纸片装进口袋。老人的眼睛盯着桌上刚才少年留下的写着自己名字的底稿,脸上立即浮现笑意。“你要我写下自己的名字吗? 知道了,你带着纸没有? ”

少年大吃一惊,下意识又从口袋掏出一张纸来。老人十分麻利地展纸握笔,把原来的草稿推到一边,一气写下少年想要的名字。

两人道了谢,打算告辞。老人笑着站起身来,热情地说:“时间还早呢。有空再来玩吧。”

他握着少年的手,他的手心充满了温暖。少年暗想:“一来一往,全然两种心情,真是初次领教啊! ”

芭蕉翁的叹息

我的父亲是俳句诗人。他的本职工作是每天到村公所上班，靠在粗劣的椅子上，处理村中的事务。村公所一关门，他就忙着下田、播种、割麦、收获豆类。父亲一到夜晚，就闷在自己狭小的卧室里，专心创作俳句。他有一位秃头俳谐师朋友，经常来访，两人一起高声谈笑，兴奋异常。不过，大多时间是一个人待着。他独自写作俳句，看来是最大的乐事，脸上时时露出愉快的笑容。

父亲说，秋末冬初是听雨的最佳时节。因为屋檐伸得很长，父亲的屋子很暗。小小的壁龛供着圆睁着大眼睛的达磨像，样子怪可怕的。有时也挂半幅大的南画[1]，更多的时候是悬着一幅粗劣的装裱挂轴。

这是一幅古旧的木版画，一位戴着头巾的老人，身旁放着手杖和斗笠，寒战战地袖着双手，眼、鼻、口都皱巴巴的。然而，画面却十分恰当地表现了老人那种与世无争、怡然自得的心情。

[1] 南画：即南宗画，中国山水画两大流派之一。唐王维，五代董源、巨然，宋米芾，元王蒙、倪瓒、黄公望、吴镇，明沈周、文徵明、董其昌为其代表。江户中期传入日本，代表人物有池大雅、与谢芜村等。

父亲经常坐在画前,恭恭敬敬行礼。作为一个孩子,我看了不解,问道:“这老爷子是谁?”

“是翁,是芭蕉翁啊,在我心里,他就是神仙。”父亲炫耀地说。他小心翼翼,生怕惹恼这位老爷子似的,悄悄望了望挂轴上的画像。那老爷子寒战战地袖着手,凄凉地微笑着。

我用小手指指了指画像后面:“看,这是手杖和斗笠吧,是老爷子的吗?”

“对,这是手杖和斗笠。翁最喜欢旅行。”父亲回答。不一会儿,自言自语地说,“人的一生多像一次旅行啊!”

我那时才知道,这样一副潦倒相的老人就是芭蕉翁。

芭蕉如何喜欢旅行,他对父亲何等如神仙般重要,这些都和还是孩子的我无关。不过有一点可以肯定,我若对他毫无感情,就不会把这位老翁和他的相貌记得这样清楚。

我家后院长着许多果树,其中有一棵幼小的朱栾。有一年夏天,朱栾开始结果,到了秋季,逐渐膨大起来,蒙上金黄的颜色。我每天都要站在树荫下,用小手抚摩那肥厚的果子,嗅一嗅浓郁的香气。“快快长大,快快长大。”我想象着把它吃到口里的那一天该有多么快活。可是一天午后,玩累了的我一回到家中,就闻到室内有一股奇异的香气。走到父亲屋里一看,昏暗的壁龛里放着一个筐子,里头盛着三四只刚刚摘下的朱栾,供在那幅画像前面。走到跟前一瞧,都是我所熟悉的几只大个儿的果子,黄澄澄的,果肉上沾满了金粉。

父亲见了我说:“今日是芭蕉忌日, 后院的朱栾已经熟透,我摘下来上供了。往后,每年不到芭蕉忌日这一天,谁都不许摘。这阵子正巧赶上果子黄熟。记住,翁的忌日是十月十二日。”

父亲的话半是解释,半是警告。

我一时愣住了,我再三抚摩过、十分喜爱的朱栾,连一声招呼都不打,就一下子摘下来,还说什么凑巧赶上时候。这么说来,每年的芭蕉忌日到来之前，谁都不能碰它一下吗？这太过分啦！这都全怪这位老朽的俳谐师不知何时闯入我家。我十分不满地望着壁龛里的画像。

“大人的事，小孩子不要管……”

这位老朽的俳谐师，一直袖着手，眼睛、鼻子、嘴角皱巴巴的，脸上带着凄凉的微笑。

又过了些时候，我像平常一样从外面归来，不经意地走进父亲的屋子，发现壁龛里精心地摆着一个奇怪的东西，于是走了过去。原来那是我家中的传家宝——一只又厚又大的玻璃杯，杯里盛着甜茶般的液体，我闻到了一股香气。

“好香，一定是甜酒吧？老爷子倒挺有福气哩！”

上次那件事使我耿耿于怀，今天真想报复一下，不过，确实也玩得口渴了。——我把嘴唇悄悄凑到玻璃杯边，试着喝了一口。是药一般的苦水！我连忙吐到榻榻米上。

“这不是小孩子喝的，这叫啤酒，是外国人喝的酒。”背后冷不丁有人说话。我慌忙转过头，父亲带着苦恼的表情站在那里。我十分难为情，但心里好生奇怪：父亲干吗要用外国酒给这位老翁上供呢？

“唉！”这时我的头顶忽然传来一声叹息，这是无意发出的深沉的叹息，我不由一惊，抬头仰望着画像。

然而，什么事也没有发生。芭蕉翁依然袖着两手，似乎对眼前的一切毫不在意，还是那样呆呆地、寂寞地微笑着。

在当时（约摸明治二十二年前后）的农村，啤酒是一种极为珍贵的酒，住在神户的亲戚特地给我家寄来过一坛子。

森林太郎[1]先生

森林太郎先生去世了。在年轻人为主宰的当今文坛上，这位无论辈分、阅历或学识都无与伦比的老作家的去世，实在是一件很不幸的事。

我只见过先生一面。这里，仅就我能想起的事，写一写那次会面的情景。——大约是明治三十九年五月，我到阔别已久的东京去，见到了蒲原有明和岩野泡鸣两位朋友。说过一段话之后，岩野君提议道："怎么样，我们三人一起去看看森先生吧。"

蒲原君和我一致赞成。岩野君马上站起身来去打电话。不一会儿，就大声嚷着"上首尾、上首尾"地走了回来。

[1] 森鸥外(1862—1922)：本名森林太郎，别号观潮楼主人、鸥外渔史。小说家、翻译家。日本近代文学创始人之一。曾赴德国攻读医学，归来后开始文学活动，翻译歌德、莱辛、易卜生等西方作家的作品，将西方美学理论绍介到日本，并广泛开展文艺批评，致力于改良戏剧、革新诗歌等，创办《栅草纸》等文学刊物，堪称文学界的启蒙思想家，对日本近代文学产生过重大和广泛的影响。在创作领域，其《舞姬》、《泡沫记》、《信使》被认为是日本浪漫主义文学的先驱之作。其他作品还包括《雁》、《青年》、《兴津弥五右卫门的遗书》、《阿部一家》、《涩江抽斋》等。

“是上首尾，正巧森先生在家。我说我们三个想去看看他。他说他也想见见我们，约好明天上午到他那儿去。”

于是，我们约好时间后就分手了。

那天，从早晨起就下起倾盆大雨。不记得我们是在哪里会合的。经过千驮木林町时，雨越下越大，衣服全部淋湿了。

“真厉害啊，把衣襟掖起来吧。看，这样。”以象征派诗人闻名的蒲原君，立即把前襟的下摆向上折起来。岩野君也卷起了衣角。我也跟着照样做了。然而让全东京的人都瞅着我这裸露的小腿，总觉得有点不自在。

大街上行人稀少。走到团子坂附近，岩野君站住了。瓢泼大雨依然下个不停。这位刹那派诗人，用他那副高嗓门大声喊道：“喂，见森先生不要喊他先生，因为那样，老人会立即摆出一副先生的架子来。”

“不叫先生，就直呼你，行吗？”蒲原君说。他那蟋蟀一般细长的小腿在冷雨里颤抖。

“好，比起先生，也许称你更好一些。”我随声附和。说实在的，过去我对任何先辈都很少喊“先生”，说不定这样更显得随便些。

不久，三个到了森先生家，坐在门外等人来引路。

上了二楼客厅，这里的景色很开阔。小枫树美丽的枝条随风摇曳，不时伸过栏杆，将水滴洒到廊缘上来。我们三个穿着湿衣服无拘无束地坐在坐垫上。客厅的一隅整齐地堆放着八帙的《大藏经》，旁边摆着几册看来还未读过的外文书。到底是军人出身的文学家，整个房间十分整洁。烫金的外文书的书脊，在《大藏经》的壁垒里闪闪发光，紧紧吸引着客人的眼睛。

过一会儿，楼梯上传来“嗵嗵”的脚步声，主人森先生一边打招呼一边走进来。一看光秃秃的头颅，面孔显得十分年轻，眉宇间流露出勃勃英气。嘴里衔着相当优质的雪茄。

话题由诗歌转向西洋文学。不知谁提到森氏新近出版的《和歌日记》，先生慌忙从口中拿下雪茄说：“那书我不想让你们看到。

正像书名一样，那全是我的私人日记啊！”

调皮鬼岩野君，举出当时一家杂志刊登的关于森氏翻译格哈特·霍普特曼(Gerhart Hauptmann)[1]《沉钟》的文章的一节，问道：“那样译能行吗？”

森先生眉头微动。“我以为可以的。怎么，有不对的地方吗？”

“好像意思有点儿出入。”性格果断的岩野君平静地回答。

“你对照原文以后才这么说的吗？”森先生吐出紫色的烟雾。

“不，我不懂德语，我是和英文译文对照的。”泡鸣老老实实地说。主人捧腹大笑。“你是说英译？不过你没有说对。”

蒲原君和我都笑出声来。诸事都不在乎的岩野君也一起笑了。

说着说着，女佣端着饭盘进来了。我们见了有点吃惊。原来，三位客人面前摆的都是常见的中等矮脚漆盘，而主人森先生面前摆的看来是平时一直使用的高脚膳盘。这膳盘连同饭碗都绘着金色花纹，很像浅田糖果广告上鹤千代君的膳盘。

“Parnassian[2]也许一天三餐都要用这种膳盘吃饭吧？”我想。

森先生一边吃饭一边说话。像鹤千代君那样，他一直从漆金碗里吮着汤汁，一边谈笑风生。他的笑声里仿佛夹带着军人出征时刀剑的碰撞声。我们感到好像是在和同一辈的人聊天。

吃罢饭，楼梯上响起了细碎的脚步声，悄悄走进一个漂亮的小姑娘。她一句话不说，一下子扑到主人的膝头上。森先生用手抚摩着她的头说：“小茉莉吗？她很可爱……”说着，眯着眼睛笑了。他的脸上鲜明地流露出慈父疼爱儿女的神情。他真是一位名副其

[1] 格哈特·霍普特曼(1862—1946)：剧作家、诗人，德国自然主义文学的重要代表。早期同情工人运动，创作了《织工》等现实主义戏剧。后期转向象征主义，代表作有梦幻剧《翰奈尔升天》，童话剧《沉钟》、《碧芭在跳舞》等，其中，《沉钟》更具有新浪漫主义特征。

[2] Parnassian：法语“诗人”。

实的文坛大家。

不一会儿，小茉莉不见了，森先生又由父亲回到我们中间来，一边吐着烟雾一边聊着。“你们都写了不少诗。最近，我读了一位德国诗人的作品。诗中写一个男人登上阿尔卑斯山路，看到山上走下来一位妇女。这时，山谷里刮起一阵大风，将那女子的衣角掀开来了。诗的内容就是这些。”

森先生大笑起来，这笑声仿佛是一位挥戈上阵的军人发出的。

尾崎红叶[1]先生

我初次见到尾崎红叶山人，大概是明治三十五年花开时节。山人门下的K君和Y君答应将我介绍给红叶先生。忘记是在什么地方会面的，只记得当时我和他俩经过牛込横寺町静寂的大门，来到一间狭窄而昏暗的门房里。K君的弟弟S君搬来一张桌子，这个青年扎着灰色的细腰带，一副精明利落的模样。K君和Y君平时出入于某出版社楼上或某家西餐馆，总是摆出一副青年作家的派头，咧着嘴角笑着。然而今天，一走进横寺町的大门，忽然变得十分柔顺。他们谈的净是伙伴失败的故事，声音很低，边说边缩着脖子微笑。

红叶似乎正在里面的屋子吃饭，碗碟的碰撞声，不时夹着对夫人和使女的斥骂声。

[1] 尾崎红叶(1867—1903)：本名尾崎德太郎。小说家、随笔家、俳句诗人。现代日本文学的先驱之一。1885年与友人创办对日本小说发生重大影响的砚友社，还曾投身于创造一种新的通俗文学语言的运动。他本人的创作则把敏锐观察与富于诗意的美学相糅合，发展出带有浪漫主义色彩的写实主义风格。代表作有《两个比丘尼的色情忏悔》、《伽罗枕》、《多情多恨》、《金色夜叉》等。

不一会儿，传来"嗵嗵嗵"上楼的声音。接着又听到楼上急促拍手的声音。于是，我跟着K君和Y君上了楼。

楼上有两间房，红叶先生坐在里间格子门附近的书桌边，身旁有一个擦得油亮的长火钵，脸朝向这边，头发整齐地分开，清瘦的下巴和面颊，雕刻师一般明亮的眼神，还有那虽然不撒谎，但也很少说实话的上嘴唇。我一眼望去，首先感到这是一位颇为眼熟的地道的江户哥儿[1]。

听过Y君的介绍，红叶先生轻轻点点头，马上问了我好多事情。什么上方报纸杂志的情况啦，还有我知道的谁谁的传闻啦，等等。那时候我住在大阪。

"S君怎么样？"红叶突然想起一个人来。这个S君当时是大阪某报社的专职作家。

"他很好，我们只是偶尔见面。"

"我对他很头疼，他造了个词儿，叫'红颜乱脚'，到处使用。"他一边说，一边用熟练的动作将茶水分别倒进四只茶碗里。接着Y君膝行过去，把茶碗分发给我们。这时我才发现我隔着长火钵同红叶先生面对面坐着，而K和Y都龟缩在另一房间内。

"什么叫'红颜乱脚'呢？"K紧皱着那副下町青年哥儿的脸孔，问道。

"好像是形容醉酒后东倒西歪的步态，那写法真够奇怪的。"

"嗯，他说的是酒鬼。亏他想得出。"

大家一同笑起来。

"先生，所谓钢琴也就是提琴吗？"K君冷不丁提出这样一个不着边际的问题。

"什么钢琴？钢琴和提琴可不同。这么说吧，钢琴就像衣柜或壁橱那种样子。"红叶说着，用手比画了一下，"再加上音调，一叩键盘就能发出好多种音来。"

[1] 江户哥儿：指出身东京、行为怪诞的青年。

K君佩服地点点头。“嗯,像衣柜,那么价钱很贵吧？”

“当然,要比买三味线和日本琴贵得多了。”

“那么不能用来做陪嫁吧？”听那口气,K君好像是个缠着他要用钢琴做嫁妆的女儿。

“很难。”

“哎,和着这玩意,就能朗诵拜伦的诗和唱上一首什么歌吗？”Y君似乎听说这是魔术师的盒子一类的东西,好奇地问。

“哈哈,拜伦？那也可以。不过,这个……”

“先生,请送给I君您新作的短册[1]吧！”Y君帮我说情。

“短册吗？今日一直提不起精神来。”

他有点不情愿,但还是站起身,从书箱上面取下短册。接着提笔反复吟哦了一会儿,写下三四页来,将其中两页送我。短册上有这样两首俳句:

青岚绕尾上之钟。

散侧牡丹魂迷。

这时有人领一位高个儿、长方脸的汉子进来。他一落座就高谈阔论。红叶最近开始喜欢起摄影,他一见到这个人就转向他,笑嘻嘻同他聊起来。我们告辞下了楼。

“这家伙一到就说个没完没了。”K和Y对刚才这位来客似乎有些反感,显得气呼呼的。我们谈了些关于S的事,走到大门口,看到这位客人骑的自行车就放在那里。

“还有自行车哩。”

不知谁被车子绊了一下,铃声大作,好一阵子都没有停止。

[1] 短册:日本文人用来写作和歌或绘画的稿本,呈长条状,即长条诗笺。

德富健次郎[1]先生(一)

一

那天，太阳就像一个喝得烂醉的酒鬼，带着一副浑浊的眼光，不怀好意地睥睨着一切。我无心外出，靠着窗户，目不转睛地呆望着街上往来的人流。正逢第五届博览会在大阪召开，城里十分热闹。一支打着红色广告旗的队伍吵吵嚷嚷过去之后，四五个打着绸布阳伞的乡下人，高声谈笑着，向南面走去。这时，有一个高大的汉子同他们擦肩而过。他一身便装，大踏步向这边走来。一顶旧礼帽，一副防尘大黑眼镜。——那样子酷似芦花先生。莫非他参观博览会后，顺道来看我的吗？

[1] 德富健次郎(1869—1927)：即德富芦花。熊本县人，著名作家德富苏峰之弟。少时深受自由民权运动熏陶，及长，皈依基督教，对托尔斯泰萌生崇慕之情。有《不如归》、《回忆》、《自然与人生》、《黑潮》、《寄生木》、《蚯蚓的梦呓》、《黑眼睛与黄眼睛》等代表作。

正想到这里，女佣慌忙跑上楼来。“德富先生来啦！”

果然如此。——德富先生硕大的身体，将虫蛀的楼梯踩得咯吱咯吱响。

“前天到的，今天是出来散散步。”

一个规规矩矩的人，今天却一身便装外出，似乎想表白一下理由。那时候，我连一件夏礼服都买不起。他说出这样客气的话，对我来说，真是有些太奢侈了。正好《黑潮》第一卷刚刚出版，那时芦花先生怀着坚定的信仰，遵从耶稣的遗言，同天上的鸟儿一样，不劳作，不纺绩，一味悠闲地度着日月。但耶稣没有不让他写小说，所以他很快完成了这部长篇作品。这部小说的序文，是他写给长兄苏峰先生的绝交书。就像采过麝香的麝，小小的肚脐比起整个身子更宝贵，较之小说，这篇序文更重要。为什么要写这样的文章呢？我绕着圈子想问个明白。

芦花先生苦笑了一下，似乎有难言之隐。他像乃兄苏峰先生一样，很巧妙地转移了我的提问。“我父亲是政治家气质，母亲是文学家的女儿。兄长身上七分像父，三分像母，而我身上七分像母，三分像父。兄长是政治家，不能专念于文学，而我是文学家，治国平天下等功利想法，全都置之度外。一切皆缘于此。”

说到这里，他突然压低声音：“兄弟分道扬镳，双方都不受约束，可以干些富有自己特点的事情。”

“是竹越[1]先生吧，他说，《黑潮》描写了星亨[2]的一代。”

芦花先生好像两个月未进理发店了，他用力摇摇长着长长头发的脑袋。

[1] 竹越三叉(1865—1950)：政治家、史论家。历任《大阪公论》、《时事新报》和《国民新闻》记者。著有《新日本史》等。

[2] 星亨(1850—1901)：明治初期自由民权家、政治家。早年留英。1884年创办《自由灯》。1898年组织宪政党。1901年担任东京市议会议长，遇刺身亡。

"瞎话,是竹越先生说的?什么星亨,只不过想到哪里写到哪里。行当所行,止当所止。"说到这里,他一吐为快,"我就是文坛上的加增山(后改称高见山),人高马大。——提起加增山,你看过难波东西共同相扑比赛吗?"

那时,趁着博览会的热闹劲儿,在难波举行东西共同相扑比赛,很受城里人的欢迎。

"不,还未看过。真想看一次哩,但没有机会。"

"好,一起去看吧。不过我昨天已经看过了,也还想再看一次。"他敞开肌肉丰满的前胸,一边擦汗,一边问,"你喜欢相扑里的哪一个?"

当时,我是个相扑迷,一问起我所喜欢的选手名字,立即就把自己还没有夏礼服,还有将《易卜生全集》留一半在丸善书店的柜台上等事情忘得一干二净。我立即正襟危坐,屈着身子说道:"我喜欢驹之岳。"

"驹倒是不错。"芦花先生从防尘眼镜的镜片后头,好奇地盯着我的一举一动。"我写字由小楷开始,只用粗毛笔的笔尖儿去写。驹的相扑也有这么一点儿。太刀山当然也相当强。强是强,但比起驹来,动作多少有些俗气。"

"说得对,说得对。"我连连颔首,"太刀山的相扑只是强悍,但技巧不佳。只是腕力过人,但人究竟强不过兽类。我以为相扑的意义在于发挥力的技巧。直率地说,就像荒岩和若岛那样……"

我这么一说,芦花先生紧接我的话茬儿:"若岛是巧,昨天没有费劲儿就把荒岩给扔下台去。大概荒岩这一生,不会有比这一次更干脆利落的败绩啦。这无论如何不像是有假。"

"哎,打得那么好?"

"说巧也倒巧,他把手伸进了荒岩的腋下……"

芦花先生正在讲述相扑的种种招式,正好有人"嗵嗵嗵"地上楼来了。他有点扫兴地打住了。上楼的是大阪新闻社的松崎天民君。

松崎君近来也完全变了。他把人大致分成两类,一类是风尘女子;一类是“中央公论”的读者。风尘女子什么书也不读,“中央公论”的读者什么都想读。当时他还没有这样大胆的人生观,只是个没有失掉羞耻心的天真少年。据他自己所言,很早以前,他在民友社干过一段不如意的工作,还清楚记得芦花先生的面容,所以他未等我介绍,就羞赧地打起招呼来。

“嗯,你就是松崎君吗?正想同你见见面呢。听说你从前在民友社工作过,有你这样的人士光顾,是民友社的光荣。”

衣着随便的一副心胸之中,似乎隐藏着什么。听了他的话,松崎君有些说不出的味儿,只是极不自然地嘿嘿笑着。

不一会儿,松崎君回去了。我们相约去参观堺市的水族馆,一同走出大门。

没有穿礼服的人和买不起礼服的人,都是一身平素的便装,在难波一同挤进满是尘土的三等车厢。火车驶过天下茶屋的时候,芦花先生突然想起什么,将右手伸进左边的袖口,摸索了好半天,将一个表皮起皱的苹果放在手掌里托着,伸到我面前。“吃吧,这是昨天在相扑赛场里买的,吃剩下来的。”

我没有接。芦花先生又立即拿出一个橘子,在蒙着一层白灰的三等车厢的窗框上敲了敲,将大拇指插进裂缝,把橘子掰成两半儿,其中一半儿送给了我。“来,吃一半吧,这橘子可甜啦。”

我们一同去堺市,沿着黄尘飞扬的道路向水族馆方向前进。肥胖的芦花先生,几次敞开胸脯擦汗,但脸上却是一副安然的样子。

水族馆里清凉的空气似水一般流动,走进去十分舒服。我们看到混浊的潮水里,正在吃力游泳的绿海龟,以及用滑稽的动作爬行的长手章鱼,那种奇特的生活状态非常有趣。五六条硕大的琉球鳗善于跳跃,将湿漉漉的尾巴拖在沙地上,青青的肚皮紧贴着窗玻璃,时时把头伸出水面。

芦花先生看得出神,转头对我说:“你读过福楼拜的《包法利夫人》吗?”

“嗯,读过。是伊塞特利的译本。”

“当中描写巨蛇缠在包法利夫人的脖子上。”

“对,正像这种鳗鱼。”

我忽然想到,舞台上响着三种音乐的合奏,华美的帷幕里,包法利夫人的衣裳一件件滑落,一条蛇绕着脖颈,像崩断的项链,两端从肩膀上耷拉下来,扭曲着垂在地面上。包法利夫人亲吻着蛇的小嘴,半合着眼,站在银雾般的月光下,容颜越发美丽。夏天的水族馆,盆栽的棕榈和霸王树,伸展着硕大的巴掌站立在门口。这种地方很容易引发人们的联想。

我们转了一圈儿就出来了,然后走到一座小山冈上,这里可以眺望海洋。我们在油漆斑驳的长凳上坐下来,疲倦地暂时沉默着。

海上漂着几条船,其中一条船上,一对渔民夫妇,腰间缠着脏污的布带子,靠在船舷边,正在攫取小鱼什么的。芦花先生透过眼镜一直看着他们的一举一动。他若有所思,一板一眼讲起《黑潮》出版时的情景。

“那时,我同兄长和他的事业一断绝,没有分文收入。将怀中的零碎凑在一起,总共才一元五角。这点钱起不了什么作用,于是我把从前父亲分给的少量公债卖掉,这时,《黑潮》正好脱稿,就用这笔钱自费出版了。所以,那本书对我来说,简直是一种冒险。”

“那样出版的书受到社会欢迎,才更具有意义。”

“唉,怎么说好呢?”芦花先生仿佛故意不当回事地说,“那次出版要是以失败告终,我就只好退回京都。那边有老朋友,也有我的母校,诸处方便。谁知书受到了社会的好评。到了这份上,也就知足啦。”他突然尽情舒展双臂,深深打了一个哈欠。

我们站起来,沿着午前灼热的道路到车站乘火车。火车走得很慢,好容易到了住吉站停下来,我们从车窗里探出头望望外面。眼前一棵老松树不时随风飘摇。正想带着一副轻松的心情到这棵树下散步,这时恢复了元气的火车,又蠢蠢欲动了。

我们慌忙跳下车。

我们在山阳[1]、小竹[2]、海屋[3]等人描画的石灯笼间走着。我们谈论着身罹重病,无法救治的尾崎红叶氏。芦花一反平常,态度激昂地说:"尾崎君没有朋友,患上那种病,前途可想而知。雨果《巴黎圣母院》的译本(当时红叶氏和长田秋涛共译的《巴黎圣母院》已经出版)还能看到吗?要是不能好转,剩下的时间更加珍贵。我要是他的朋友,就劝他不要再译雨果,继续完成自己的《金色夜叉》吧。"

芦花先生想劝告一下受到疾病折磨的红叶氏,他的这番亲切感情令我钦佩。但作为江户哥儿的红叶氏,甚至为一个江户哥儿的瑕疵而自豪。他和一个乡下人,尤其是以下人的朴拙而骄傲的芦花氏真是旗鼓相当。如果让他俩下象棋,可能很有意思。红叶氏一定是暗设巧技地走马进卒,步步为营;而芦花先生则自始至终都一味地飞车打炮,大刀阔斧。但两人都同样不会顾忌自己一方将帅的死活。

我们穿过松林向高灯笼方向走去。芦花像在思索什么,总是低着头。这时他忽然停住步,叫着我的名字。我回头一看,他正蹲在路边,瞅着草地上盛开着的淡紫的花朵。"你知道这花的名字吗?"

"不,不知道。"

芦花一点也不顾及我如何回答,他对这朵淡紫的小花看得出神,过一会儿突然想起什么似的说:"啊,可不是吗?"说着又急急迈开脚步。

[1] 赖山阳(1780—1832):江户后期汉诗人,儒学家。著有《日本政记》、《山阳诗抄》、《日本乐府》、《山阳遗稿》等。

[2] 筱崎小竹(1781—1851):江户后期儒学家。从古贺精里学朱子学。通诗文。著有《小竹斋诗抄》。

[3] 贯名海屋(1778—1863):江户后期书法家。字子善,别号菘翁。德岛人。同市河米庵、卷菱湖并称幕末三笔。

我们的木屐一阵山响地登上高灯笼。从满是尘埃的窗户里伸出两张胡须长长的黑脸,向下边环视着。地面上无不是司空见惯的风景,于是感到十分无聊,走下来直接进了旁边的茶馆。冒着暑热走了一个上午,咽喉干得冒烟,我从茶馆里抢一般拿来两三个梨,用生锈的小刀削了皮。芦花氏仔细查看了每瓶朗姆酒,这才放心地拎了两三瓶回来,我们一边喝酒一边吃梨。梨子汁多而味美。

“你认识国木田独步[1]吗?”芦花先生冷不丁地问道。

“不太熟,前次到这里来时曾见面说过话。不过很早就有通信联系了。”

“你对他有何看法?”

“这个……”

像螳螂一般头脑灵活,像螳螂一般脾气倔强,脖子像螳螂一般纤细。我回忆对国木田独步君的印象,芦花氏有些不耐烦了。“国木田简直像个浮囊,按下去就漂起来。从前吃了许多苦,可总是不气馁。这种人要想叫他浮起,就得先用力按他一次。”

当时我想是回答了他的,至于说了些什么,现在一点儿也记不得了。

我们离开那儿,又折回去王寺公园的博览会场,走马观花看了各处的建筑,随后到饭馆吃午饭。芦花先生酒肉不沾。

“您是素食主义吗?”

“不,不是这么回事,只因长得太胖了。”芦花先生说罢,敞开胸膛擦汗。我看到他的前胸,想起了农民强健的身体。

[1] 国木田独步(1871—1908):本名哲夫,亦称国木田龟吉。自然主义文学运动代表作家之一。甲午战争期间曾担任德富苏峰主办报纸的战地通讯记者,写作大量快讯,以《爱弟通信》为名结集出版,由此步入文坛。他的短篇小说浸透着华兹华斯式的自然意识,为日本文学带来一种对个人的新态度。其常常富于诗意和浪漫主义色彩,表现被践踏的普通人的悲剧,寄予同情,如《源老头儿》、《春鸟》等。

二

春草君和我从京王线上高井户站下车，是十七日下午两点钟。

这个月二十六日，德富健次郎将偕夫人去欧洲漫游，行前我特地来看望他。春草君找他有事，我俩便做伴同行。

两个月前来时，那里的杂木林已是一片金黄，在午后的阳光下闪耀着光辉。而今叶子大部分脱落，所有的树木都在冰冷的天空里裸露着枝干。这是个无风的静谧的日子，连地面上的枯叶都纹丝不动。我们肩并肩走在化霜的田间小道上。

德富先生的门照样上了锁，春草君喊了两三声，一位面孔生疏的女佣向外窥伺了一下。我们从破旧的木柴墙缝里递进去两张名片，女佣默默收下，走了回去。这时我想，到这儿来，一般的名片不大合适，不如拾起一枚落叶，刷刷写上自己的名字送进去，岂不留下更深的印象？

不一会儿，钥匙响了，大门打开了。我们从"庭树"下面钻进去。女佣跟在后头。说是"庭树"，其实是胡乱生长的杂木，任意伸展着枝条，一不小心，就把帽子弹飞了。

我们被引进一间八铺席大的房间，一位名叫"白鹤"的老爷子题写的匾额："梅花书屋"。此外还悬挂着山阳的字和清方[1]绘制的少女的版画。壁龛内胡乱堆放着各种玩具。我们再向前走了好远，来到一座孤零零的伽蓝堂一般的屋子，听德富先生介绍，他是花了七十元钱，从当地的一位赌徒手中购买的，原封不动拖到自己的宅子附近。有意思的是，还能窥见当年赌徒的生活风貌。

"那边的客厅宽敞，而这座屋子暖和。"

[1] 镝木清方(1878—1972)：日本画家。长于美人画和庶民生活风情画。画风洋溢着江户、明治时代的韵味。

我们靠着窗户，怀恋地转头看了看照射在脊背上的冬天午后的太阳。这时突然发现那里放着一只未曾注意过的崭新的大皮箱。

“这是什么,一定是旅行用的箱子吧？”

“是啊,真是好皮革哩。”春草君在东京开了十六七年的店,但依然是一口大阪方言。

“真大呀,能装得下一个敦盛[1]。”

“你说什么呀？”春草君一向对《阵屋》这出戏中的熊谷和敦盛不太熟悉,脸上显出茫然的表情。

这时,格子门打开了,“呀”的一声招呼,震动了整个屋子,德富先生笑嘻嘻地走进来。我马上问道:“这个箱子装什么？”

“这是妻子装帽子的箱子。”德富先生响亮地回答,“尺寸太大,又有点儿过于气派。”

“哦,夫人的帽箱？这么大能装下多少帽子啊？”春草君倾着水蜜桃一般满是毛发的面孔,十分感慨地说。

“听说您要到海外旅行？”

“哈,这可是一时心血来潮。”德富先生独有的“哈”的发音,清晰而又响亮。“先到巴勒斯坦,休息几天,学习一点儿法语,由君士坦丁堡经敖德萨进入俄国。到了俄国,一定去为托尔斯泰翁扫墓。”

他说先到俄国看一下，然后经过斯堪的纳维亚半岛进入德国,再到法国、意大利转一圈儿,接着走访比利时、荷兰、英国等欧洲国家,最后经美国,明年三月回归日本。

“真是一次了不起的旅行，你们夫妇俩最好加入生命保险啊！”春草君具有大阪人特有的认真,但说话的口气里又夹杂着几分玩笑。

[1] 敦盛:世阿弥能乐剧《阵屋》,描写熊谷直实战胜平敦盛,感到人世无常,遂遁入佛门。

“我们旅行的消息传出后，伤害保险、生命保险等公司的人频繁登门。我们死也是死在一起，又有谁去领保险金呢？看家的只有一只猫，把保险金留给猫有什么用呢？”德富先生说着笑起来。

我想，让猫充当保险金领取者倒也有意思。法国政治家黎塞留逝世时，给平时宠爱的猫留下一笔不小的遗产，而猫并没有因为领了遗产，像贵族公子一样，去搞那些下流的政治活动。猫吃饱了，总是眯细着眼睛考虑哲学问题。

“哎，有只猫？”春草君好奇地摇着头。

“是的，有只猫看家。门旁的小屋里，住着附近的一个婆婆，一边织布，一边照料这只猫。”

我们由这只猫谈到了美国总统、英国政治家，其间也谈到了德富先生将最先访问的俄国社会的险恶。这似乎最能引起主人的注意力。德富先生的眼里好奇地闪着光亮。

屋内渐渐暗了，女佣端着灯走进来。我像见了多年老友一样，怀恋地看着这灯光。灯光像一个爱哭泣的人的眼睛，频繁地闪动着。女佣熟练地剔了剔灯芯儿，出去了。

“——君！”德富先生呼唤我的名字，“我有一件事非告诉你不行。就是刚才那个女佣的事。上次你来访时，在文章里写到她沉默得像个核桃，她看了你的文章，整整哭了一天。”

“嗯，为什么？”我呆呆望着主人的脸。

“我对她说，你不像核桃。可不管怎么解释，她都一个劲儿哭个不停。我也毫无办法了。这时，妻子说，‘我家老爷平时说自己像栗子，一位栗子老爷配个核桃女佣，不是挺好吗？’这么一说，她的情绪才好转起来。请不要再提核桃的事了，求求你。”

德富先生说得很认真，我感到实在过意不去。“哎，这都怪我，真是对不起啊！”

过了一会儿，这位女佣端饭进来了。我和这家主人有十五六年没在一起吃饭了。德富先生从多种菜肴里特别为我们点了鲇鱼和腌菜。鲇鱼是从日向川里捕的，腌菜是仙台的丝瓜。

吃罢饭，大家决定写点什么以纪念这个值得怀恋的粕谷的一夜。德富先生把一首短歌[1]和一首都都逸[2]写在短册上送我。前者是在我家乡附近的王岛写作的；后者本来是在道后温泉赠给一个叫做阿泷的女子的曲子。我在短册和书画帖上也各作了一首短歌。德富先生知道我长期写作，右手容易痉挛，所以一个劲儿劝我在书画帖上也用左手书写。我便欣然用左手写了下去。

"看样子比用右手更有意思哩！"善于鼓动的德富先生，在灯光下仔细审视着。我非常高兴，仿佛长了三只手，想一直写下去。然而短册的余白不多了，只好作罢。

已经八点多了，我们祝福主人长途旅行平安，就告辞了。还在不断为我吹嘘的德富先生，打开了格子门走到廊子上。

"——君，你出来看看。"他急急喊我名字，我站起身走出去。

"你看，多好的月亮！"

"月亮是好啊！"

阴历十七的月亮，梦幻般飘然挂在杂木林上。我们三个站在回廊上，凝神遥望了好长时间。

女佣点上提灯，从厨房里出来。我们向夫人打了招呼，走到大门口。德富先生送到门边，停住了脚步。他的全身沉浸在清冷的月光之中。"再见了，过些日子才能再相会啊！"

"再见，请多保重。"

"再见。"

我们回望那盏灯笼，沿着铺满落叶的道路窸窸窣窣往回走。

[1] 短歌：日本古典诗歌和歌的一种，相对长歌而言，由五、七、五、七、七共三十一音组成，故又称短歌。

[2] 都都逸：表达男女相爱之情的流行歌曲。

德富健次郎先生(二)

一

德富健次郎先生去世了！他得了重病，但心存狐疑，总是对着看护人员大声喊叫："我要活，我不想死。"

我听到这些消息，又得知他到自己所喜欢的颇有缘分的伊香保，一边洗温泉澡，一边疗养，心想这样一来，不久就会恢复健康的吧？谁知，竟然死了，实在是件遗憾的事。

关于德富先生和我的交往，我在两三年前出版的文集中曾谈及过。这里我尽量将遗漏的一些断片记下来，以此缅怀这位前辈文人昔日的面影。为了叙述上的方便，也许有些相关的事情同文集的记述多少有些重复，这是不得已的，还请大处观之。

我初会德富先生，是明治三十四五年，那时先生住在东京郊外的涩谷。

客厅的墙上只挂着一幅三宅克己[1]的水彩画。

[1] 三宅克己(1874—1954)：油画家，生于德岛。曾赴欧美旅行写生。和大下藤次郎共同创立日本水彩画研究所，从事普及水彩画的工作。

他的头发似乎有两个多月没有动剪刀了，硬硬的头发胡乱地垂在脖颈上。先生说话慢条斯理，言辞、态度极为谦虚，话语中不时闪烁着尖锐的讽刺的光芒。更有意思的是，他一边说话，一边用农民般粗大的右手食指，匆匆在铺席上写着什么。我留神一看，是罗马字，汉字，有时还有和尚头。

正好，这时《不如归》出版了，受到广泛好评，话题自然转到这方面来。

"上次喜多村绿郎君来，商量把这部小说改编成戏剧。我说，要改就随你的意思改吧。于是他说，要是由他改，等演出时一定请我前去观看。我说，你让我在那么多人面前丢丑，我怎么可能自找没趣呢。喜多村听我这么一说，悻悻地回去了。"

德富先生将两手交叉在胸前，极不自然地笑着。过了一会儿，他突然说："岛崎藤村[1]前一阵子和国木田独步君一块儿来访，因为好久没见了，谈得十分投机。"接着他又补充说，"可是后来，岛崎君对某杂志记者说，最近德富君改换门面啦。其实，我从来不设什么门面，因为我不需要。"

他的话里似乎藏着不平，我不知如何回答他才好。

二

德富先生的《黑潮》第一卷公开出版是明治三十六年，较之这部小说的正文，他那写给兄长苏峰先生的绝交信一般的序言更为有名。

[1] 岛崎藤村(1872—1943)：本名岛崎春树。诗人、小说家。青年时代以诗歌进入文坛，并加入浪漫主义运动。其后转向小说写作。主要作品有《破戒》、《家》、《春》、《新生》、《黎明之前》，以及未完成的《东方之门》等。

这年夏天，德富先生游大阪时前来看我。当时正好在天王寺举办博览会，为了凑热闹，东京和大阪两地又在难波合办相扑比赛，受到热烈欢迎。

德富先生和我都喜欢相扑，尤其是在那个时代前后出生的人，如果有谁不喜欢相扑，那他肯定对人生的任何事情都不感兴趣。可见相扑比赛在当时多么流行。仿佛由此可以体味无尽的生命的活力。于是，两人的谈话转向共同的嗜好方面，德富先生戴着一副大墨镜，他的目光在防尘的镜片后头闪耀。

“昨天整天都在看相扑。大阪的若岛真了不起，他轻易撂倒了荒岩。荒岩一生中也许从未被人这样干脆利落地打败过。这么一来，常陆山等人也很不妙啊。”

“若岛固然是一位优秀的力士，但他敌不过常陆山。”我不同意他的看法。

“不，也许能获胜。”

“两人对比起来，只能是七比三。”

“不，应该是五比五。”

“是吗？”

我们争论了好一会儿，这时正巧有客人来，话题没有再继续下去。

两位力士的这场比赛，似乎事前约定好了胜负，这是谁都能看出来的秘密。

大概是第二个月吧，相扑选手们转场到京都，在花见小路举行比赛。最后决赛那天，若岛被常陆山吊起而告败。但若岛比赛时表现出色，一位喜爱他的观众在祇园下的酒馆招待这位力士，并极力赞扬他当天的表现。若岛颇不好意思地用手捂着头说：“不，我没有什么值得夸奖的。我初次体验到常陆力士非凡的技艺，十分佩服。事实上，五天前我就听说，他在今天的比赛中对我实行‘高吊’这一招。”

“哦，听谁说的？”

“常陆力士自己说的。他决不撒谎。他说过要吊，最后哪怕有机会适合出别的招数，他也还是一‘吊’到底。所以，我只要留心防范这一招就行啦。二人相向，打了四个回合，常陆力士马上来‘吊’，我早已心中有数，用一只脚钩住了他的一只脚。他第二次来吊，我依然对付过去啦。第三次来吊，终于被他拔了桩。哎呀，他实在太强啦，我敌他不过啊。”

我在席上听到朋友讲了这段故事，自己也很佩服，马上写信告诉了德富先生，但先生未作任何回答。

三

德富先生最初到圣地巡礼的时候，同我相熟的K书店的一位老板，一起乘船送先生由神户到门司。轮船驶进门司海面，大家正在兴致勃勃地聊天，书店老板急忙打断话题，说：“先生，我有一个请求……”

“请求？——”德富先生两眼直盯着对方的面孔。

“您这次的游记务必请交给我们出版……”

德富先生似乎要把话题压下来，他用巨大的手摸了一下对方的鼻尖：“这事请等一等，我考虑好了再回答你。”

德富先生说罢，大步流星向船舱里走去。

过了一个小时，德富先生慢慢腾腾走进久等着的K君房间。

“K君，你刚才不是说从门司回去时要看望薄田君吗？”

“是的，我要去，您有什么事吗？”

“麻烦你，把这个带给他。”德富先生从怀里掏出一封信。“还有，你听着……”

K君期盼着什么似的兴奋起来。

“有件好东西给你，比我的稿子更宝贵……”

“什么能比您的文稿更宝贵？”

K君满脸浮现着微笑。站在面前一直俯视着他的德富先生，像传教士一般沉静而有力地说:“相信神,就是这个。”

“神?”书店老板仿佛在寻找神,他用空落落的目光向周围巡视一番。

船似乎已经抵达门司海面,汽笛呜呜呜叫着。

在近海的备中乡间家里,我边听K君讲述着这一切,边接过德富先生的信,上面写道:

突然想寻访基督曾经走过的土地,还想去亚斯纳亚波利亚纳看望托尔斯泰翁,于是踏上了巡礼之途。请神保佑,一年后归来,或可有晤面的机会。

愿大兄珍重金玉之躯,祈望于一切方面愈益精进。

一九〇六年,佛诞之日,关门海峡春雨之朝

德富健次郎

四

我曾和K书店老板结伴,去现在的粕谷访问德富先生。进了门,钻过院中发黄的树木,看到一口井,K君经过那里时,小声独语道:“是啊,劳动是神圣的。”

他在嘴里不住嘀咕着,到底还是让我听到了。“你在说什么?”

K君没有回答。我俩被人领着,来到一座位于树林中空地的房屋前,于洒满阳光的廊缘上,拿出坐垫坐下来,K君就嘿嘿地笑了。“刚才走过水井边时,我不是在念叨着什么吗?告诉你,以前我来访时,先生要我代他打洗澡水。他既然答应同我会面,没办法,只好代他打。这里的水井距离澡池很远,很是不容易。我打完水,先生看着我汗水淋淋的脸笑了:‘K君,劳动是神圣的啊!’刚才走过那里，我又想起了这件事。”

“这是和‘相信神’一样的意思，是德富先生最好的教诲。”

我们正在笑着说话的时候，主人慢腾腾进来了，他向周围环视了一下，说：“这房子挺不错吧？是我花七十块钱从当地一个赌徒手里买下来的。赌博经常有输赢，这些家伙动不动就打架，为了防备万一，壁柜都做得很结实。”

那天，我们谈了好多，晚上临回去之前，德富先生说：“送给你们一些芋薯吧，是自家种的。你们瞧，好大啊！”

他从廊缘下挖出几个如小狗般大小的芋薯来，用包袱皮儿裹好。我们怕路上不好带，再三推辞，执拗的主人就是不答应。

好容易抵达上高井车站时，我们的胳膊都僵直得像棍子了。

和岛崎藤村的会面

我第一次见到岛崎藤村先生，他的一番奇怪的问候，至今我再也没有从其他任何一个人的口中听到过。

那时，岛崎先生刚从法国归来，同三个尚在顽皮年龄的孩子，一起租住芝地佐久间町的一座房舍，过着简朴的生活。我去见他是在某年刚过元旦不久。

我很早就同岛崎先生有着通信联系，但那一天见面交谈却是平生第一次。然而奇怪的是，岛崎先生让我坐下后，看了我一眼，就用一种和他的性格十分相合的沉静的语调说："啊，好久不见啦，上回见面是哪一年来着？"

"上次？今天是第一次拜见先生啊。"我连忙纠正，接着就按初次会面时的礼节向他问候。谁知，岛崎先生从膝头抬起手，掠一下垂到额前的头发，俯伏着身子笑了。那头发有一大半都白了。

"不，这是第二次，从前国木田独步君健在的时候，不是在哪里一起见过面吗？"

"没的事，这次确实是头一回。"

"哪里，是第二次啊！"

我们一时争论起来。

不管岛崎先生怎么说，那天我们确确实实是初次见面。但先生好像怀疑我的记性，一口咬定国木田君在世时大家一起见过面。其实，我同国木田君只有两次会晤，而且两次都在大阪，岛崎先生根本不可能在场。

于是，这话暂时搁起，我受报社之托，还有要事和他协商。我们谈了很久，话音刚停，我听到廊子上响起骚动的脚步声。

“爸爸，我们回来啦！”

两个孩子放学回家了，他们并着腿坐下来，笑眯眯朝我望着。

岛崎先生拉开粗劣的书箱的抽斗，拿出两个橘子，分别放到弟兄两人的手里。

“喏，给，到外头好好玩去吧，今天爸爸有客人。”

孩子们连忙跑了出去。我目送着他们的背影说：“可真是不容易啊！”

“男孩子还好些，头疼的是女孩子啊，连梳头都来找你。这阵子我正在学习为她打理头发呢。”先生说着苦笑了，可我听了怎么也笑不起来。

岛崎先生接着又谈了一些别的事。听说他在法国时，正碰上欧洲大战最激烈的时期，时常遭到德国飞机的空袭。我听了仿佛亲眼看到那种情景。

“你认识京都大学的K博士吗？”

“不，不认识，倒是经常听人提起……”

“他那时也在巴黎，每次德国飞机来袭，他都要搬一次家。最后，他在欧洲到处躲躲藏藏。——学者嘛，说得好听，可就是沉不住气啊！”

从他的笑谈之中，我似乎发现了平常谦和而又谨慎的岛崎先生性格中所隐藏的坚韧的一面。

回来的路上，我又想起岛崎先生的话。

“好久不见啦——同你见面是在国木田君在世的时候……”

我在嘴里反复念叨着这几句话。不由得,我也仿佛感到国木田君健在时,我们不会不见面的了。

我立即抵制着这样的一种错觉。“不可能，国木田君……是的,要是国木田君还活着,就能立即弄个明白。不过,别忙,他可是个倔脾气,说不定他会说这是第三次见面哩。”

我一边思索,一边转向左方,发现不远处一个邮差,手里举着一大把信件,挨家挨户转悠,紧张而准确地做着投递工作。

我在嘴里自言自语起来:“看他，我们都是些记性特好的人啊！”

《青梅竹马》的作者

最近在一本杂志上读到有关《青梅竹马》的作者樋口一叶[1]女史遗事的文章，使我想起十几年前，一个偶然的机会，从旁侧见到的这位女史的面影。

地点是上野图书馆。这座图书馆是我四年来常来常往的地方。虽说有着众多不知名字的熟面孔，但一年到头天天到那里去的大都限于报考医师、法官和律师的人。每年考试一结束，其中有一半人自然消失，再也见不到了。他们由安静的读书生涯，走向了工作繁忙的社会。低头不见抬头见的人毕竟是极少数，刚刚眼熟，又要分别，随即忘却。——在这样的环境里，我同一叶女史仅是一度邂逅，但至今不忘她的面影，这究竟是什么缘故呢？

[1] 樋口一叶(1872—1896)：本名樋口津奈，又称樋口夏子。诗人、小说家。以敏锐的目光捕捉工业化背景下东京老城区女子的命运。作品有《嫩叶的阴影》(文学笔记)、《大年夜》、《青梅竹马》等。

那天——虽然不记得是什么季节，但一想起来，就仿佛觉得是梅花盛开的时候——我又像平时一样到图书馆去。我打算借一本什么书，不住翻检着目录。忽然身后飘来一阵女人诱人的发香。回头一看，一位年龄二十四五光景、穿着白色和服的女子，一边用纤纤素手像我一样忙着查找书目，一边和旁边的女子低声说着什么。那女子看来是她的妹妹。

细看起来，一副严肃而坚毅的神情，同我在一家杂志上所见到的一叶女史一模一样。我看她好容易找到了一条书目，打算抄在小本子上。谁知她在目录台上一屈身，不知怎的，和服袖口碰到了刚刚打开盖子的墨汁瓶，墨汁流满了桌面。周围的人一齐注视着这个女人的面孔，而她却不慌不忙，悄悄伸手到袖口里，掏出雪白的手帕，一下子盖在桌面上，迅速揩干墨汁，又若无其事地将脸孔转向目录。

"樋口小姐！"

这时，我听到出纳员一声呼唤。

"唉！"

她响亮地回答，拨开周围牛一般呆望着的人群，飘然向那位出纳员走去。

那天下午，我到御灵庙一带散步，过一会儿回到图书馆大门，在路上又和刚才两位女子不期而遇。正要交肩而过的当儿，那女子"啊"了一声，突然站住了。一看，左脚上颜色素净的木屐带子断了。妹妹看见，马上走过来，将先前染上墨汁的手帕撕开，手脚麻利地搓着。姐姐轻轻扶着妹妹的肩膀，笑吟吟地耐心等着。木屐带子结好了，姊妹两个又有说有笑消失在大门西侧。

就是这么一件小事。

晶子[1]回来了

晶子——当然应该称与谢野夫人，但平时我的朋友之间这样叫习惯了，而且显得亲切，所以我在这里也称“晶子”——相隔半年回到神户的码头。当我接到这个电话时，正在拆开新到的两三本外国杂志，阅读皮埃尔·洛蒂(Pierre Loti)[2]初抵纽约时的日记。

“怎么？已经回来啦？比预想得要早。她的病怎么样了？我该去看看她。”

[1] 与谢野晶子(1878—1942)：别名凤晶。诗人，新诗风的开创者之一。1900年加入与谢野铁干的新诗社，为杂志《明星》撰稿。次年与铁干结婚。其诗作清新不俗，代表作有《乱发》、《梦之花》、《从夏到秋》等。1921年，创立文化女子学院并在该学院任教。此后，在文学评论领域开拓出新天地。死后，《白樱集》出版。

[2] 皮埃尔·洛蒂(1850—1923)：法国小说家，海军大佐，巡航世界各地，从事文学创作。1885年游历日本。作品有《冰岛渔夫》、《菊子夫人》、《东洋幻影》、《非洲骑兵》等。

我忖度着,眼睛依然不离开洛蒂的日记。据说,洛蒂渡美是为了观看纽约世纪剧团上演《天女》之前的彩排活动。一本杂志上写道,他本打算一到纽约就像一个幽灵绝不见人,只在剧目彩排时到剧场去待上五六天,然后就悄悄离开。然而没有想到,他一到那里,就被一群无礼的记者团团围住,一个劲儿请他谈话。洛蒂以伶俐的口舌相对,但也说了不少无聊的事情。读了一家报纸刊登的他的谈话,是这样说的:"自由女神像"比想象得更高大;摩天楼顶天而立令人吃惊;对妇女参政运动一向不感兴趣,他说:"在法国,一切不熟知,就不能面对记者。我讨厌唱高调。我的下人都了解我的脾气,从不吵吵嚷嚷,说话总是细声细气,只那么几句就心领神会。自己在罗西弗尔家中决不开电灯,因为一开电灯,就会打破自己喜欢的静谧的气氛和阴影。"他说了这样一些记者不爱听的讽刺话。

"晶子怎么样?她像幽灵一般回来了吗?是不是也被失礼的记者逮住,被迫讲了一些聪明或无聊的话呢?——身体无大碍吧?"

我放下阅读中的杂志,向神户的旅馆打了电话,问她去不去堺市的娘家。晶子来接电话了,她的声音像幽灵一般有气无力,我连连叮问了好几遍。她说自家的事放不下心来,不路过堺市了,今晚就乘火车直接回东京。

我想象着晶子那副病愈后又加上旅途劳累的脸。我决定看看她。走出门外,雨哗哗地下个不停。我站在日东银行前的车站上,呆望着柳叶叹息般飘落下来,久久等待着下一班电车。

我到达神户海岸大道的旅馆,这时已经是四点多钟了。我看到冒着黑烟的美利坚码头上四五个浑身透湿的工人,正在忙着卸货。

晶子住在楼上朝北的客房,她正坐在散乱的行李之间,看上去不像有病的样子,也一点没有疲倦的影子。这使我非常放心。据说,鸥外先生接到与谢野君关于晶子生病的报告,当时就认为有些夸张。现在看来确是这样。

在座的还有两三位陪客，也都是熟人，我们谈了很多。晶子这回经过西伯利亚铁道，看到广阔的平原上只有屈指可数的几户人家，就认为日俄战争终不可避免。她认为繁殖力很强的日本民族，无论如何都要在那里建立一块殖民地。这时我忽然想起巴黎一家杂志上刊登了晶子的肖像，说这位女诗人不但年年有新作问世，还年年都坚持生孩子。

雨哗哗下个不停，港口里的轮船出出进进，发出像咳喘病人一样的声音。晶子听得入迷，看样子似乎又想起了漫长的船上之旅。她谈到轮船经过塞得港进入红海时，因为以前听人说过那里的海水一片鲜红，所以急切地盼望着。但到那里一看，海水依然一片青碧。

“不过，要说那里如何热，我一直躺在船舱里都受不住，所以我打算回来之后，仍和大家一样撒谎，就说红海之波一片鲜红。”

晶子拿出在法国画的几幅油画给我看。她似乎想以画画的心情讲述那里的情景，但我不太感兴趣。与谢野夫妇具有优秀诗人的天分，对此我平素十分敬服。然而可惜的是，在对事物的看法上，他们二位清纯的头脑就有些不灵光了。我是他们二位忠贞不渝的朋友，但同时又是一个正直的读者。我要说，这次读了她的巴黎旅行记，却每每感到失望。我本来怀着期望，以为只有与谢野夫妇才能写出那种极富特色的旅行记。正如巴黎的照相馆拍摄的晶子的肖像总有点西洋女人味，我想知道那里的自然和生活，究竟以怎样的角度映入他们两人的视野。然而读了她的旅行记，使我想到这两位可敬的诗人，已经将宝贵的诗情藏起，仅仅作为普通的游客从多佛尔海峡一直走到维也纳。

比起晶子说的那些，我更想知道的是欧洲的生活——尤其是法兰西文明，究竟给这位《春泥集》的作者思想上多大的影响。

晶子带着认真思考的眼神唐突地说：“我现在正在考虑哲学。”说罢，不好意思地笑了笑。我发现她的表情里有一种掩饰不住的疑惑的目光。

“是的，是哲学。女人有谎言，也有艺术，而且还有脾气，但唯一没有哲学……”

依我说，女人既然有子宫，就不可能没有哲学。连人生系统都能在一瞬间造就成功的男人都有哲学，作为生命之源和爱情之泉的女人——母体，怎么能没有哲学呢？

不知不觉时间过去了，我们的谈话就此打住，随后冒雨驱车前往车站。上了火车，晶子挨着茅野夫人坐在我的对面。和暖的夜晚，两个女人说喉咙干渴，喝了一些汽水。晶子对茅野夫人低声说：

“在船上喝了酒，就染上习惯了。”

听到她的话，我想起大阪船厂边的女人们，每月几次凑钱到旅馆里喝酒。每当看到女人们酒的盛宴，我就发现，本来给男人带来兴奋和酣醉的酒，也会把女人送到神秘和憧憬之国。对于女人，酒同恋爱和知识一样，是一个奇异的世界。这世界拒绝推断和理论，只靠感官来触及一切。

我又搬出先前关于哲学的话题来。晶子照例将鼻尖皱了皱，笑着说：“哪里，实在是没有什么可说的。”

“好，我也不想问别的，我只想知道，你在实际行动上是否有勇气体现这种哲学。”

晶子神色黯然。

“如果我在实际行动上有这种勇气，在这里对你谈什么都不困难了。”她深深叹了口气。

忘记是在什么场合了，我说了一些近来自己有关“性”的看法。我说，男性和女性全然不同，这两种性不能互相理解。不但不能理解，而且根本上存在着敌对的观念。晶子听得入神，未等我说完，她就接下去：

“一点不错，我本来就是这个观点。这次到那里一看，更加明确了。具体地说，我同与谢野一块儿生活了十几年，从来没有意见一致过。但到法国后才开始吵架。临回来时，我说了——今后我不能老向你认输。”

“啊，太好啦！”我心中暗暗叫道。

我的一个朋友到英国访问了莎翁的故乡。一想到是大诗人的故乡，总得生出许多感慨来才是。他一边漫步于天鹅游水的埃文河畔，一边作各种联想。想不到的是，他一到那里，立即钻进酒馆，肚子里填饱酒肉，口袋里金币叮当。至于莎翁的作品，一部也记不起来了，更谈不上有什么感慨。然而，一个时候，他又忽然想到留在国内的老婆鼻梁长得不好看，马上生起气来，从腋下抽出手杖，一个劲儿挥舞着。

不知是什么时候，我见过与谢野君写给别人的信，上面有这样的话："在布劳涅(Boulognel)森林[1]里咒骂日本文坛。"我读罢立刻联想到，这和在莎翁故乡为老婆的鼻子而生气是一样道理。既然下决心到了国外，就应该尽量不想老婆的鼻子和故国的文坛，好好留意一下那里的自然和生活。看来晶子是这么做的。她认真观察了那里的一切，将感受变成了自己的东西。夫妻吵架就是最好的证据。

就是说，晶子对自己的“性”似乎觉醒了。她到欧洲看到了以“性”为核心而掀起的新运动，对于自古以男性为中心的文明，企图举起新的反叛的旗帜。

晶子悲壮地说：

“今后必须战斗，同自己的一半战斗，同世俗民众战斗，还要同自身战斗。所谓自身，我过去没有看到过自己的背影，没有使用过前后镜，因为照见自己的背影是很可怕的事。我是个胆小鬼。”

晶子是一位艺术家，但作为女人，她很害怕审视自己的形象，那一定是很痛苦的事。但她又不得不这样做。因为有一种外力驱使她欲罢不能。

[1] 布劳涅森林：巴黎西部塞纳河畔的森林公园。

火车抵达梅田，我告别她来到走廊上。晶子正跟前来迎接她的某夫人谈飞鱼的故事。

“你不知道，鱼肚子像搽了指甲油一般鲜红。哎呀，好漂亮啊！”

我望着白铁屋顶潇潇而降的灰色的雨，一直等待着火车的开动。

国木田独步先生

国木田独步君的辞世，对眼下的文坛是个不小的损失，令人不胜痛惜。我和独步君没有特别深的交往，只是在七八年前，我在大阪编文艺杂志《小天地》时，经常从德富芦花、角田浩浩和斋藤吊花三位先生那里，得知独步君人品和艺术抱负的讯息，心存好感，想瞅机会请他为我的杂志写点稿子。正好有一天——好像是明治三十五年秋，在斋藤君的推荐下，他寄来了《牛肉和马铃薯》这篇小说。我一看到这个奇拔的题目就颇为吃惊，很快读了一遍，觉得行文上同以往的小说不一样，充满了清新的空气，内容也很有趣，随即决定采用。其后，独步君回信说，根据过去的经验，自己的小说不大容易为读者所接受，东京的一些杂志也不欢迎他的作品，尽管如此，大阪方面能够答应刊载，实在感激不尽。然而据我所知，《牛肉和马铃薯》在杂志的读者中也很受欢迎。当时在大阪一家杂志当记者的某君经常提到，他读过十多遍，书中的人物——似乎叫冈本——抱有一种好奇心理。自己也同冈本一样，总用一种惊异的眼光观察自然。小说中写到这位冈本在牡蛎船中喝得酩酊大醉，抓住旁边的人嚷道："喂，我问你，难道你不想大吃一惊吗？"那人说："我想，我想。"最后冈本号啕大哭，弄得周围的人不知所措。既然书中有这样的描写，可见作者的担心决非无中生有。

记得继《牛肉和马铃薯》之后，在我的杂志上刊载的是《非凡人》和《少年的悲哀》等。《非凡人》是仿照当时从船上带来的吉卜林的小说《吉姆》的插图，请某雕塑家将封面上的塑像描摹下来，再刊载于杂志上的。过去小说的封面只限于木版或石版，这次是别出心裁。然而却使独步君十分满意，记得他还特地赶来重谢那位雕塑家。

由于杂志一事，我们始终保持书翰往来。其后，明治三十六年春，大阪举办劝业博览会，独步君西下大阪前来游览。当时我和他初次会面、交谈，当天正值安土町书商集会所召开文学同好会会员座谈会，独步君偕夏多布里昂小说《勒内》的译者小岛文八君一起来看我。他们似乎是从值班人员那里听说有这个会，也未找人带路，便径直闯进来了。列席的同人之间，只有他的一位熟人角田浩浩，其他皆同我一样，都和独步君初次见面。尽管如此，心高气傲的国木田君却毫无顾忌地畅谈起来，既有宏论，又有讥讽，令主办单位大吃一惊。第二天，他和我相约，在我的寓所见面，谁知他临时有事，要去神户会见令弟北斗君，让我空等了一天。翌日他来访，不巧又碰上我到京都出差，其后再没有见面的机会。文学同好会上的初晤，也成了最后一面。

在国木田君前后，德富芦花君也来参观过博览会。当时，我们一同从堺水族馆逛到住吉的松原。芦花君频频谈到国木田君的天分，问我："读过《武藏野》没有？"我回答："还没有。""是吗？《武藏野》出奇的好，简直就像屠格涅夫。"他极力赞扬，"独步君是个像浮囊的人物，不管怎么按压，也一定会浮上来。怎么说呢？他富有很强的反弹力。"

我收到国木田君的书翰，大都是他在镰仓流浪时写的。从中可以看到他对当时的文坛抱着不满和反抗之心。信写得很有意味，含着热情和讽刺。可惜有许多散佚了。手头仅剩下四五封。其中有两封很能表现故人的面容。

一

拜启：

上封信及昨日信均收悉。承蒙多方关照，非常抱歉，请予谅察。东京文坛格外不振，诚如所观。《文艺界》第一号所载小说中实无像样之作。尤其柳浪子之作，殆如蹩脚之士演戏，全然一失败之作。小生以为芦花氏之《不如归》、春雨氏之《无花果》、幽芳氏之《我之罪》等，之所以颇受欢迎，全在于重视小说整体之结构所致。至少掀起此种风潮矣！即首先生出阅读之兴味也。总之，使读者有所思，不如专一于使读者有所感。对于乐于思考之读者，读了某某、某某和某某的近作，也必将失望。只是世间因种种缘故多有将读之令人泣下之小说，视为作品之上乘而深信不疑的倾向。当是时，小生之愚见终成愚见亦未可知。

翻译之风潮渐盛，此已诚如所察。《小天地》所载小说与评论类，加进一些翻译作品如何？小生之《非凡人》，如屠格涅夫之《安德烈·柯洛索夫》，经嵯峨乃屋[1]翻案为《乡间音乐家》流，则与翻译迥然各异，故反而吃力。盖《非凡人》之结论中，因添加小生之意见，故特称之为翻案。即如《安德烈·柯洛索夫》亦属使人有所思之作。小生之《非凡人》其发想当属屠格涅夫之天外之思，恐成为我文坛近期之异调，自不敢称佳作。小生主动尝试此种翻案之缘由，完全出自对上述小说界之风潮不满之故。幸得贵兄认知，实乃小生之幸也。即如《牛肉与马铃薯》，亦未获使小生满意之评论。《小天地》上某君之评论，小生深感仅读得小说之皮相。其他如《早稻田学报》诸评论，概不知该小说之主眼也。小生拟伺机作一论文再述该小说之主眼。其时愿闻高见。

[1] 嵯峨乃屋御室(1863—1947)：小说家、诗人。本名矢山崎镇四郎，别号北邙散士、潮外、探美等。幼年经历幕末维新变动，遍尝苦辛。后知遇二叶亭四迷，并成为工平内逍遥门生。1887年发表处女作《守钱奴的肚子》。1906至1923年，任陆军士官学校教官。其作品《初恋》，乃屠格涅夫《阿霞》之翻版，具有西欧浪漫主义气息。

《明星》杂志记述小生发行《青年文学》杂志，纯属误闻。此乃小生一友人所为，小生虽不赞成，亦被硬列入其中。不想此种误闻竟传至《小天地》矣。

不久当一度下阪，获拜眉之荣。顿首。

四月八日（明治三十五年）

二

拜启：

惠寄原稿收执。因种种缘故承蒙掷还，对此小生无权持有异议。亦无不平之理由。唯因迫近月末，急急返还，致使于原稿处理之上甚为狼狈。诚如所知，当能推察文士此种之境遇也。

实言之，《运命论者》确乎不令人满意。然于趣味小说、哭泣小说、多角形小说中，增加一篇如小生之一般无趣味、无哭泣言笑、单调乏味之作，岂不妙哉！小生于东京文坛上的位置实在可怜。幸贵地有《小天地》，不舍弃如小生者。获特殊之认知，使小生增强信心，感谢不尽。今回之遭遇，作为平常之凡夫，再怀特殊之悲观。今概述于右。然此亦属文士自高之一常癖也。勿笑《运命论者》之作者运命之不济也。顿首。

十二月二日（明治三十五年）

以上两封信都写到了国木田君当时的抱负和不满，对于自己过去在文坛上的地位发出不少的感慨。后一封信中提到的《运命论者》一稿，我当时读了很感兴趣，想接受下来。但是当时杂志泛滥，恶劣影响渐渐显露。因为地处大阪，这种低气压首先降临到我们杂志的头上。当时，已面临危机，要么停刊，要么暂时支撑着，以观形势。在这种困难的关头，虽说不情愿，还是将稿子先退回了。鉴于照顾杂志的体面，我未能将内情向他说明，致使他有以上那些想法，甚是遗憾。杂志后来不久还是停办了。打那之后，我每当读到国木田君集子里的这篇《运命论者》，总是不由联想起他信中所说的“运命不济”，并非单指作者本人，而好像也是针对我们杂志说的。

尽管如此，写下《运命论者》的国木田君，依然怀着远大的理想，坚持他的事业。然而，中途终为这种运命所导引，堕入死亡之渊。运命，确乎难以预测。

（明治四十一年七月）

悼岛村抱月[1]

岛村抱月的去世，无论对于文坛还是剧坛，都是不可弥补的损失。这里我想就这位亡友及其事业略作介绍。

上田敏辞世时，我曾觉得他的死是最令人痛心的，冥冥之中为一种命运所支配。但岛村的死同样是一种命运的决定。是卑劣的命运的一次突然袭击。

岛村是个寂寞的人。他是一个怀抱翡翠般寂寞的人。当他同你面对面谈话的时候，他决不会像野口米次郎、蒲原有明、岩野泡鸣等人那样声音洪亮。他总是那样沉着，那般冷静。他很少笑出声来。

[1] 岛村抱月（1871—1918）：剧作家、评论家、小说家、诗人，日本新剧运动的先驱。岛根县人。1894年于东京专门学校（早稻田大学前身）毕业，曾任《早稻田文学》记者。后留学英、德，归国后于母校文学部任教授，并主持《早稻田文学》，在自然主义文学运动中发挥了重要影响。1913年，身为坪内逍遥文艺协会会员并已有家室的岛村与该会演剧研究所第一期学生松井须磨子（1886—1919）相恋，备受非议，双双被逐出协会。此后，二人一起生活，潜心戏剧艺术。并组建剧团艺术座，上演了由须磨子担任女主角的《卡门》、《复活》、《玩偶之家》等名剧新编，轰动一时。1918年11月5日，岛村因流行性感冒骤逝，次年1月5日，松井须磨子自缢身亡。

尤其惹人注意的是他的眼睛，那里洋溢着清澈的智慧之光，充满了湿润的情爱，是映射他的人格的小小窗口。一个时期，那些接受《早稻田文学》的书店老板们，不论是谁，一看到这副眼神，不管是多么勉强的谈判，他们都会答应下来。所以，他们同岛村面对面谈话，总是将目光投向别处。

岛村不太长久的一生，大体可以分为三个时期：离开早稻田出国是第一时期；从国外回来到文艺协会解散为第二时期；“艺术座”由创立到结束是第三时期。

我和他交往是他出国前的一两年，而对于学生时代的他一无所知。

只是从岛村的同学后藤宙口中得知他的一些情况。据说岛村每天上学，一走到校门口肯定要站在那里小便。平时在任何场合他都不解裤子，而且觉得把裤腿卷起来也很麻烦，最后干脆在裤裆开个洞，每次都是通过这个洞解决问题。

他出国时从神户乘坐“信浓丸”轮船。头一天他赶到大阪，住在位于南本町的“船场馆”旅馆。那天夜里，我们俩一直谈到很晚，我也就在那里住下了。

当时换穿睡衣时，我看他瘦小的下腹部缠着一个莫名其妙的东西。

“那是什么？”我问。

“这个吗？”他笑了，随即从肚子上解下来，“这里装的都是重要物件呢。”

就着薄暗的灯光，他从包里掏出出国护照、正金银行的支票以及由早稻田学校转往牛津大学的介绍信等给我看。

岛村出国之前，我俩一起去看过“文乐座”上演的人形剧。那是故人摄津大掾演出的《廓文章》中的“吉田屋”一段。

岛村第一次看人形剧，对纹十郎在夕雾中优美的动作备感兴趣。

当时他正同前辈坪内逍遥[1]一起，公开反对高山樗牛关于美的生活的理论。

“美的生活，单凭高山君的言说是很难令人信服的，倒是纹十郎艺术反倒更容易接受。”

他嘀咕着，仿佛高山君在旁边谛听一般。那情景我至今还记得。

岛村戴着一顶在国外似乎一直使用的旧草帽突然回到神户。他的衣着依然同从前一样朴素，但精神生活已经不是往日的抱月了。换言之，他几乎全部洗脱了“早稻田味儿”。

《早稻田文学》复刊到自然主义运动兴起前后，岛村的表现十分出众。据我所知，岛村不是一个爱读书的人。自然主义兴起之时，他居然对欧洲自然派的文学作品不太亲近。但他有特殊的本领，能将从涉猎过的书籍中获得的知识综合起来，变成自己的东西。

他有一副锐敏的批评的眼光，无论是艺术作品还是人生现实，他都能入木三分，洞察底里。这种透彻的分析综合能力，在当时的文坛上独领风骚。坪内博士十分赏识他的批评的眼光和鉴赏能力。依我看，在鉴赏能力方面，上田敏比岛村更高一筹，但在批评眼光方面，岛村远在上田敏之上。

岛村回国之后，在牛込的喜久井町新建了自己的家居，当时他似乎对这种新建筑非常热心。一天，我去看他，他特地把图纸拿出来，一一给我讲解。我这个人一向对这些没兴趣，所以只是胡乱应对了一阵子。碰巧，近松秋江来了，我们站在堆满新木料的房间里合影留念。

[1] 坪内逍遥(1859—1935)：本名坪内雄藏。剧作家、小说家、评论家、翻译家。日本第一部重要的近代文学评论《小说神髓》的作者，《莎士比亚全集》的译者。共著有九部长篇小说，其中以《当世书生气质》最为著名。此外，还翻译了司各特、布尔沃-李顿等外国作家的作品，并参与创办、主编文艺杂志《早稻田文学》。同时，致力于新戏剧运动，为首倡者之一，将易卜生、萧伯纳的戏剧介绍到日本，是日本现代戏剧的奠基者。

岛村其后毁坏了家庭，自己离家出走了。对此不知道详细内情的社会上的人，对他进行无情的攻击。但我们必须首先弄清楚，像岛村这样一位感情丰富、明于事理的人，为何要走上这条道路呢？他的周围究竟出了什么事？出国前岛村曾经以一种平素少有的激烈的言辞，提倡文士无妻论。了解这一点的人，都能预见到他的家庭早晚也会有这样的命运。

家庭纠纷，使得岛村得了极度的神经衰弱症。他为了治病，有一年自秋至冬，一直住在京都三本木的“信乐”。这房子是上田敏、平田秃木和与谢野晶子女士等住过的，我尤其熟悉。在那可以听到白鸻鸟鸣叫的夜晚，我俩从那里出发，经冈崎向南，穿过知恩院境内，向西经弦歌如雨的祇园町，来到四条大桥之畔。我们在那里的一家料亭[1]要了一杯马拉士忌[2]，两人喝得脸色通红，又相互注视了一番。那天晚上，岛村的眼神依然如翡翠般凄清。

当时，岛村经常去奈良，他似乎很热心地亲近这座古都遗留下来的造型艺术。宁静的南欧的自然和古老的艺术，拯救了歌德，点燃了他的新的生命之火。奈良和京都的自然与古代艺术，虽然没有如此深刻地感化着岛村，但至少培养了他的鉴赏能力，这一点是确定无疑的。

岛村和松井须磨子一起共建事业、共度人生，他由一名真正的学者和批评家的地位上退了下来。接着，他作为一名先驱者，开始为新剧的发展开拓艰险之路。岛村其后的事业，完全为了成就须磨子，决心将她培养成一位出色的演员。岛村坚信，自己成就须磨子就是为了创立新剧。

[1] 料亭：高级日本料理店。

[2] 马拉士忌：用马拉斯加产的一种樱桃酿制的饮料，为意大利人首创。

为此，岛村同前辈、同僚和门生们一起做了不少工作。他把须磨子当做自己情人的同时，又把她看作自己唯一的艺术品。对他来说，这件事无疑是一个不得已的牺牲。正如欧利文·希拉伊那女士所写到的一位画家，他为了创作身体渐次衰弱，而画面却显现出世上罕见的红色。画家不久倒毙于画作之前。人们发现他的心脏裂开了。原来画家绞尽自身的鲜血深染于这幅画面之上了。事实上，随着须磨子的艺术渐渐获得明显的成绩，岛村的生活也愈加清苦了。他本来就是一个寂寞的人，现在变得更加寂寞。至少我是这样想。

我想起在神户的聚乐馆"艺术座"演出《蒙娜·凡娜》(*Manna Vanna*)[1]的情景。大家在餐厅里会餐的时候，一位穿着羽织裤的青年男子走进来，同岛村打招呼，然后从怀里掏出一枚诗笺，硬要他写点什么。岛村不得已拿起钢笔，刷刷地写起来。

"塞里斯特死了，剩下了可怜的妻子。他对妻子的感情至为尊贵。"

我读罢心中暗暗流泪。塞里斯特无疑是梅特林克剧作中的一个人物，岛村借以表达自己的心境。

"对妻子的感情至为尊贵"这句话，实际是指岛村和须磨子的爱情，对于他来说是无可替代的。岛村爱须磨子，他把须磨子的成功当成自己艺术的成功，为此，他做出最大的努力。聪明的岛村，他不会不清楚自己的天分，最适合做一名学者或批评家。然而，他将这样的地位弃之如敝屣，偏偏要做剧作家、舞台监督、剧场经理或策划人。

他的最大的目的是要在人们心目中塑造一尊新剧的偶像，而须磨子是他为实现这一目标亲自调制的唯一一块黏土、大理石，是他的梦想。

[1] 《蒙娜·凡娜》：梅特林克于1902年创作的戏剧。

像岛村这般正直而温和的人，走进充满谎言和谋略的戏剧界,会不会损伤他的个性?这是许多朋友和知己所担心的。实际上这不过是杞人忧天。为了演出,经常和岛村发生来往的松竹合名社一位人士说：

"见到岛村这样正直的人实在难以对付。对他实在不好意思耍任何手腕。否则你反而要吃亏。我多次遇到过这样的事。"

事实并非如此。岛村对什么都不介意,他一直老老实实、始终一贯地活着。

岛村死了。他的生活和事业遭到卑劣的自然规律的暗算,半途而废。这是他的命运,也是人类的命运。岛村的事业由他的学生和众多剧团成员们继承下来了。岛村的精神、灵魂和爱的遗志,则非松井须磨子莫属。因为须磨子是这位故人半生的情人和艺术品。

记得最后见到岛村是九月二十日,在京都的"南座"剧场。我、岛村还有长田秀雄,三个人围着一张小桌子闲聊。岛村当时答应为《大阪每日新闻》撰写一篇有关现代戏剧及其受到当局取缔的长篇文章。不用说这篇文章是永远别想读到了。

松井须磨子的恋爱和艺术

我对已经去世的松井须磨子，曾经有过很大的误解。正如上文所述，我一直认为，在岛村抱月死后，须磨子作为这位故人用爱和实践全力塑造起来的偶像，她定能亲手创建自己完美的生活和艺术。老实说，抱月死时，我对于须磨子并非没有一点忧虑：要是她也……然而紧接着我又马上想到她的平生。不，她不会死的，须磨子一定能够活下去，为完善自己的生活和艺术努力奋斗。因为我相信，是抱月一手创造了她这个艺术典型，须磨子会永远同抱月实现"灵魂的结婚"。当然，这其中有须磨子本人顽皮与任性的一面，她一直生活于感情世界当中。

事实上，须磨子的感情生活谈不上丰富。她虽然深谙发怒、执拗、哭泣和放声大笑之术，但却不愿去体会古代佛像嘴唇边具有无限深味的微笑的内涵。有一次，须磨子在神户"大黑座"演出《莎乐美》(*Salome*)[1]，我应邀前去讲演。

[1]《莎乐美》：即1895年首演的王尔德的名剧《莎乐美》。

我当时讲了一个故事：京都名优坂田藤十郎初登江户舞台时，喝不惯当地的水，特地将京都的水装进桶里，由海道运过去。我还提到须磨子也不大能喝自来水，希望她能训练一下感官，以便多少能体味出水的味道。讲完话我来到后台，在那里遇到站着听讲的抱月和须磨子，我同他俩对视了一下，随之笑了起来。我是想启发须磨子，通过官能性的训练，使自己的感情生活更加丰富起来。

谁知，抱月突然亡故，本来二人共同生活于爱和艺术之中，如今只有她一人支撑着生命。须磨子无疑感到自己眼前的世界彻底倾覆了。事实上，她不可能不抱有这番心情。“艺术座”稳稳站立着的“早稻田”的世界，自从抱月去世后，立即向须磨子投来了白眼。

但是，具有雪国之花的强劲生命力和对自己的艺术充满自信的须磨子，正确面对着心爱人儿的死，她忍辱负重，努力完善自己的艺术。为什么要这样呢？这是因为，须磨子要使自己的女优生活富有意义，要想延长为着自己和自己的艺术而倾注全部情爱的抱月短暂的生命，不管从何种意义上说，她都必须为两人共同创造的艺术而奉献一切，忠贞不渝。除此之外，无路可走。因为，他俩已经实现了“灵魂的结婚”。

他们的感情生活自不必说，我曾预期过，抱月死后须磨子的生活和以前比较，将会发生明显的改变。然而，这种预期终未能到来，到来的是出乎意料的须磨子的死。

须磨子死了。她为什么要自杀？我以前曾谈论过，现在再详述一下。一是因为她不堪忍受抱月死后的悲怆之情；二是因为周围的世界对这位女优投来了过多的冷眼。

须磨子似乎也在考虑，为了暂时摆脱“死”的忧伤，为了生存于艺术之中，为了成全抱月的爱，她只能舍弃女性，做个毕生的艺术家，此外别无选择。不过，她无意凭借天生的坚强的毅力去开凿个人寂寞的生活之路。对于一个女人来说，不可替代的心上人的死，是一个无法形容的重负。这种时候，如果周围的世界能够用同情的目光，关注这位女流艺术家，须磨子也许会一边啜泣，一边继续着她寂寞的人生之旅。

然而，世界是冷酷的，面对如此冷酷的世界，她一想起如此呵护自己、为自己付出全部情爱而死去的人儿，她一定不堪忍受。这位本想做一名超越性爱的艺术家的女优，从象牙塔里滑落下来，又回归为“女人”了。于是，她追随自己热恋的男人之后，迅速死去了。

就是说，作为女人的须磨子，战胜了作为艺术家的须磨子。简言之，艺术败于性爱。这样看起来，我为自己错误地估量须磨子而羞愧。同时我也为艺术家的她，没有达到我所期待的那样的心境而伤怀不已。

不用说，抱月的死，对于须磨子一定是难以接受的悲哀。然而，我本以为这位女优作为一名艺术家的修养，可以调整好感情，忍受住如此重大的悲哀。须磨子对自己扮演过的女主人公，经过长期磨炼，她都能很好地传达她们的心情，那么，她多少也应该学会掌握和控制自己的感情吧。艺术家的心境和普通人的不一样就在这里，须磨子应该能够辨别这一点。仅凭力量是不够的，这是一方讲求修养的境地。——可是，须磨子从这里滑落了。她由过去的艺术家回归到本色的女人。

须磨子的自杀，无疑是达到完美的“爱”的一条道路。但是，我却坚信，“爱”和“艺术”这两者是一体的，还有一条使之完善的道路。这条道路或许既遥远又艰险，然而却是一条可供选择的道路。须磨子未能走上这条道路，实在是非常可惜的事。——但话又说回来，如果抱月能多活些时候，须磨子不久也一定能够达到这样的心境。归根结底，对于一个艺术家来说，最要紧的是修养和境遇。

作为艺术家的须磨子败于作为女人的须磨子，在最后一刹那，她又抬起头来了。为了完成自己的“爱”，她选择了最剧烈而富浪漫色彩的自杀。不仅如此，在自杀所用的青红两种带子上，经过比较，她选取了红的。她连选择何种颜色都做了充分的准备。这位曾经在舞台上扮演过莎翁剧作中的女主人公和埃及女王克莉奥佩特拉的女优，在那一刹那，谁能说她脑子里没有闪现过这些女主人公的强烈暗示呢？作为艺术家的须磨子，又在这一刹那苏醒了。

就这样，大幕骤然降落，须磨子本人的生活，在这一刹那被彻底地艺术化了。爱得到了完善。生活变成了艺术。然而，须磨子自己所攀登的艺术之路，还远远没有走完。

芥川龙之介先生遗事

我记得已故芥川龙之介先生进入大阪每日新闻社，大约是在大正八年二月末。事情谈妥之后，先生很快寄来了《入社辞》。稿子马上送到印刷厂排字，但适逢政治季节，一些枯燥无味的议会记录充斥报纸，先生的这篇文章很难编入版面。耽搁了几天，我终于泄气，在征得芥川先生同意之后，将原稿撤了下来。然而，手头却留有一份校样，今天无意中发现，反复拜读，这位喜好讽刺的故人的面影，历历闪现于字里行间。现公布于后，为热爱故人的人们提供一点回忆的材料。仅此而已。

入社辞

予过去两年间，在海军机关学校教授英语。此两年对于我绝非不快的两年。何故也？因我获得一种恩典，一直以公务之暇从事创作——或以创作之暇从事公务。

以予之寡闻，亦听说甲教师为试着介绍超人哲学而触文部当局之忌讳；乙教师因耽于创作恋爱问题而蒙陆军当局之谴责。对比诸位先生，予从来得以官立学校教师之名而兼小说家之业，确系至高无上之恩遇，应感铭不尽。尤其同甲先生和乙先生堂堂本官教授相反，予不过是一介客座教授而已，但予得以呼吸自由之空气，与其说是由于海军待予之厚，毋宁说是予之存在可有可无。当然，予如此解释，不但对昨日的长官失礼，而且对不起供予吃喝的各位先生。因此，只要无大碍，予仍然对海军当局海洋般的大度量感恩不尽。故一边在横须贺工厂里将可怕的煤烟尽情吸到肺底，一边永远反反复复讲解什么“这是狗”之类的文句。

可是不幸的是，根据这两年的经验，予作为教育家，尤其是作为一名陶铸未来海军的教育家，不管如何自吹自擂，至少予不能像吞丸药一样服膺现代的官许教育方针。仅由这一点，就是个不良教师，应该立即放逐。当然，尽管有这一点觉悟，但既然害怕全家老小没有饭吃，予还是操持着这种奇怪的语言资本，永远维系着一个教育家的门面。不，即使穷于米盐之资，只要不甘心写那些蹩脚的文字，还会小心翼翼挂着海军教授这块光荣的招牌的。然而，现在的我，不同于过去的我，只要我不全身心地用在创作方面，我就会感到既对不住人生，也对不住我自己。单从时间上说，一周五天，我不能从早上八时到下午三时机器一般到学校上班。因此，我一边感到遗憾，一边违反当局以及文武教官等各位同僚的爱顾，终于决定进入大阪每日新闻社。

新闻社发给我普通人的工资，不仅如此，没有硬性规定每天必须到报社的义务。这对于不懂官位高下的我来说，远比终生同敕任官共白头要舒畅得多。基于这种意思，我衷心祝贺我的入社。同时，我又为帝国海军在其内部令我之类的不良教师从此绝迹而深感庆幸。

昔时中国人唱道：“田园将芜胡不归？”我不是如此善于造情的人，但在“悔昨非而知今是”这一点上，我也同是“归去来”之人。春风已经吹我草堂之檐，我亦将身轻如燕，徐徐飞上征途。

同年五月上旬，芥川先生入社的同时，和进入东京日日新闻的菊池宽[1]先生结伴初来大阪。他们来访问报社，正逢编辑会议召开例会的十日下午。我邀请二位人士出席这个例会，并发表演说。一听说演讲，菊池先生立即声明因为有要事必须赶快回东京。芥川先生勉强答应了下来。

当晚，芥川先生讲了些什么，我已经完全忘却。只记得他站在讲坛上，身子有些前倾，用手胡乱地撩了撩垂在苍白额头上的长发，开头第一句说道：

“我今晚初登讲坛，按理说应该感到光荣才是。但必须首先声明，我却丝毫没有光荣的感觉……”先生一流的讽刺语言，我现在还清楚记得。这次演讲看来很使芥川先生为难，他回到东京后给我寄来了第一封信：

“演讲还是免了吧，如果没有保证可以不演讲的自由，那么我是不会再出席编辑会议了。”

[1] 菊池宽（1888—1948）：剧作家、小说家。代表作包括剧本《忠直卿行状》、《父归》、《屋顶上的狂人》，以及长篇小说《珍珠夫人》。1923 年创办通俗文艺杂志《文艺春秋》，并缔造了日本最有威望的两个文学奖——芥川奖和直木奖。

悼纲岛梁川[1]君

九月十六日夜，东京的舍弟急报，说梁川——纲岛荣一郎君病革，遂于昨十四日夜半逝去。

你终于死了？于命运难测之世，抱不治之宿疴，十年呻吟于病床。虽痛惜亦终难免夭折。我和他人未曾一刻相忘。然未能预料此难免之日竟是昨日今日也。

你终于死了？你一生如漂浮于暮天远方的长庚，你的光芒是连接现世之白昼和阴间之黑暗的一根银丝，静静地伸展着灿烂的眼睛，遥望着彼方神秘的空阙和此方的苦难之国。你的姿影是世上最美妙的一景。你说，吾是神之子，星亦说，神是我之父。

你败于形骸而胜于心。你的眼神一直内向，其深奥万有皆空无，但仍有难灭灵火之辉耀。你捧此光，潜入天地之秘密藏，未几即寻出自身之世。其处静静漂流着神秘之气，微微点缀着慈光之影。你点燃其火，高抬自我生命之火盏，真不愧于风采威仪之古代求道之士。

[1] 纲岛梁川(1873—1907)：明治时期思想家、伦理学家。著有《病期录》、《劳动和人生》等。

吾等二人同乡国，共生于现世。君在大河之水上，我长于水下而不相知。交友近四岁。去岁春吾旅宿帝都，相见亦仅两三次矣。然此等短暂欢会胜过常人十年之交情。吾等对雪舟、芭蕉、法然[1]，还有圣方济各多所议论，忘记如此长谈不宜于你的病体。西归前一日，我去访你，被告之曰：夜来高热，一直昏睡，乃留别而去。翌日夜，令弟建部氏有言曰：阿兄今朝心爽，希再会或期以时日，并请延缓行程一日。后再往访，这天相互言语甚少。临归，告之更岁再访，勿令病重。言未尽，相视泪流。然虽言之，心里却想，君无天宠，何以能于此世再相见也？

你终于死了？君之死犹如长庚隐入大海一般沉静，欲落未落，以最后一瞥回顾人世，虽云短暂而生命充盈，虽云寂静而意味丰富，虽云柔弱而心已获胜，得以悠悠然回归神秘之宫也。死之于你犹如归去，然吾怀君之心痛哉！呜呼，九月十七日，生前故旧当护送君之灵柩静静步入杂司谷之坟墓。山川相距百里，遥望东方泪流。请赐吾羽翼，让情思飞达君之侧矣。

（明治四十年九月）

[1] 法然（1133—1212）：讳源空，号圆光大师、吉水上人。日本净土宗开山祖。著有《选择本愿念佛集》等。

悼角田浩浩歌客[1]先生

角田浩浩歌客君去世了。

那天,我和菊池幽芳君一同去看文乐剧的人形剧。黑脸津太夫正在演唱《鳝七上使》的段子,太夫沙哑的嗓子挤出了这么几句:

“对不起,拜托啦!”旅途中,一个满头鬈发的大汉呼喊着。

我正听得入神,本家茶屋来了电话通知。

“是谁呢?没有人知道我在这里啊……”

我疑疑惑惑地去接电话,原来是报社的Y君打来的。

“东京刚才来通知,角田先生他……”

我听到这里,心脏急剧跳动,Y君的话如金属发出的颤音。

“听说刚刚咽气,是肋间神经痛和肺炎……”

我急急打断和Y君的对话,迅速回到剧场,又气喘吁吁地上了二楼。

[1] 角田浩浩歌客(1869—1916):别号剑南道士、不二行者。明治、大正时代新闻记者、评论家。有《欧心录》、《漫游人国记》等。

"角田君死啦！"

"什么？"

菊池君脸色一下子变了。

"角田君死啦！"

"什么时候？是真的吗？"

菊池君有点不相信自己的耳朵，奇怪地望着我。我把从电话里得到的消息又重复了好几遍。

我俩你看着我，我看着你，只能深深地叹气。讲唱席上，黑脸津太夫正伸长了脖子呼唤着什么，我却一点也听不进去。再看看舞台，多为藏扮演的鳝七正脱光了两腿，拉开架势亮相。在这一刹那，我突然想到，较之歌舞剧，角田君更喜欢文乐的人形剧，不禁悲从中来。

算起来，我和角田君的交往相当长久了。我在曾根崎狭窄的空地上见到他，距现在已经十七年了。那时，他还是独身，从家乡接出母亲，住在楼上一间房子里，还一面照料着松崎天民君。我们坐在阳光照不到的小庭园内，望着有的萎缩有的开放的牵牛花，畅谈妇女和宗教的事。那又是什么时候，一个夏天的早晨，我去访问他，楼下的客厅里正好有另外的客人。我被领到楼上的书斋里去了。

我等候着，背靠柱子呆呆望着邻家的屋顶。这时，不知打哪里飞来一只蝉，落在我的肩膀上。我用手心轻轻罩住它，一看，原来是一只呆头呆脑、闷声不响的哑蝉。

喜欢开玩笑的我，打开角田君的抽屉，偷偷把这只哑蝉放进去，心想，当角田君打开抽屉，猝然飞出一只蝉来，他又会怎么样呢？角田君上楼了，没等两分钟，他的手伸向抽屉。我极力忍着，不笑出声来。

抽斗打开了，蝉没有飞。

"哎呀，这里有一只蝉！"

角田君捧在手心里，像朋友一般亲切地望着。我见了，心想：

“他喜欢喝酒，谈天，也喜欢小动物哩！”

的确，角田君非常爱喝酒、聊天，更喜欢小动物。我俩都出身农村，从小和泥土打交道，在这方面有许多共同语言。

我们谈到了小鸟，谈到了土龙，连蜥蜴和蜘蛛都引起我们极大的兴趣。我曾在心斋桥闹市自家的楼上养过一只文鸟。那时，他有一只脸和苏格拉底一样丑陋的爱犬，他给狗起了个“权兵卫”的名字。

文鸟死了，我对小鸟断念的那段日子，角田君养了画眉、驹鸟和琉璃鸟。我到大手町和森宫他的家里拜访，经常听到画眉清脆的叫声。

角田君皱着眼角、咧着缺少门齿的嘴嘻嘻笑着，入神地倾听鸟鸣。我看到他的这副表情，立即想起他生于富士山下，同那里的小鸟和花木具有一样的美梦。事实上，他是土生土长的诗人。他受到母校庆应大学的学风和当时社会风潮的影响，虽然浪费了几分才智，但作为诗人，他具有优秀的资质。

今年一月我和他见面时，我曾先问起那只从大阪带到东京的画眉鸟。这时，他的眼里闪着泪光。

“画眉鸟吗？可遭了大难啦！”

他从裤袋里掏出一条皱巴巴的手巾，习惯地揩了一下嘴角。

“我没有忘记，去年十一月六日，正好是朝廷大典，陛下离开东京那天早晨……”

据他说，那天早晨，喂养小鸟的屋子遭到黄鼠狼袭击，云雀被抓，鹌鹑被咬，青雀两脚被折断。只有画眉鸟幸运，只是翅膀受了点儿轻伤，不妨碍鸣啭。他可怜这只受伤的小鸟，为它逃避一场劫难而庆幸。他为这只小鸟甚至可以掏出自己的一颗心来。

菊池君也说过，角田君喜欢石头，他在旅行途中一边走一边捡石头。有人到国外去，他特意托他们搜集。菊池君带回来的莫里哀墓边的石头，吉武君拾来的霍桑墓区的石头——所有这些东西，都和琉璃鸟、画眉鸟一起在他的身边唱起了歌。角田君常说，他喜欢石头的沉默。他善于言辞，喜欢座谈。他似乎对沉默的石头也要说些什么才肯罢休。另一方面，他又善于倾听，遇到了他，哪怕是石头，也会说出一些话来。实际上，他清楚地知道石头的秘密。沉默的石头也只有对他才说出话来，唱出歌来的吧？

角田君爱酒，但不滥饮，只是喜欢酒，或者说喜欢酒的趣味。只要端起酒杯，心情就会好起来。十五六年前，我们一道编杂志，大家一起商量什么事情，等人到齐以后，他总是唤来一个小伙计，从袜子一般的钱包里掏出银元，放在手心上。

“对不起，去买一瓶酒来。”

酒买来了，角田君一边浅斟慢酌，一边出其不意阐述了和大家不同的想法。不论何种场合，不论何种事情，他总是采取稳健的立场。饮了酒，就变得更加稳健。一旦喝醉，就曲肱而卧。

角田不管称呼谁，都必定加上一个“翁”字。对小孩妇女也称“翁”。到头来，连身边的家具和石头也叫起“翁”来。我和他相差八岁，他开始叫我“翁”，还是二十五六岁的时候。我无法接受，吵嚷着叫他更正，谁知他在后来的信中，在我的名字下面，连写了三个“翁”字。有时还加上“老翁”或“老爷”。这个习惯他一直保留，最近接到的信上，还是写着“翁”字。

作为朋友，对于角田君的一切，我都能接受下来，嗜酒，好石，喜欢小鸟，善于言辞，长于说教——没有一样我不能包容。但唯独这个“翁”字，我无法接受。然而，喜欢称呼人家“翁”的角田君，年仅四十八岁就去世了，一想起这个，就满心悲伤。即使想把这个“翁”字奉还，他已经不在这个世上了。我今天第一次接受他赠给我的这个“翁”字。

交友十七年，角田君临终之日，我既不知道他生的什么病，也未去他的枕畔探望。一想到这是永远的分别，就悲怆不已。追忆如泉水奔涌，不是一两句话可以尽言的。

云雀之歌

“吱吱嘎嘎，吱吱嘎嘎……”

三月上旬的一天午后，我到田里整地，头顶上忽然传来银铃般美妙的歌声。不用说，这是云雀离开附近麦田里的巢，逐渐飞上高空时的《出征谣》。

我抬头仰望天上，光耀夺目的太阳下，一只云雀直上云霄。

“吱吱嘎嘎，吱吱嘎嘎……”

和着旋律急速的歌唱，两片小而黑的羽翼迅疾地扇动着，而每一次扇动都将阳光像金粉一般洒向空间。

云雀是歌的精灵，它们在麦田的土块间筑巢，作为慈爱的父母，辛勤劳作，用心抚育后代。它们天生的敏锐的感觉，最先迎接春的回归。它们艺术家的气质，不许自己长期守着儿女，凭着一股向往艺术的欲望，振翅直上蓝天。只有天空，才是这些“歌的精灵”梦寐以求的灵场。鸟儿到达那里才能忘却一切，专心唱出自己的歌。

“吱吱恰恰，吱吱恰恰……”

空中的歌不住变换着调子。我用沾满泥土的手遮着前额，目不转睛地望着天上。阳光如芳醇美酒一般弥漫天空，我终于寻到那小小的黑点儿。这位“歌的精灵”在那恰到好处的高度，唱出了充满情怀的“春的欢歌”。

云雀不再往更高处飞翔，那小小的羽翼一直停留在那片独自欢乐的天地里尽情歌唱。是的，它是独自欢乐。远远望去，只是小小的一丁点儿，而那小小的一丁点儿，却包含着一个激烈震动的胸膛，一个极度兴奋的灵魂。

“吱吱恰恰，吱吱恰恰……”

犹如水晶盘内的玉珠、金珠急遽转动，这是一串串美妙而甜润的音的连续，是热情的火花。这火花以迅猛的速度自由自在洒向空间，同阳光交流、融合，雨雾般细密地降落在大地上。

云雀是天才的优秀的艺术家，和众多艺术家一样，它十分陶醉于自己的艺术。它高高挺起胸脯，歌声如喷泉般迸发出来，那样快活，那样圆润，叫人永远听不够。

“吱吱恰恰，吱吱恰恰……”

它在空中忘情地歌唱，那响遏行云的歌声，既非为着异性，亦非为着幼雏，完全是为着善于歌唱的鸟儿自己。但是令人担心的是，在自我陶醉之余，这位“歌的精灵”会不会跑了调儿，将美妙的音律无端地浪费？

我用手打着眼罩向空中张望，发现刚才一直盯着的那个小黑点儿急速晃动起来。云雀唱累了，它忽然又看到大地上一望无垠的麦田，想起那里有自己的巢，于是缓缓地搏动双翼，向着麦田飞旋下来。

“恰依恰克恰，恰依恰克恰……”

这是《凯旋歌》，较之刚才如喷泉般醉心高唱的《穿云歌》，此刻是一连串忧郁而沉闷的声音——这是没办法的。因为这位“歌的精灵”毕竟不过是一只老鸟，当它在空中突然想起青草丛中的自家时，自然不能不为度世的艰辛而忧心忡忡。

相当于云雀同一族群的麻雀，在漫长的春天里，一支山曲也不唱，一心为育雏和生活而忙碌。云雀比起麻雀之类的鸟儿，未免太艺术化了。为了考验自己的技艺，它不管做什么都要升上高空。

还有，杜鹃鸟把蛋生在别的鸟的巢里，外出也没有固定的地方。云雀为了避免这种浮浪的性格，又未免有些儿女情长了。它时而在空中高歌，又时而飞旋下来。这完全是因为那份难舍难分的亲情。其实，它这一生就是来往于麦田和高空之间，也就是来往于亲情和艺术之间。

“人何尝不是这样呢？”

我嘴里嘀咕着，又弓下腰来继续铲土。

物之音、物之声

一

物之音，物之声。——决定以这个题目写点什么。对于一心想在这个默思、点头、微笑的世界安住下去的我来说，这也是有些缘故的。

物之音。——由此，我立即想起了“嘘”这种凄凉的音响。我曾经看见过山麓的树林和人家宅院中的灰柞，每到夏天，树叶上出现许多泡泡，随着时日推移，逐渐长大、膨胀，像梅子一般大小。这是蚜虫的巢，幼虫从内部咬破泡壁飞出来。这时，虫巢的外壳染上一层褐色，像干漆一般坚硬。“嘘”就是将这个小孔抵在唇边吹气发出的声音。这正是秋即将来临的悲音，是一种震颤的哀鸣。

“嘘”的音响使我不能不想起雀壶来。所谓雀壶，就是刺虫的卵形小巢，梅或柿的小枝上经常可以找到脱壳的雀壶。将这种卵形小巢从树上摘下来，对着虫孔吹气，就会发出单调的时高时低的音响。

秋风初起的时候，所有的草木随风鸣唱。这声音用心谛听起来，或喧骚，或细微，或高昂，或低沉，无不含蕴着每一种富有个性的草木的影像，可以咀嚼出一种幽幽的秋的意味。古代，陶弘景[1]于隐遁的山居旁边种植松树，倾听着风中的松音而度过余生。还有临济和尚，年轻时师事黄檗会下，一天他荷锹在山门旁种植松树，黄檗经过时问道：

“你在这山中种松究竟为何？”

临济答道：

“一是为山寺增添风致，二是为后人留下标榜……”

他的话受到老师的称赞。这样的回答，不知为何能讨得黄檗的喜欢。细审之，临济自己爱听那种微妙的松音，他想让后世的会心之人也能欣赏到这种松音吧？

松叶随风而鸣，深邃，幽远，博大。犹如古代的金刚力士足踏大地，高举臂膀同太空拼搏。松树的这种悲剧性格既可由巍然挺立的雄姿里看出来，也可以从幽远的松音里听出来。

同样的风，吹过院中两三棵松树时，其音是近乎幽玄般的邈远，而吹过千万年来赤肤黑肌、棵棵排列在山间的松林时，你听吧，所有树木的精灵，都在一同呼吸，一起歌唱，齐声怒号，使人感到一种无比强劲而浩大的力量。只有松树才能表现出这种孤独和群生两种迥然不同的性格来。

和松树不同，黄杨的叶子摩擦时发出的声音细弱、低微。矮小的树干佝偻着，黑黢黢的，枝头布满了素朴的叶子。

佛教的经文上写着，小孩子哭闹不止时就给他两三片黄杨叶子。“喏，这是钱，别哭啦！”于是，孩子真的以为是钱，把叶子捧在手心里，立即露出笑脸来。他把树叶当做青色的钱，以为钱就是如此小巧而厚实。

[1] 陶弘景（457—508）：字通明，号华阳隐居。丹阳秣陵（今南京）人。南朝齐梁时期道教思想家、医学家、文学家。

栖息于河水中的小鲇鱼，到了盛夏，每月都能长大一寸。然而，黄杨树一年里也只能长高一寸。据传说，这种奇奇怪怪的树木逢到闰年，还会倒缩一寸。从前的禅家，若修行不但不长进，反而后退，就被戏称为“黄杨树参禅”。这种树，叶子小而密，风一来就窸窣作响，犹如一个用心品味作者本意的读者，念诗时不是高声朗诵，而是在嘴里低声吟咏。

白杨和银杏经风一吹，叶子就翻来覆去，发出哗哗的响声。秋天过半，叶子一片金黄，风来了，整棵树的叶子纷乱飘舞，在空中发出干燥而空虚的声音。不久，不知会凋落何处，堕入无涯的幽寂之境。这些树，昨日还在“喧闹”，“欢舞”，而今都将这一切全然抛舍，剩下的只有凄切的哀鸣。

棕榈和芭蕉不是冤家不聚头，一个主干一直向上伸长，手掌般张开大叶子，此外不再有别的枝条；一个长着几片椭圆形的叶子，无干无枝，一副与众不同的样子。

两种树木的叶子经秋风一吹，各自发出不同的声音，颇有趣味。棕榈的叶子整日仰望高空，心怀所念，合掌而立，发出的是吧嗒吧嗒振羽般的声响，就像鸟儿被捆住双脚，憋闷难忍，扑棱着双翼，一心想着重新飞上蓝天。而芭蕉呢，巨幅的叶面伤痕累累，不住地飘摇，跳跃。脆弱的叶柄发出吱吱嘎嘎的响声，搏击着，抗拒着，终于悲惨地倒伏下去，犹如被捉住的鱼儿，扑打着尾鳍，翕动着两腮，试做最后的挣扎。它赤手空拳和自然抗争，同命运苦斗。

二

梅雨季节，挨过凄苦的夜半，突然醒来，不知何时雨已停了，户外一片静寂。这时，经常听到熟梅落地的声音，宛若小小的铁锤投进清碧澄明的池水。透过这种音响，可以从浑不见底的“死”之海洋中微微感觉到生命的呼吸。这是多么令人兴奋的声音啊！

一个秋日，我走过一片橡树林，由微微透明的枝叶间，蓦地飞落一两颗焦褐色的橡子。这是人人都常遇到的事。橡子打在路边的石头上，"咔啦"一声，发出金属般的响声，随即钻进落叶丛里。从前，明朝的吕晚村[1]因落魄而卖药为生。一天，他照常拎着药袋在大街上走，突然听到背后有人喊叫：

"喂，喂，卖药先生……"

他回头一看，一个陌生人正要买他的药。晚村立即逃逸，从此闭门不出，不愿会见任何人。这是一位博学多才的名人的故事。除了稍具涩味而一无所能的橡子，也正像被人喊了一声"先生"后慌忙遁世一般，在这既有甘栗又有甜柿的世界，不贪不求，无思无虑，只满足于无能，乐天知命，自守自安的橡子之类，才是真正的生命的主宰。

秋天的大河无比宁静，水流清澈，缓慢，映照着晴空里不时飞过的白云。河水悠悠，悄无声息地流来了，又流走了。我坐在岸边迷乱的秋草地里，心儿沉浸于周围摇曳多姿的自然的"永恒"之中。

河里传来一阵阵泼剌的水音，我时时看到银白的水花四处飞溅。我弄不清楚这是栖息于河底的大鱼跳出水面的声响呢，还是盘旋于空中的鹰隼俯冲下来捕鱼的羽音呢？但不管是哪种声音，这时我总是打内心里感到潜隐于那种"静"的底层的"动"。仿佛那飞洒的水沫一下子濡湿了我的心灵，我感到一阵惊悚。

[1] 吕晚村（1629—1683）：即吕留良（字庄生、冀野，号晚村）。浙江崇德（今桐乡）人。清代思想家、文学家。曾从黄宗羲游，图谋复明，后削发为僧。雍正间因曾静狱牵连被戮尸。有《吕晚村先生文集》、《东庄诗稿》等。

三

秋风晃动着松枝，震撼着黄杨，吹响了白杨、银杏、棕榈和芭蕉之后，又像一位割草女郎，光着脚在大地上行走。于是，穿透地面的小小坑道，发出了“吱吱”的单调的响声。凭借目光或火影悄悄窥伺，原来是长着两条大腿的地下工人——蝼蛄，慌慌张张飞了出来。它们这些臭名远扬的无赖，一有空隙就偷偷钻进蚯蚓巢里，心性陶然地哼起小曲来。

坑道主人蚯蚓，天生沉默寡言，性情和悦，纵有不平也不愿说出来。

很早以前，有位禅僧，荷锄耕耘菜圃，不巧将蚯蚓一截两段，被截断的蚯蚓痛楚地翻动着身子。

禅僧感觉背后有人，回头一看是师父。师父名叫延庆法端禅师，是当时闻名的高僧。

“刚才用铁锹铲断了蚯蚓，正如师父所见，两段身子都在扭动，佛性究竟在哪一端呢？”弟子问道。

禅师听罢，猛然将两手向前伸展开来，别的什么也没说。

蚯蚓用沙土掩着伤口，偷听师徒二人的问答。然而，讨论的题目却是当时人们甚感兴趣的“佛性”，这使蚯蚓非常失望。

“要是误把人切成两半，还谈什么‘佛性’不‘佛性’呢？有时间空谈这个，倒不如早点为我医治伤口哩！”

蚯蚓联想起许多空发议论，一事无成的例子。因此它决心做个哑巴，了此一生。

今天，它就是这样生存过来的。

蝼蛄在坑道的寓所里鸣叫。同样，从土堆里、落叶间、枯草丛中，传出了银铃般美妙的虫鸣。其中有油蛉、三角虫、螽斯和铃虫等不同的鸣声。这些草地里的小歌手们，为自己的生存而歌唱，虽然声音细微，但仿佛珠子落进玉盘里。说实在的，如今的我，较之这些小虫们，更加喜欢敲钟虫和茶立虫那种更单调、更低沉的鸣声。

敲钟虫在树梢之间飞跑，将钟一般的声音洒向大地，宛若采摘着粒粒珍珠。一听到这种间断的滴滴音响，我惊奇于它的单纯，似乎象征着什么，在那饶舌和喧闹的秋草丛里，雌雄两只虫儿，仅凭着这微细的单音作为媒介，互相亲近，进而交接、爱抚。我感叹于这种虫儿的敏感的生命。

茶立虫藏在障子和隔扇的框缘边，“突突突”微弱而细密地叫着，不厌其烦地重复着那种单调的声音。这真是一种可有可无的小虫儿，它的干枯的鸣声，仿佛只和沉默相隔一层纸。关于这种虫我过去屡次提到过，这里就不再多说了。

恋人是仇敌

《中央公论》二月号和三月号刊载了文坛诸家交友录。其中有正宗白鸟回忆去世不久的平尾不孤和岩野泡鸣两氏的文章。他说,这两个人若能多活些时候,也许会做出更多的事来,真是太可惜了。他说得对,我也甚感痛惜,他们各人的天分都很高,活得时间越长,就越能尽展其才。这两位我都熟,岩野氏生前已经卓然一家,交际广,朋友多;而平尾氏,人显得有些悒郁,内向,尚未成名即已亡去,直到目前还很少有人知道他。现在我就谈谈这位平尾氏。从种种方面说,他的短暂的一生令人感慨良多。

平尾由早稻田文科毕业后,最初的工作单位是大阪一家小小周报社——《造士新闻》。如今在大阪郊外某电铁公司任专务董事的纪志嘉实氏,当时是一位律师,为了收容贫苦青年学子而创建了造士寮,《造士新闻》就是造士寮的机关报。平尾担任编辑之后,该报的文艺色彩明显增强。

在这座造士寮内,住着如今中山文化研究所相当走红的S医学博士等人,他们当时还是大阪医专的学生。女生只有三人,平尾爱上了其中的O小姐。O生在金泽,长在朝鲜,一眼就能看出,她是一位来自雪国的心性坚强而富于主见的女子。当时O在梅花女校读书,这是一所拥有众多基督教徒的教会学校,而O却能平心静气地在课桌旁设一座小佛坛，供着阿弥陀佛，由此可以窥见这位女子的性格。

O小姐听罢平尾对她爱的表白后，痛苦地改变了神色。其实，她已经有了男人，只是隐瞒着罢了。不过这个男人不是别人，而是自家的叔父。O小姐一直受着这位叔父的强暴，她失掉了自己的童贞，而且怀上了孩子。想到这一生完全毁在一个男人手里，她十分愤恨，一心想摆脱这种不伦关系，独立自主地生活和学习。她瞒着众人，甩掉一直居住的朝鲜的家，只身来到大阪。O小姐有了身孕，为了掩人耳目，入寮后整整两年没有进过澡堂。不管女伴如何邀请她，她都借故推辞了。在平尾面前，O小姐不再隐瞒，她把过去的事一五一十全都说了。

“事情就是这样。无论如何，为了独立，我必须首先受教育，能不能接受你的这份情，要看今后。”她果断地说。

但是，她还是在平尾的帮助下进了女大。作为记者，平尾当时的月薪只有四十元到四十五元，他每月送给这位女子二十元。

忽然有一天，平尾氏和O小姐的关系被连载于《万朝报》上了，其中大部分是责难性的文字。这种事儿在今天倒没有什么，但在当时，一提到青年作家和女大学生产生恋爱，就会闹得满城风雨。平尾的亲友、已故角田浩浩歌客氏，中井隼太郎氏等，平素对O小姐都不错，这件事出现后，他们都劝平尾同她断绝往来，至少不要深入发展下去。他们努力阻止平尾去东京，然而平尾不答应，他流着泪说：

“我不去她也许会死的，要是这样，你们能赔我O的一条命吗？”

朋友吃了他的抢白，都呆呆地不做声了。平尾决定去东京，便同文渊堂主人商谈盘费等问题，当时平尾和角田还有我都和文渊堂的杂志有些关系。

“钱要是一时弄不到，我去东京迟了，O可能会死。万一出事，你也逃不脱杀害她的罪责。”他对文渊堂主人说。

文渊堂主人听了他的话，只得支一笔钱给他。我这么说，也许你以为平尾很自私(朋友中确实有人说他自私)，事实并非如此，这只不过表现了他单纯、正直，感情昂奋时什么也不顾及，一竿子到底的性格。

那时候，在平尾的朋友中，有一位人士苦于两个家庭关系而不能和心爱的女子结婚。平尾向他提出一个解决办法，即先由平尾作为女子的丈夫入赘（女方是家中独女），在夫妇关系成立之前，保证女子的童贞。他把这几条列在纸上，马上就要实施。由此可以看到他纯真的一面。

报纸的报道怀着恶意，然而讽刺的是，却给平尾带来了好的结果。本来，这女子打算充分利用平尾的一片好意，作为一个学生一门心思学习下去。不想，她的愿望全被这篇报道打碎了，除了结婚别无他途。于是他俩就这样结婚了。

幸福的日子一天又一天，幸福的生活中堪称平尾一大失败的是，他把O引上了文艺之路。世上有这样的丈夫，从结婚那天起就把妻子的艺术天分封杀；也有像平尾这样的丈夫，强使自己的妻子进入自己那个圈子。正如骑马一样，各人有各人的骑法，对待妻子也是因人而异。

谁知，糟糕的事情发生了，O把自己写的短篇小说拿给平尾的前辈K氏看，这一看不打紧，K氏半煽动地说：

“写得好！你极有才分，至少要比平尾强。”

K氏大加赞扬，O听后有些飘飘然，从那以后就有几分瞧不起自己的丈夫。平尾丝毫未能觉察出来。

不知不觉，平尾的老毛病肺病越来越严重，不得不停止工作，过着阴郁而贫困的日子。然而满面红光、细皮嫩肉的O，不但对丈夫的疾病和痛苦毫无同情之心，还不时流露出厌恶的情绪。平尾看在眼里，但他仍然对妻子深信不疑。

对于抱着不治之症、面临死亡的平尾来说，虽然没有舍弃艺术，但较之艺术，他更希求神的救助。因此，他到京都进了同志社神学校，在求法悦而精进期间，咯血两三次。当他发觉O的衣服少了一件又一件时，就问起个中缘由，O平静地回答："当啦，想多给你买点药什么的。"

平尾心里甚为感激，他抱病写了一个剧本，在《读卖新闻》社创作评奖中获奖了，报社给他寄来两百元奖金，O要丈夫分一半给她。

"有了这些钱，我可以上到护校毕业，到那时候，我会更好地照顾你。"

平尾流出了喜悦的泪水，他分给妻子一半奖金。O说第二天就去考护校，提着包走出家门。——从此以后，她再未出现于丈夫面前。

平尾得知妻子逃逸之后，病情急遽恶化，临终前，他做了最后一次祈祷。

"主啊，让我忘掉妻子吧。"

"主啊，但愿能赦免妻子。"他多么想说出这样的话，但他终未能说出，他只用嘶哑的声音说了一句"让我忘掉我的妻子"，心中就痛苦不堪了。

O原说要当掉买药的那些衣服，不过是为备一时之需一件件存在朋友家了。她的东西全拿走了，一样不少。

O离开京都时对朋友说：

"我的第一任丈夫给了我如此的不幸，我已经受够了。命运如果再让我遭受这样的不幸，我哪里还能忍受下去呢？对于降临到头上的不幸，我只不过用指头轻轻一拨。只是平尾太可怜了。"

"既是恋人，又是仇敌。"斯特林堡（Johan August Strindberg）[1]如是说。

平尾氏的这位恋人就是不折不扣的仇敌。

[1] 斯特林堡（1849—1912）：瑞典文学家。生于商人家庭。做过教师、记者、图书馆管理员等。作品有剧本《父亲》、《朱丽小姐》、《通往大马士革之路》、《一出梦的戏剧》、《鬼魂奏鸣曲》，长篇小说《红房子》、《疯人辩护词》等。

爱石者

一

我常听说，有人爱遍了一切东西，最后轮到石头上。屠琴坞玩赏许多物件，最喜欢石头。一生收藏奇石三十六枚，视做三十六峰，并一一命名，有客来，则使观之。郑板桥亦好画石，其石皆丑，而峭拔雄伟，见之以为奇。想起东坡说过“石为文则丑”的话。画石之丑，正因为来自于爱，这才真正显示出爱石者的本领。

宋代米元章[1]以书家闻名于世，但比谁都更爱石。他任淮南军知事时，见衙门内庭有奇丑无比的大石头，喜欢得要命，立即整好衣冠，对着石头鞠躬致敬。而且说：

“兄弟，我看见你比什么都高兴。”

[1] 米元章(1051—1107)：即米芾(字元章，号无碍居士)。祖籍太原，后徙襄阳，晚年移居润州(今江苏镇江)。北宋诗人，四大书家之一，山水人物亦自成一家。有《山林集》、《宝晋英光集》等。

他竟把石头当兄弟对待。这种出格的举动被上司知道了,元章终于罢官。但是他对于石头的情爱很深,居然高声喊“兄弟”,可见他是多么痴迷了。

灵璧是产异石的胜地,米元章曾在离此处不远的一个郡当官。他是个爱石家,能到奇石产地附近来真是求之不得。元章昼夜搜集石头,每天只顾玩石,一向不去衙门上班,工作积了一大堆。这时,正碰上杨次公[1]作为按察使前来寻访。杨次公和元章关系亲密,但出于公事,也不能不管,自是其苦难言。

“近听世间传闻,你那老毛病又犯了。溺爱顽石而疏于公务,上头知道了会不高兴的。”

米元章听这位上司话中带刺,只是笑了笑,没有回答。过了一会儿,他从左袖里取出一石,给按察使看:

“话虽这么说,但碰见这样的石头谁人不爱呢?”

杨次公无意之中看了看,见此石莹润如玉,峰洞俱全,确是块好石。但这位高官只当没看见。米元章将石悄悄放回袖中,这次又从右袖里取出一石示之:

“怎么样?像这样的石头谁人不爱呢?”

此石色与形较之前者更为秀雅。米元章将石放在掌心里,用忧郁而爱抚的目光瞧着。杨次公依然面色不改。

米元章将此石放回袖中,又立即从怀中珍爱地掏出第三枚石头。按察使看了不由心动起来。此石黝黑色,重峦叠嶂,白水奔流,洞穴和小径交错——具有玉雕般的小小天地之趣,确为世间罕见。

“怎么样?见此石谁人能不爱呢?”

[1] 杨次公(生卒年不详):即杨杰(字次公,号无为子)。无为郡(今属安徽)人。嘉祐四年(1059)进士及第,官至太常博士、礼部员外郎等。与欧阳修、王安石、苏轼等游,喜谈佛老。著有《无为集》。

米元章喜不自胜的话语，杨次公听了有点心神不定。他叹息道：

“确乎如此，我也爱上了……”

说着，猛然从对方手里夺过石头，野兽一般狡猾而敏捷地冲出门外。

车子停在门外。杨次公飞身而上，使尽浑身力气大叫：“快逃，快逃！快，快……”

二

明末，有一忠节之人名瞿稼轩[1]。国将倾，而作为栋梁之臣，为复兴国家做了种种谋划，但大势已去。所守之城被清兵攻破，自己成了俘虏。

他被押解途中经过独秀山，猛然发现大树荫里有块奇形怪状的石头，如活物一般蹲踞着，丑陋的面孔仰望天穹。他叫抬着自己的兵卒停一停：

“哎，在这里放下一会儿，我发现了奇怪的石头。”

他平时爱好庭石，如今做了俘虏，被押解途中见了石头，不忍擦肩而过。

兵卒答应了他。瞿稼轩被放在地上，靠在一边仔细打量了一下这块石头的形状，然后正正衣襟，虔诚地鞠躬敬礼。

“能在这里和你见面，实在幸福。怎么样？就让我永远待在你的旁边吧。”

他好像对活人讲话一般。而且他一直不想站起身来。

[1] 瞿稼轩（1590—1650）：即瞿式耜（字起田，号稼轩）。常熟人。万历四十四年（1616）进士。崇祯时任谏官，得罪当政，革职家居。南明隆武二年（1646）拥立桂王，进文渊阁大学士。永历四年（1650）桂林陷落，不屈死。著有《瞿忠宣公集》。

樱花

在春花之中，樱是表现最为优秀的一种。终日潇潇而降的春的冷雨里，带着微红、悲戚而低垂着的花蕾，于一夜之间骤然开放。晴雨的早晨，朝阳遍撒着金粉，樱花明朗微笑的倩姿，与其说是众多植物中常见的由蕾到花的发展，毋宁说是奇绝的跳跃。是感动，更是惊异。这是没有第二乐章，直接进入第三乐章的跃进，是向着表现的高潮阶段的突击。在生命复苏的欢乐之中，新芽初放的草木，饶舌家的小鸟，沉默家的野兽，流浪者的蜗牛，地下工人的鼹鼠，都像中了魔一般欣欣然做着美梦。唯有这樱花，将三春的欢乐，全部盛在仅有两三天的酒杯中，把燃烧着的白热的生命和豪奢的兴味一下子尝个够！听说热恋的人们走在路上绝不向后看。过去的诗人写道：

千思万想是樱花。

其实，这只是诗人自己的追忆，樱花是没有任何回想的。因为回想是最脱离自我的。热恋的激情里，无暇想到繁殖子女。为此，樱花不愿像梅和杏那样结出像样的果实。花朵本身就是生命的昂扬，是燃烧。在别的花看来，即使是青春的浪费也毫无关系。

古代德川末期，大概是弘化时候吧，名古屋有位山本梅逸[1]的弟子、名叫小岛老铁[2]的画家。他在古寺阎罗堂旁盖了一座小土屋，结庵乞食，过着清贫的生活，但却具有兰花般清高的情怀，怡然自乐。某年冬天，由于连续严寒，小屋实在难以栖身，一位朋友很关心他，特地送来三大草包木炭。老铁见了十分欢喜。

"谢谢你的好心，我们烤火取取暖吧。"

说着，就立即点火，将三包木炭一起燃着了。他一边烤着屁股一边兴高采烈地说：

"啊，真暖和，太舒服啦。好久没这样摆阔气啦。"

照送炭朋友的想法，冬季寒冷，有了这些木炭，足足可以度过去了。一般人也都会这么想的。但是老铁非同一般，三大包木炭一股脑儿投入火中。老铁想，如果像过去的穷日子一样，一点儿一点儿生火，三大包木炭充其量也只能维持六十天。那也只不过是平凡日月的继续。眼下有人正巧送来木炭，剩下五十九天纵然震颤于严寒之中，也要饱尝五十九日无法换来的这一日之快乐。画家老铁当时肯定是这样想的吧。他烤着屁股高兴地说："真是一次阔气的享受。"实际正如他所言，这是生活的腾飞，经验的跃进，又是崭新的精神世界的新发现。

樱花的精神，只有保持画家老铁这样态度的人才能深刻领会。我以为，老铁所抱有的情怀，正是这种花的精神的最生动的表现。

[1] 山本梅逸（1783—1856）：江户时代后期画家。初师山田宫常、山本兰亭。寄居古画收藏家、富豪神谷无游家期间，与中林竹洞同临历代名画，艺业大进。后出任尾张藩御用画师。为名古屋一带南宗画的代表。

[2] 小岛老铁（1793—1852）：江户时代后期画家。初师吉川一溪，后入山本梅逸门下。颇多异行。

森林之声

如今，我站在春日山[1]的山路上。路两侧耸立着无数的大树，枝条纵横，有阔叶，有针叶，葱茏茂密。不时有守山的汉子打树荫下走过，他们要想望一望午后的天空，寻找一片云影，也不是容易的事。这是一座神山，自承和天皇[2]颁布《禁山御旨》以来直至今日，未曾遭过一次砍伐。夏来绿叶参差，冬来枯叶飘零。落下的树叶，怀揣着岁月的美梦，再次回归大地，化为腐泥。千百年来，这座山的风情就和那成片的杂木林各异其趣了。这是很自然的事。大气清冷。山肌永远是湿漉漉的。满山遍岭，只有到了秋天，才无处不飘荡着泥土的芳馨。

好大啊，春日的森林！大自然的双手造就了大海，造就了火焰山，造就了摩西，造就了鲸的脊骨，又在此造就了春日的森林。杉树参天而立，高入云表，显现着最先迎接黎明的骄傲。栎树仿佛诞生在月曜日的午前，那正是灵魂弘扬的一瞬。竹柏是夕暮的歌唱。马醉木抑或是季节的独语吧。它们都显现着与生俱来的天资，全神贯注，茁壮成长。

[1] 春日山：位于奈良市城郊。

[2] 承和天皇(810—850)：即平安时代之仁明天皇，日本第五十四代天皇。

太空贮满了微笑，在头顶上扩展开来。每一棵树都伸长手臂，争先摘取第一道光明。生于地表，仰望蓝天，着实有些可怜。然而，可怜固然可怜，往昔从催芽之日起，就决定了各自的宿命。这些树木都能乐天知命，直至自己生命完结之前，从不停止一日的努力。其时是阴历五月半，古沼的水藻正要开花。微阴而燠热的午后，树叶正在温湿的气候中发育，树根正忙着向地下伸展，树干正努力扩大空间。一派多么热烈的生活景象啊！

大杉树说：

"长得太高了，真是寂寞难耐。那云彩让人心烦。有闪电落下该多好。"

年轻的马醉木说：

"长矮了也可厌，泥土的腥味直冲鼻子，有什么办法能忘记昨天呢？"

老栎树也嘀咕：

"对生命有些倦了，不知鹫鹰飞向了哪里。丢下良弁[1]就再没有回来。等着等着，一个个夏天过去了，这是个不短的岁月啊！"

竹柏也说：

"真想说句话呀。"

空中有一层薄云。天气渐渐恢复过来。一道银白的光线，洋溢着初夏的气力，猝然透过黑黝黝的竹柏枝条漏泄下来，停落于树木的干上，绚丽悦目。于是，茶褐色的枞树，灰白的栎树，干裂的竹柏的肌理，都清晰地浮现于森林阴郁的空气里。古寺的神殿上，手烛[1]的火影里，从名匠镌刻的十二神将的脊背上，也可以看到它们正带着紧凑而劲健的神情眺望着眼前的一切。

[1] 良弁(689—774)：奈良时代华严宗高僧，人称金钟行者。创建著名的东大寺。传说两岁时在桑园中为鹫鹰所攫，置于杉树下，后为义渊和尚所收养。

[2] 手烛：装有把手的烛台。

忽然，仿佛是女人的呼吸吹落在我的后颈上。用手一摸，是枯萎的藤花。在奈良，在五月过半的今日，依然开放着这紫色的花朵吗？抬头一看，高大的杉树荫里，一根长长的古藤，宛若一位心神迷乱的女子，低垂着茎，低垂着叶，用修长的臂膀紧紧缠络着旁边的树木。在各种树木的絮语里，唯独没有听到这藤树的声音。这是不奇怪的，古藤在暗暗啜泣哩！

鱼的忧郁

我来到池边。苍黑的水面上,明油般的春光闪闪浮现。忽然,一条大鲤鱼分开水底的藻丛,慢慢悠悠游了过来。它似乎有气无力地环视着四周,不一会儿,又慢悠悠游回水藻丛中不见了。

看到这种情景,我想起从前自己喜欢的中国画里一条奇怪的鱼来。

少年时代,我经常钓鱼。一次,为了去钓鲫鱼,我曾经乘着小船,在村头的小池塘里划行。那天不知为什么,运气很不好。我有些自暴自弃,立即瞄准在那里游动的三寸长的鱼垂下了钓钩。我硬是将食饵蹭着鱼的鼻尖儿。突然被什么一惊,一直俯视着水的深处。

刚才藏在云层里的春阳,蓦然明亮地照射下来,微微浑浊的水中,青青的水藻长长地浮曳着。水藻荫里不是有一条硕大的鲤鱼,正慢慢腾腾露出黝黑的半个身子吗?仿佛穿着钢铁的盔甲,那目光似乎也不怕人。我看着看着,不由有些发楞。

“它也许就是水池的主宰吧?”

想到这里,觉得这鱼在水草荫里住了好几年,它无法来到岸上,无法在广阔的天地中跳跃。它只能不断地闷损着身子,在水池里游动，只能不断地诅咒这有限的池塘。老鱼生活中这种倦怠和忧郁，仿佛威胁着我小小的心灵，于是我再也不想钓鱼了，悄悄把小船划回了岸边。

说起河鱼，无不是活蹦乱跳的新鲜生命。它们的身姿是那般柔韧，那样俊美，我带着朋友般的亲切之情来和它们一起玩乐。然而，这古池里的鲤鱼却向我充分显示了它们的冷漠、可怖和忧郁。

其后，不知为何，我喜欢起有关鱼的绘画来了。我尽可能贪婪地阅读了众多画家的作品，从画院的待诏、以游鱼图册闻名于世、被人称作范癞子的范安仁[1]，到应举、芦雪、华山[2]等人的名作，我都浏览过。他们描绘的多是鱼的欢愉的动作、姿态，以及在毫无凝滞的水中生活的自由。至于古池中所见到的老鲤鱼，栖息于淡水中的倦怠、忧郁和阴森可怖的样子，在这些作品中一概看不到。我觉得有些不满足。只是有一次，在吴灵璧一幅不太出色的作品中，发现画家不同凡响地将鲤鱼似乎当做水中妖怪加以丑化，这倒很有意思。我不知作者为何许人也，当众多作家只看到鱼类家族生命的昂奋并加以描写时，而他却根据自己的观察，充分表现出鱼的骇怪的一面来。我对这幅画颇为中意，所以至今不忘。

[1] 范安仁（生卒年不详）：钱塘（今浙江杭州）人。宝祐（1253—1259）间为画院待诏，与同仁陈可久均以画鱼著名当时。传世作品有《鱼藻图》等。

[2] 应举、芦雪、华山：即圆山应举（1733—1795）、长泽芦雪（1755—1799）、渡边华山（1793—1841），均为日本著名画家。

樱鲷

一

春天来自何处？

春天来自嫩草初萌的田原小径，也来自都城大路上女人们穿的和服的颜色。然而，在隔着津轻海峡的北海道平原，听在当地长久生活的农人们说，那里的春天不是来自原野，也不是来自山峦，而是确确实实来自天上。春天不是裸足的美丽的女神，她走过的道路没有百花含笑相迎，它是跃马扬鞭、踏着雄壮的进行曲而来的男性的神。从那充满光明的太空，闪耀着黄金的铠甲，高奏着嘹亮的号角降临了。这就是雪国的春天。

与此相异，我所熟悉的春天，既从广阔的原野上来，它也不失时机地从沙丘对面的蓝色海洋上来。在我出生的故乡，在可以听到濑户内海涛声的小村子，每到春天，樱鲷就上网了。一听到鱼贩子走村串户的响亮的吆喝声，乡亲们全乐了，仿佛这海上的春天就要光临他们清贫的饭桌了。

尽管青麦在拔节，尽管云雀在空中欢叫，但要是听不到海里樱鲷丰产的消息，那么春天也会变得寂寥起来。

二

樱鲷啊。

当你被渔网捕捞上来送到竹篓里，你就像在丹尼斯所发现的那座闻名的尼罗河河神的石雕一般，永远横躺着，只露出一只圆圆的眼睛。古时马其顿国王亚历山大的名将安契戈纳斯是世界上第一个善作侧面像的人。因为他是个独眼龙，为了不使人窥见他的丑态而煞费苦心。鲷鱼不是安契戈纳斯，它有着完好的两只眼睛。不过作为鱼的生活习性，一侧只有一只眼睛。所以躺在竹篓里，只能用一只眼睛看东西。

英国有位小说家，因做过下院的议员而著名，他叫梅森（A. W. Mason）[1]，始终戴着一副单侧眼镜。他热爱游泳，即便在这时候，也很少摘掉眼镜。有一次，他在火车上打碎了眼镜，于是这只眼立刻伤风了。鲷鱼离开咸的海水，直接接触空气，它患了感冒，眼睛因充血而变得鲜红。

鲷鱼啊。你的眼睛看待外界的自然，只能和自己的行动平行着看。当你划着羽鳍前进的时候，你所看到的外界也一起前进；在你后退的时候，那外界的自然也跟着后退。你的嘴唇所碰到的从正面而来的不是你的眼睛所看到的外界。你永远看不到站立在你前头的东西，不仅如此，你的左眼所见也完全不同于你的右眼所见。你一定有过这样的经历吧：你一只眼看到神仙，同它嬉戏的当儿，另一只眼看到的却是恶魔，正为它的丑陋所惊骇。

鲷鱼啊。当你从海里被捞上来投进竹篓的一刹那，你第一次看到高空里那又大又圆像熟透的南瓜一样的东西，一定很惊奇吧？那叫太阳，是万物光明和生命的本源。然而当你清清楚楚看到它的时候，要不多久你就会死去。

[1] A. W. 梅森（1865—1948）：英国推理小说家。代表作《玫瑰山庄》被视为长篇推理小说的里程碑。

鲷鱼啊。当你用一只眼看着那奇怪的太阳的时候，另一只眼一定看到了滑稽的东西，正在窃笑吧。这是可悲的事，对于鲷鱼来说，这是难以逃避的命运。

三

过去，中国有位老画家叫张风[1]，皈依佛门，二三十年间，不茹荤腥。有一次外出访友，正遇主人烹煮松江鲈鱼。张风一眼望见碟子里的鱼说：

"我没有忘记，这是我家先祖张翰[2]钟爱之物。"

说罢立即举箸，津津有味地吃起来。自此以后，他便泰然地吃肉了。

我不像张风那样拒食荤腥。一到春天，看到海面上水汽迷濛，就想起故乡濑户内海，想起那里捕捉的鲷鱼身上金粉般的细鳞，心中自然升起依依的乡情。

[1] 张风（生卒年不详）：字大风，号升州道士、上元老人。江苏南京人。明末清初画家，擅山水、人物、花卉、肖像，兼工刻印。

[2] 张翰（生卒年不详）：字季鹰。吴郡吴县（今江苏苏州）人。西晋文学家。性放纵，时人比之阮籍，号江东步兵。在洛阳为官，见秋风起，思吴中莼菜羹、鲈鱼脍，遂弃官还乡。

辣椒

园子里只剩下青紫苏、葱、春菊、茗荷和叶菜。——在这绿叶为主的天地里，偏偏点缀着一株辣椒，火红的果实十分耀眼。

“舞台上尽量不要放红花。——这是编剧要特别注意的。强烈的红色，会扰乱观众的注意力。”

这是著名戏剧导演戴维·贝拉斯科(David Belasco)[1]的话。尽管这位导演如此提醒，辣椒还是堂而皇之地像土耳其人的红帽子一般登台了。因为有了辣椒，周围清一色的平和的环境，不知会发生怎样的变化。

辣椒生气了。

辣椒啊，你为什么生气？你心平气和地同伙伴们一起迎接平静的秋天，将土耳其人的红帽子悄悄藏在腋下，不好吗？

辣椒沉默着。

[1] 戴维·贝拉斯科(1853—1931)：犹太人，美国演员、剧作家、导演。作品以极端化的现实主义和充满行动著称。代表作有《五月的花》等。

辣椒是讽刺家，天生的讽刺家。它的特长是不论对谁都敢施行无情的讽刺。山葵和芥子这些幽默家，除了让对方尝到辛辣的讽刺意味之外，同时还使你眼角浮着泪光而大笑。辣椒缺少这种滑稽的味道，它始终很单纯，它有激越的感情。正因为这种单纯和激越，才成为一个讽刺家。

自然界的一切生物都有性格，这性格各有变化，各有始终。例如柿子和栗子，开始很涩，到后来就变甜。橘子和杏，开始很酸，后来变甜。所有这些，都有个成长和飞跃的过程。这是悔悟，这是新生。但是唯有辣椒，坚持着一贯到底的"辛辣"，既没有变化，也没有悔悟。再没有比这种单一的性格更乏味的了。日复一日，辣椒的脾气越来越棘手，其讽刺越来越尖锐，也就没有什么奇怪的了。

辣椒总是怒不可遏，火气冲天，连伟大的太阳都拿它没办法。

还是三十年前的事。我那时不到二十岁，曾经到早稻田鹤卷町的公寓访友。走过狭窄的走廊，看到一间脏兮兮的屋子，障子门大敞着，一个老人边饮酒边朗诵《孟子》，桌上小盘里盛着辣椒。老人不时抓起辣椒，像老鼠一般咯咯地咀嚼着。

"那老人是谁？"

"那是田中正造[1]，因矿毒事件而出名……"

听到此话的一刹那，我想那位老爷子一定有一副辣椒般的火暴脾气吧？

[1] 田中正造（1841—1913）：栃木县人。政治家。栃木县足尾铜矿流出大量矿毒，周边农民深受其害。作为众议院议员的田中正造积极支持农民，要求政府赔偿损失，并向天皇直陈事件始末，因此名震朝野。

枇杷

果子盛在容器里，黄、红、紫，每一颗都是丰熟的个体。如果还带着两三片叶子，顿时就会产生一种生命的跃动。这是人人都知道的。然而很多场合，由于叶子素质的关系，或又薄又小，或又枯又萎，反倒不如没有的好。唯有枇杷果，无论如何都不能缺少四五片叶子。这种叶子背后如红毛人的肌肤，长着金黄的绒毛，表面却泛着深绿色的光辉。至少对我来说，在吃枇杷时不可缺少这样的叶子。

枇杷吃进嘴里，其味不像梅子那般酸涩而刺激口舌，也不像无花果那般甘美而唇边溢香。枇杷果的味道甜酸适度，肌理细密，平平淡淡，模模糊糊，使人吃了会立即忘掉其味，从而感到无比畅快和大气。

这样的感觉固然可以由舌头直接品尝金黄的果实而获得，更可以从眼前肥厚的椭圆形叶片上强烈感觉出来。就像山里的贫苦百姓，枇杷叶子粗劣而浓厚的色彩，缓慢而宽大的线条，将枇杷果的美味一起带给舌头，汇合，溶解，从而使我们的感觉沉浸于一种美味和情感的世界。

屋外是初夏的阳光，一个郁闷的白昼……

竹之音

一

在同一地方待久了，垂钓也少了兴趣。我向往新绿的树荫。到哪儿去？附近的山冈上有茂密的竹林，就到那里休息一会儿吧。

幼竹从土中冒出来，脱去长满斑点的箨儿，伸展着水灵灵柔嫩的枝叶，洋溢着生命的欢乐，于一派无风的宁静中婀娜地跳跃着。

清丽而活泼的新生。

春来了，常绿树和落叶树都长出了新芽和嫩叶。它们就像那些中年人或老年人，虽然年年重复着相同的"经验"，说起来真是无不通晓；然而它们对一切都失去许多兴味，却又故意不无时尚地将潇洒和新潮的语言挂在嘴边。这些树木疙疙皱皱的树干，粗笨的老枝，黑糊糊的小枝，和初生新叶的色调都不相称。有这种感觉的恐怕不止我一个。

与此相较，幼竹却是一种生气勃勃的存在。它们从土里猝然钻出来，约摸一周光景就迅速成长为这个崭新季节的无可替代的代表。柔嫩的叶子，相互摩戛，切切笑语；细枝袅袅，与风共舞；主干亭亭，顶天立地；在五月的光与影里快活地嬉戏。——所有这些，对于今年新生的幼竹来说，都不是旧有经验的重复，而是新生命的呼吸与脉动。

我站在今年的新竹丛里，透过头顶纵横交织的枝叶，浑身承受着浅绿的日光，用手抚摩一下刚刚脱去表皮的竹子。那正像悄悄触到一位可爱少女的纤腕，想象着那丰盈细嫩的肌肤，你的那种惊奇，宛若无意之中看到一位男子训练有素的矫健的身影。

二

我一看到竹林，定会感受到一种诱惑。不是别的，那正是想瞄准竹林中央投去一枚小石子的欲望。

因为竹林中除去竹叶相互摩戛的声音之外，寂静得一点声音也听不到。若是投去一枚石子，准能打中一根竹子，侧耳细听，虽然辨不清是哪里，总是从那幽深的境界中传来金属般尖锐的声响，犹如敲击钢铁一样。在森林里用小石子击中桧树或白桦的树干，是绝对听不到如此清脆的声响的，这是因为竹子具有富于弹力的空洞的竹节。无论何时，每当听到这样的声音，我胸中的郁闷便一扫而光。那小石子仿佛击中了我心中的暗角。

三

大雪之朝，沿着竹林边静寂的小路走去，每听到突如其来的积雪压断竹子的尖厉的声响，心里不由一阵惊恐。白鹭飞离夕霭笼罩的古池的水面，发出搏击的羽音。月夜，蓝天微明之中，突然传来一声乌啼。——这些虽然只是一声或两声，但却会紧紧抓住人心。而雪竹的断裂声，更富有生命的魄力和果敢精神。这当然来自竹子的单纯顽强、高洁敏锐的品格。那个著名的“香岩[1]击竹”的故事，告诉人们，省悟来自于各种机缘，不要过于拘泥于一物。

[1] 香岩(810—898)：即香岩智闲，唐代沩仰宗禅僧。青州(今山东益都)人。先后师百丈怀海、沩山灵祐，然总不入道。后到邓州香岩寺隐修，因砾石击竹发声而彻悟。

香岩自己也说:“道由悟达,不在语言。”如果再进一步诠释下去,也许会招来讥笑,以为“不通此种消息之机微”。但尽管如此,我仍然相信,香岩生活在南阳武当山的草庵里,一天,他扫院子,不小心弹起一枚小石子,打中了竹子,发出清脆的声响。就在这时候,久久积聚于他胸中的暗云消失了,一下子变得像天空一般光明洁净。为他开启契悟之道的,正是这清亮的竹音。

作为学僧,他在沩山灵祐[1]身边待的时候很短。其间,他几度对师陈述自己的见解,但都没有被认可。他终于灰心,打算一辈子不再学习佛法,心想做个默默无闻的粥饭僧,不必苦其心志,说不定也能得救。他哭着离开师门,他那走投无路、极为忧郁的一颗心,撞击到这枚小石头上,火花四溅,听到了清脆的竹音,实在是极为偶然的事。但却使这位学僧的灵魂走出黑暗,一跃进入契悟的光明世界。这又是必然的事。

自古禅僧开悟的机缘有种种。雪岩[2]看到庭前的老柏树;永明[3]听到木柴滑落的声响;宝金[4]听到樵夫伐木的丁丁之音;通达[5]以木击土块,见到土地崩裂……他们都各自得到省悟。较之这些省悟,香岩的省悟更引我心动。不用说,这是因为清澄的竹音变成了他开悟的机缘。

[1] 沩山灵祐(771—853):沩仰宗初祖。福州长溪(今福建霞浦)人。二十岁出家,二十三岁受具足戒。后礼马祖道一弟子百丈怀海为师,习学南宗禅法。元和(806—820)末,至潭州(今湖南长沙)西北大沩山隐修,声名鹊起,门下弟子渐多。沩山灵祐与其弟子仰山慧寂开创的新禅宗,被称为沩仰宗。

[2] 雪岩(约1218—1287):即雪岩祖钦,宋代临济宗杨岐派禅僧。婺州(今浙江金华)人。早岁出家,遍访名师,然终不悟道。后参痴绝道冲禅师,见庭前古柏,忽豁然开朗。

[3] 永明(904—975):即永明延寿,五代宋初法眼宗禅僧。钱塘(今浙江杭州)人。师天台德韶禅师,闻坠薪有声而契悟。

[4] 宝金(1307—1372):即宝金璧峰(金碧峰),元末明初禅僧。乾州永寿(今属陕西咸阳)人。据说因闻伐木丁丁之声而悟道。

[5] 通达(生卒年不详):初唐僧。雍州泾阳(今属陕西咸阳)人。三十出家,入太白山,以木打块,块破形销,因而大悟。

云皆可食

我家有个朝北的小窗，窗下就是一块小空地。这里是个理想的儿童乐园，我经常看到附近的孩子们在这里集合，玩耍。

今天下午三点左右，我漫不经心向窗外一看，只见两个五六岁的男孩，老老实实坐到了地上。

两个孩子似乎玩累了，他们把红色的铁皮汽车和小铁桶随便地扔到一边，紧紧抱着膝头，默不作声。其中一个孩子骨碌一下倒在地上，仰面躺着。另一个孩子也学着仰卧在地上，两人留着短发的小脑袋并在一起，就那么躺在那里。

两人一动不动，细眯着眼睛出神地望着蓝天，其中一个孩子突然大声喊叫起来。

“小纪，看，那块云彩又香又甜哩！”

被叫做“小纪”的孩子，抬起沾满泥土的手，稍稍遮着太阳。

“可不，就像一块黑面包，热乎乎的。”

两人说着，急着要吃东西似的，一跃而起，急急忙忙分头跑回自己家中。

我目送着两个孩子的背影，抬眼望着天上。

天空湛蓝，一碧如洗，一角里浮动着两三块云彩，像刚出锅的面包，又松又软，热气腾腾。

我从儿时起就喜欢看云，对其他东西玩厌了，总是抬头望着天空这些漂泊者，从而养成我的耽于幻想的习惯。

诗人波德莱尔在作品中写道："我既无父母，终鲜兄弟，也没有一个朋友。还有什么金钵，你自己似乎也讨厌神明。我只喜欢云——喜欢飘动于天边的云。"人们望云，是因为喜爱云的不断运动和毫无滞碍。当我们看着云一分一秒也不停止的动势，也就看到了在光与影交错之中所产生的极富变化的云的种种色彩和形态，内心不由泛起一阵阵惊喜。其中最不可思议的是，天空上的这些漂泊者，却能使站在地上的我们的胃肠，受到强烈的刺激。

高尔基在他早年的作品中，经常描写奔走于荒野上的工人的群像。其中一篇短文的一节里记述过这样的事：一个年轻工人，看到一块云彩犹如草莓汁里搀进了牛奶，立即感到饥饿难耐。

实际上，有许多云就像红红的草莓汁搀进了浓浓的牛奶，诱人食欲。有的云像一片薄薄的火腿，朱红的肌理透露着白色的纤细的脂肪。有的云如饭后的点心，表面涂着一层白色的奶油。有的云如刚出笼的肉包子，松软而冒着热气。有的云如杯中美酒，频频泛着甜香。有的云颜色橘红，薄亮如纸。——所有这些云，我们时常在天空的一隅看到。每当这时，我们就会饥肠辘辘，胃口大开。既然如此，我们谁也别客气，只管咬住云的一端，大口大口吃将起来吧。

享用天上这些云彩，既不需要长柄的肉叉，也不需要双刃的刀子，只需要你的丰富而活泼的想象力。想象力丰富，我们就会觉得那些云块宛如龙须菜青嫩的头儿，在舌尖上很快消融了。

过去，中国有一位技术高超的鼓手，一天，应召在郡主的晴日酒宴上击鼓。咚咚鼓声越来越激烈。响着响着，不知怎的，鼓点儿一下子乱了，听起来十分刺耳。

鼓声结束，郡主很不高兴地责问道：

"今天是怎么回事？你这样实在叫我难堪。"

"对不起。"鼓手沮丧地说，"刚才正在击鼓的当儿，随便望了一下天上，那里正有一片奇妙的云彩。我爱画画，虽然技术不高。心里正想着要画下来，一时走了神，鼓点儿也就乱了。”

据这位鼓手的辩白，他平时爱好绘画，看到那片云影涌起像座山，心里就有些割舍不得。实际上，谁又能断言，那云彩酷似一座山呢？说不定像刚出笼的馒头，又松又软，正冒着热气哩。这位鼓手很可能也和上述那两个男孩一样，肚子感到饥饿难耐吧。

蝉尿

对于夏天绚烂的太阳来说，蝉是它的最好的赞美者。蝉长久生活于黑暗的地下，一旦脱出，能在高树枝上呼吸着阳光，喜悦充满了胸怀。它们的歌声因为太高昂，所以显得有些吵闹，然而却是一种青春活力的发挥，因此不必为此而恼怒。不过，说实在的，倒是有些惹人心烦。

较之这些喧嚣之士要沉稳一些，立秋前后，从树梢上传来了“吱咕吱咕法师”的歌声。那鸣声仿佛患了感冒，略略带着鼻音，然而却那么悠然自得，轻快而富于节奏。一听就知道不同于以前的伙伴，而是一位不同凡响的小歌星。

吱咕吱咕法师，吱咕吱咕法师，酱汤可曾好吃？酱汤可曾好吃？

这首人人都熟悉的歌，多么轻松，多么谐谑，又是多么枯燥无味。但是不管从哪方面讲，都不是赞美盛夏，而是预言秋天澄明的天空和快乐时节的到来。

听到院子里的树枝上“吱咕吱咕法师”的鸣声，在我的灵魂深处也似乎有一位小法师，生活在庵室之中。

我也在嘴里小声唱道：

吱咕吱咕法师，吱咕吱咕法师，酱汤可曾好吃？酱汤可曾好吃？

我一边模仿蝉鸣，一边悄悄走进丛林。我发现“吱咕吱咕法师”长着漂亮的透明的羽翼就是在这个时候。当它感到自己的声音被陌生人听到后，便急忙停止了歌唱，离开树梢飞向外界。在这一瞬间，雨雾般细微的水汽洒到了我的脸上。

不用说，这是蝉尿。

在众多昆虫中，最会撒尿的当数雨蛙和蝉。它们一发现自己身边有别的东西，就会毫不犹豫地给对方浇一头冷水。不管对方是科学考察者还是心怀好意的朋友，在这方面则毫不含糊。

俳谐师一茶，是著名的生物爱好者，他以深切的同情和慈悲的眼光，观察过许多肆虐的昆虫，然而昆虫们毫不知趣，对他一点儿也不客气。

雨蛙太薄情，撒尿就逃离。提起初夏蝉，连连撒小便。

看到他作的这些歌，就会明白，一茶经常被蛙和蝉浇一头小便。

当你沉醉于“吱咕吱咕法师”的歌声时，冷不丁兜头一泡蝉尿，多少有些秽气，但心情不至于太坏。

童年时代，只要用浴衣的袖口轻轻一揩就行了。如今上了年岁，再也不能那样，唯有怃然暗自苦笑。我虽然不能如修行僧那样，刹那之间便开了悟，而是猛地缩起头颅，仅仅感到自己的存在罢了。不过，总还觉得有些满足。

梅尾的明惠上人[1],有一次像小孩子一般玩石子,他的一位弟子见了很奇怪。明惠上人若无其事地说:

“刚才一直读经,过于沉溺其中啦……”

蝉尿也和玩石子一样,在心情痴迷时说不定会开拓出别一种新的境界。

[1] 明惠上人(1173—1232):镰仓时代华严宗高僧。因虔心求道,竟自割右耳,后人遂称其为无耳法师。佛学思想方面,主张华严、密教一致。据说他率先在日本栽培茶树,倡导饮茶。

玉兰树的花

一

我家的前院，有一棵年轻的玉兰树。

五月初，树枝上有几朵玉兰花，包裹于茸毛里，昂首挺立，日日都在胀大。六月上旬，天气连续燠热，那花蕾像合掌于佛前的尼僧一样，青白之中透露着神经质的震颤和清净。

不久，阴郁的梅雨接连不断下了起来。花蕾逐渐膨胀，组合在一起的手指仍不放松，整个玉兰树尽情陶醉于蓓蕾开放之前处女般的心境之中。

度过一段悠闲而漫长的时日，一天清晨，梅雨初晴，各处的草木本来如洗发女一般，将长着嫩叶的枝条俯伏于水里，此刻都甩掉水滴，猛然挺起了腰杆。这时，最大的玉兰花蕾于两三天前就悄无声息地逐渐放松合掌的手指，象牙般乳白而肥厚的花瓣儿，轻轻张开如酒杯。就在这一刹那，花朵里仿佛腾起一股眼睛看不见的烟雾，将香气散放到周围的空间。这可是幻想和静虚的神奇的酵母啊！我学着那于雨霁之间跑出来采蜜和兼带着游山逛景的风流的蜜蜂，姑且先将鼻尖凑近储满花粉的心蕊吧。

二

古代，明朝的倪元璐[1]害眼疾，他吩咐家居徽州的一位门生，广集制墨之乡，特别是著名的程君房和方于鲁两人制作的墨，然后将住居的四壁涂黑。他终日默默坐在室内，以体察周围的黑色和墨香为乐。徽州的门生见老师仍然频频订货，没完没了，于是担心起来：

“我不知道先生要制作多少书画，他用的墨多得惊人。”

倪元璐将自己包裹于漆黑的墙壁之中，以嗅着弥漫于幽暗之中的墨香为乐。然而，我却希望一瞬间沉迷于乳白色天鹅绒般清泠、滑爽的花瓣中，全身心体味着那摇曳的浓香。六月的森林，阳光穿过浓密的树枝照射下来，那光斑和嫩叶的阴影如小猫般无声地嬉戏，给一切生物带来无限活力。于是，世上万木都不分彼此，一味生长繁衍，安享伟大的生命之乐。我感到这种活力正从花的精髓里蒸腾而出，浸染着我的全身。

三

仅有那么一天，梅雨晴后，露出清澄的天空。天亮之际又下起了雨。盛开着的玉兰花，一朵朵笔状的花瓣里贮满了雨水，不堪重负地洒落下来。

一日之梦。——数十日漫长的时间里孕育成的花朵，就这样毫不可惜地抛弃了。自然的浪费——在人们看来这种过于大方的浪费，大自然却无动于衷地数次重复着。

[1] 倪元璐(1593—1644)：字玉汝，号鸿宝。浙江上虞人。明代书画家。天启二年(1622)进士，历户部尚书、礼部尚书、兵部右侍郎等。李自成陷京师，自缢死。有《倪文贞集》。

四

我家门前的树丛中有一口井，我有好几次打算把这棵玉兰树移栽到井的旁边，好让它亲眼瞧瞧自己花开满枝的姿影。但这种想法一直没有实行。其中是有缘由的。

听朋友森田恒友[1]说，流经下总、常陆国[2]境的大利根川两岸，村中的孩子们有的确实没见过石头。

与此相似，这一带孩子家家都有自来水设施，他们从来没有见过井，尽管有的人听说过。他们在院墙外头踢球，不小心将球踢到我家门前的树丛里，前来拾球第一眼看到的就是这口井。

"啊，井，这里有井！"

他们一个传一个，人人都嬉笑着前来照照自己的身影，到头来半开玩笑地连鞋子也不脱就跳上了井栏。

我在幼年时代，总以为井是家中最神圣之物，偶然爬上井栏，大人们也要叫我脱掉鞋袜，光着脚先祷告一番才行。现在一切都变了。

我想，要是把玉兰树移植到水井旁，那些顽皮的孩子一定会把这里踏平。所以至今依然保持原样未动。

[1] 森田恒友（1881—1933）：大正、昭和时期洋画家。

[2] 下总、常陆国：日本古代的两个令制国，均属东海道。下总国辖今千叶县北部、茨城县西南部、埼玉县东隅、东京都东隅。常陆国辖今茨城县大部（西南部除外）。

蟋蟀

男山节[1]也就在明天。街头传来叫卖叶生山芋的声音。即使在都内，也总能感到原野上的秋韵。

午后出门一看，日光昏黄，照在身上略感寒凉。京都的街道平常就很清静，这时节更显得幽寂而安谧。来往的人们迈动着轻松的脚步，就像闲逛于寺院的回廊之上，每迈动一步似乎都在追寻一个未知的世界。

不知打何处传来了蟋蟀的鸣声。

多么沉静的音色啊！这声音不同于夜阑草丛里的悲吟。这声音来自一种无可名状的安然的心境。深邃的秋思，为了使得藏在花酸浆果叶荫深处做着爱的美梦的虫儿，得到瞬间的解脱，才让它们发出如此娴静的歌声吗？

[1] 男山节：男山位于京都府南八幡市，标高一百四十三米，山顶有石清水八幡宫，为赏樱名胜。每年四月上旬，都要在此举办男山樱节。

不过，蚯蚓没有这样的一瞬间。蟋蟀虽然有着深深的爱欲，但它们仍有一副竞相歌唱的好心情，才会如此将秋思深深集于一身的吧？哪怕是短暂的一瞬，暂时忘却自己的本性，连同自己生命的危机，共同孕育着新的飞跃。抑或美妙的自然力就是如此相拥相护的吧？蟋蟀那酷似扁豆粒一般小巧的胸脯里，也不断涌动着一种盲然探索的魄力啊！

寂静的古都，若不是在仲秋，蟋蟀也不会如此鸣叫。人们即使听到这种鸣声，也许不会作如是想。

（明治四十年九月）

土香

吾侪人世，好似风信子花。此花爬着地面，天上的春天是多么遥远。梦，总是乘着风儿飞翔，终于落到地上。虽然不一定将这里看做常乐的苑林，对于从土中长出来的花儿，土地比星空更令人缅怀。

花香，使我仰慕未知的远方。叶馨，令我激起明日的踊跃。世上的年轻人大概没有一个人不感到心情快乐，我自己也和他们一样喜欢土香。游人们到一个地方，大多喜欢搜集一些东西做纪念。有的折一朵路旁的花儿；有的摘一片草叶；有的买些水果；有的互相赠送手工艺品。总之，各人都有各人的喜好。而我总是不忘首先拾一些土块藏进怀里。我把这些土块裹上柔软的落叶，深深藏在箱底。

野鸡养在笼子里，到了春天总会向往原野。我住在城里，不堪诸事缠绕，闻到土香，就会泛起旅思。土块干了，香气减弱了。为着追怀当初，必须使之带些湿气。进入秋季，细雨霏霏，打湿了稍稍变黄的楢树叶子。这时，箱底的土块渐渐返潮，幽幽然飘散着清冷的香气。衣锦华丽的城里姑娘，常常相逢于道上，能够分辨出各人的体臭。我从土香之中，也能清楚感受到对于各种土地的记忆。奈良的东大寺[1]，尘埃熏馨，令人想起毗卢舍那佛的硕大的膝盖。春日大社[2]的枯树，泛着干爽的木香。秋筱寺[3]给人以温柔之感，伎乐天丰满的肌肤引人注目。法隆寺[4]，五重塔土坛上的泥塑人像，见之顿生悲凉之情。清闲寺[5]，满眼濡湿的枯叶，乃是泛黄的树木过雨后常见的情景。——土香引诱着我，使我漫游于各种美好的追思之中。然而这其中有一块土使我无法想起来自何处。这块土颜色稍带灰色，近似赤土，嗅之微馨，是本色的土香。只有这块土令我稍稍感到寂寞。

（明治四十年十月）

[1] 东大寺：位于奈良市杂司町，为华严宗大本山，南都七大寺之一，距今约有一千二百多年历史。以毗卢舍那大佛闻名于世。

[2] 春日大社：位于奈良市奈良公园内的神社，旧称春日神社，建于和铜二年(710)。

[3] 秋筱寺：位于奈良市秋筱町，建于奈良时代末期(780年左右)。寺内佛像，以伎乐天最为有名。

[4] 法隆寺：又名斑鸠寺，位于奈良县生驹郡斑鸠町，始建于飞鸟时代(约607年)，为日本现存最古老的寺庙。

[5] 清闲寺：位于京都市东山区。

海龙王寺[1]

一

由法华寺[2]向东，沿围墙向北转，就来到海龙王寺。过去，作为水盘的巨石斜卧于门前。大门一侧的壁土已经剥落，一根根干燥的细竹裸露出来。

田里的麦子已经成熟，金黄的麦穗沐浴着初夏朗朗的阳光，犹如泡在酒里。奈良的市街就在眼前扩展，春日大社黑黝黝的森林映衬着灰褐色的三笠山[3]。东大寺高大的屋顶突显于空中，似乎伸手可及。

初夏的正午十分安谧。蛙声低缓，听得人昏昏欲睡。

[1] 海龙王寺：位于奈良市法华寺北町。飞鸟时代供奉毗沙门天王；奈良时代圣武天皇天平三年（731），为祈祷该寺初代住持、入唐求法的玄昉旅途顺利，同时为了守护平城宫东北角（鬼门），光明皇后下诏改建。此后，该寺为所有遣唐使祈求渡海平安。

[2] 法华寺：位于奈良市法华寺町，为统一掌管8世纪在全日本国内建立的尼寺（国分尼寺）的寺院。

[3] 三笠山：位于奈良市奈良公园内，为赏月胜地。著名遣唐使阿倍仲麻吕（698—770）居留中国期间，曾写诗排遣乡愁，回忆故乡三笠山上的明月。

进入库房打听路径，没有人回应。舂米的声音单调地响着。隔着虫蚀的雕花门，僧房里传来木柴燃烧的毕剥声。稍稍提高嗓门喊叫，石臼声戛然而止，长着一副干咸鱼一样面孔的男子，打开雕花门慢腾腾走出来。我告诉他想拜谒佛像。

“今天住持不在……”

他为难地说。但还是走了进去。他把早晨半敞着的挡雨窗哗啦啦全部打开。本尊的十一面观音从本堂[1]内取出，和经藏的文殊菩萨一起，放在库房最里头一间屋子，四周围着古旧的槅扇。足边的榻榻米上掉落了三四枚铜钱。经桌上放着打开的折着页码的经文。观音兀自站立，低眉注视着这些，似乎总也看不够。仔细一看，五官端正美丽，丰满的下腹到大腿的线条十分流畅。深黑的璎珞，散散离离，其中唯有蓝色的玉石闪闪发光。

这就是千年之前某些佛师做的一个梦。说是梦又有什么奇怪的呢？真正热爱人生、真正实践人生的大多数人，都生活在梦里。

梦，相信人们灵魂的善与美，相信生命的不可思议。如果没有这个信仰，无疑也没有如此美丽而富有生命力的制作。有了这样的梦，哪怕千年以后，也会使得观者的心里获得永远新鲜而悠久的感动。

蓦然回过头来，看到那个男子正跪在古旧的榻榻米上合掌膜拜。槅扇的阴影里，一个满头白发的妇人，袒露着胸脯站在那儿，目不转睛盯着我的一举一动。

[1] 本堂：寺院的主体建筑。

二

出了库房来到本堂前。

本堂的内阵[1]一片昏暗。厨子门闭锁着，只有金属附件闪着光亮。夹侍[2]的白色部分如“昨日”一般模糊不清，而黑色部分又像“明日”一样令人心悸。从这两种颜色上，你无法弄清楚本尊的观世音菩萨是何时被移来，藏于库房一室之内的。世间有多少人既有“昨日”，又有“明日”，但却忘记了联结这两者的极为重要的“今日”之精魂。这种人来到海龙王本堂，就会看到自己虚空的身影。

经藏，过去玄昉[3]僧正入唐带回的经文，全部收藏于此。传为圣武天皇[4]御笔所撰《海龙王经》四卷，亦作为重宝保存在这里。中古以来几经修缮，往昔之面影尚有几分残留于垂木与圆楹之上。石阶前有小水池，各处漂浮着红褐色的苔藓。水边半开的菖蒲，一簇簇并肩而立。

西金堂[5]，乃戒惠上人“兴律化他”道场之遗迹，是天平三年创立的古堂。如今，本尊的五重塔依然存在，刚刚着手修缮，已经搭起了脚手架，堆放着砍削的木板。

[1] 内阵：佛殿内僧之坐处，区画内外。内部为内阵，外面为外阵。

[2] 夹侍：亦作胁侍、胁士、挟侍，侍立于佛两胁的菩萨。

[3] 玄昉（？—746）：奈良时代僧人，法相宗第四传。养老元年（717）奉敕入唐，留学二十年，受唐玄宗赐紫。天平七年（735）归国，带回经论五千余卷，以兴福寺为弘法中心。后受任僧正，入宫中内道场。据说玄昉返日途中，在东海遭遇暴风雨，靠念诵《海龙王经》而脱险。

[4] 圣武天皇（701—756）：奈良时代天皇，日本第四十五代天皇。

[5] 金堂：寺院的主体建筑。

来到这儿，突然看到本尊的五重塔，真是喜出望外。足踏大地、头顶高空的雄伟姿影，是人类灵魂的象征。擦柱、棁柱、露盘，还有九轮，无一不恰到好处，无一不协调，一切都是有力的结构，浑然一体，时时保持向空中飞跃的姿势。由此，不正可以窥见我们内心生活的极致吗？不知为何要在这里建立一座五重塔。虽然不解，心中也毫不感到遗憾。只需把这座古堂存于我们心中，将这里的本尊五重塔当做自己灵魂永恒的影像，以使自己的内心获得欢悦，这就够了。

不退寺[1]

过了兴福寺[2]再走二三百米，顺着原来的一条街向右转。稔熟的油菜昨日还在盛开着花朵，今天已经渐渐回复常态，在过午的暖风中迅速摇动。走上田间小径，登上山冈，四五棵松树有气无力地站立着。这里就是不退寺。走近四足门的矛立一看，屋梁遭虫蚀，涂漆大都脱落，墨色古朴的门额上，寺名隐约可辨。

进入三道门，本堂在尽头颓然而立。右侧有苔藓漂浮的小池，盛开的杜鹃花将矮矮的姿影映在水中。一副未经任何修缮的本来面貌，同在五中将[3]草创时的意图颇为相合。顺路向左进入僧房，门紧闭不开，举拳轻敲，附近的树林发出了回声：咚，咚，咚……空谷传响。看样子，里头没有一个人。再敲一次试试，冷不丁后面有人喊道："有什么事吗？"

[1] 不退寺：又名业平寺，位于奈良市法莲东垣内町。公元9世纪，在原业平将其祖父平城天皇的宫殿改建成寺院，安放他亲手雕刻的圣观世音像。

[2] 兴福寺：位于奈良市登大路町，为法相宗大本山，南都七大寺之一。建于8世纪。

[3] 在五中将（825—880）：即在原业平。平安时代平城天皇之子阿保亲王第五子。著名歌人，居六歌仙之首，三十六歌仙之一。传说他姿容美艳，放荡不羁，热情好色。《伊势物语》以其和歌为主，铺陈背景或原委，隐约可见其一生经历。

回头一看，后方树底下有个打柴的汉子，带着和悦的笑脸，向这边打了声招呼。

“寺里没一个人，你问宝物？宝物都挪到西大寺[1]去了，都供在那儿呢。说是和这里同样的宗旨。”

他用平时拉家常的语调，对我说了一些鸡毛蒜皮的事。汉子还告诉我去西大寺如何走。

“西大寺嘛……”

他不等我打听正要说下去，我做了个手势止住他，急忙走下本堂的石阶。忽然发现脚边有一朵小小的抚子花[2]，像白日里的梦，看到这花的颜色，不由想起诗人叶芝(William Butler Yeats)[3]的歌：

我若有仙人的羽衣，
将为你铺在路上。
可叹的是，
我有的只是梦想。
再见吧，
让我将梦铺向你的脚边，
你悄悄踏着我的梦，
走向远方。

我怀疑这花不正是在五中将丢下的梦吗？我生怕足音惊动易醒的梦，脚步轻轻走过这里，背倚着本堂的柱子。

[1] 西大寺：位于奈良市西大寺芝町，兴建于天平神护元年(765)。
[2] 抚子花：别名常夏，中国称为瞿麦(石竹科)。
[3] 叶芝(1865—1939)：爱尔兰诗人、剧作家。1923年诺贝尔文学奖得主。

相传承和[1]年间建造的这座本堂的大门，已经逐渐残破，其中有的地方用绳子绑住了。屋梁和椽子满布灰土，甚至有不知名的野兽的爪痕。本堂右首，一株老茶花枝叶繁茂，幽暗的叶荫里有一朵花儿尚未凋谢。

完全是一座荒寺。所谓"萱御所"[2]的平城宫址就是这里吧？建立在这座遗址上的在五中将的不退寺，如今也荒废成这个样子了。

我观看了此寺保存的中将的自画像，还有同是他的作品的圣观音的立像，借此想窥探一下已为鬼噬的当年这位贵人的面影。然而这不过是空想。

古代魏玛的诗圣[3]将自己一生的传记题名为"真理与诗歌"。以此为例，在五中将的一生也应该称为"爱慕与诗歌"。中将极富色彩和节奏的一生，在我们的历史上是独一无二的。

爱慕和诗歌——听到这个人人都会想起他一生的悲愁。其悲愁一如夏天野花的怀抱。据传，中将的容貌如花一般漂亮，要从他的表情里发现悲愁的影像，是多么诱人的事啊！人世的悲愁是浩大的。仙人的美丽，对于我们来说太遥远了。所能做的，就是以此种荒废为背景，从仙人的脸上解读世人的眼泪。然而，就连这一点，在此处也无从寻觅了。

[1] 承和：平安时代仁明天皇的年号之一（834—848）。

[2] 萱御所：9世纪初叶，平城天皇退位后，欲以太上皇身份，将都城由平安京（京都）迁回平城京（奈良），并夺回皇位，不果，遂在平城京兴建一座被称为萱御所的宫殿，并且生活在这里。后来，萱御所由他的儿子阿保亲王和孙子在原业平接手，业平把它改造成寺院，即不退寺。平城宫位于平城京北，几乎整个奈良时代都作为皇宫（710—784）。

[3] 魏玛的诗圣：指德国大诗人歌德。其自传通译《诗与真》。

中将的一生如花儿散谢。不退寺荒废了。不久，这个“萱御所”，中将草创的寺院将为人们所遗忘。中将的画像也将消失，圣观音的立像也将腐朽。世界上哪里会有不朽之物和不忘之事呢？一切都将归于空无。这种“坏劫”[1]不正是不久以后中将和我的涅槃吗？

（明治四十一年六月）

[1] 坏劫：佛教认为，世界由形成到毁灭分为四期，即四劫：形成期（成劫）、持续期（住劫）、毁灭期（坏劫）、新世界形成期（空劫）。

东大寺

月色真好。到东大寺一带走走。境内古木参天，月光很难照进来，阴森之气织成迷离的烟雾。这样的夜晚，如果在森林里迷了路，那肯定就像中了魔一般，于黑暗里到处转悠，很难走回家去。

南大门，如一位老人拄杖而立，将雄伟的躯体耸峙于天空之上。站在两胁的两位金刚夜叉，在这静静的夜晚，挺着三丈多高的身子，袒露着胸脯，挥着宝杵，架着双肘。银白的月光，偷偷洒在窗户上，由肩头到下肢，半个身子光闪闪的，肌肤显现着清艳之美。定睛一看，庄严的面部流露出梦中的安详，静静地呼吸着。然而，这只是一瞬间，俄而又挥动手中宝杵，回复到护法金刚的威严姿态。

佛殿的中门关闭着。这里，月光浸润着二天[1]的木像。回廊通向百间，左右张开如羽翼，看不到尽头。从门缝望去，金堂的门扉静静闭合，清寂的灯火一瞬即逝。那是守堂的僧人，隐隐传来悄悄的低语，不久也消泯了。四周静寂如墓场，这是一个可以听到仙女跫音的良宵。在这沉静的夜晚，佛殿暗角里的毗卢舍那佛，在谛视着什么呢？据说，昔日永禄[2]年间，自打佛殿失火后，经过了一百三十多个冬夏，大佛一直裸露在外。那时节，月夜静寂如梦幻，大佛一定看得如醉如痴吧？

[1] 二天:指梵天与帝释天。

[2] 永禄:安土桃山时代正亲町天皇的年号之一(1558—1569)。

阴历四月，芳草菲菲，月光由春日野的树林中漏泄下来，如美人的眼波，大佛浸渍于月明之中；或者于佐保川河滩晒衣女的歌吟也已眠歇的夜半，大佛眺望着秋筱寺一带沉沦的夕月，独自想象着法界的久远，那种谛视着阎浮[1]两世轮回流转的姿影是多么壮美，多么伟大！今宵，也许正寂寞地品味着这种追怀的杯盏吧？人说，乔木高大多苦寂。世上这座独一无二的伟大的毗卢舍那佛，想必怀抱着无人知晓的深深的寂寞！

月如魔鬼一般跳跃。时时在水面上欢跳的鱼儿，这时也寂然无声。如镜的水池睡着了，听不到一点儿松叶落水的声响。

百年已逝……

忽然间，头上的钟响了，是九时。我感到，古寺清寂的夜，快要过去一半了。

（明治四十年五月）

[1] 阎浮：佛教名词，又译阎浮提、赡部洲等。阎浮（赡部）是树名，提是洲的意思。此洲中心生长阎浮树林，因有此称。阎浮（提）即我们所住的世界。

皇室

如今，我倚在皇室仁和寺[1]古老的大门上。四周的树木微微飘散着湿润的秋气。不知打何处发出了土香。也许附近有枯木的洞穴，调皮的木鼠正在嚼食树果吧？抑或失群的候鸟在敲啄树肌？那是一种不断重复的沉静的响声。阳光如善解人意的妙龄少女，带着一副灿烂的笑容，洒满整个树林，忽而又羞怯地依偎着木叶凋零的落叶树干，不住地震颤着。不知是何种树木的落叶，已经干枯了五六片，虽说没有风，似乎也要慌慌张张地逃出去，但又立即想起什么似的迅速回头，原地不动了。

塔静静地矗立着，脚跟稳稳地踏着大地，层层相叠，高高仰望着天空。而天空好像有着永远窥伺不尽的秘密，浓蓝的眸子满储着"深沉"和"胁迫"，冷冷地俯视着。塔身集中着人世千年来痛苦的努力，在这宁静的日子，心里咏唱着为人们所不可知晓的沉痛的歌。我一动不动倚靠着古塔的门扉，仿佛倚靠着由大地深处一跃而出的似神非神的巨大臂膀。

[1] 仁和寺：位于京都市右京区，为真言宗御室派总本山，寺中樱花非常著名。日本历代天皇退位之后，几乎皆皈依佛门。从 888 年开始，有许多皇子皇女于仁和寺落发，故此寺又称御室御所，其樱花也被称为御室樱。

蓦然回头，发现塔门上有无数的留言，既有装腔作势，用粗笔写的“囊中自有钱”；也有小心翼翼、一本正经写下的“身如树叶随风飘”。既有下野国[1]的居民，属牛的汉子；也有生于日向国[2]、属蛇的女子。这些留言，表达了游子们年老后仍羁旅于途的惆怅的心情。留言很快就会成为他们的人生。人们想用自己无常的手，将自己刻在永恒的柱子上吧？其中有一句留言："墨色眼看就模糊不清了。"下面缀着这样的名字："能登国[3]居民曲濑平五郎。"

这也是一位胸怀魂魄，于此世上寻梦的汉子。他的一生除了这句留言，在这个世界上也许未留下任何东西。况且这句留言不久也会消失。这是多么令人痛心的事！如今，我邂逅了眼前自然的暴虐，为了亡故之人，甚感必须努力奋争。自然终于抹消了这一记忆，眼看就要送入“忘却”之乡了。

我不想让他这样下去。

我默默呼唤着“曲濑平五郎”。“曲濑平五郎”——这个谁也不熟悉的名字，即使留言很快消失，我也希望能铭刻于记忆的心底，永远不要忘却。将平五郎的名字从自然的魔掌里夺回来，使之重归人间。

我感到五重塔似乎增高了一层，随即慢慢离开塔门，下了台阶，走上南面落叶的道路。

（明治四十年十一月）

[1] 下野国：日本古代的令制国，属东山道，又称野州。其领域大致相当于今栃木县。

[2] 日向国：日本古代的令制国，属西海道，又称日州或向州。其领域大致相当于今宫崎县。

[3] 能登国：日本古代的令制国，属北陆道，又称能州。其领域大致相当于今石川县北部的能登半岛。

爱竹之心

秋渐深，所有的草木叶子变红了，结出美丽的果实。其中，唯有竹子永远郁郁青青，没有变化。不过这只是外观，仔细一瞧，你就会感到吃惊，原来竹子的整个生活都在发生细微的变化。

梅雨放晴后的蓝天下，幼竹尽情伸展着枝叶，迅速成长，在明朗的阳光和微风的爱的怀抱里快乐地喧闹着。十月的早晨和夜晚的寒气砭肤，无可否认，这也给竹子的生命和外表增添一种静思和闲寂的意味。

今年新生的竹叶，直到昨天还像年轻的舞女纤细的手指，无声地在风中跳跃，然而今天，每片竹叶似乎增加了几分硬度，微风一过，就发出窸窸窣窣的声音。所有的小枝都带着一种弹力和敏感，将大气微细的动静，立即传达给叶子，传达给主枝。基干的纹理更加细密而坚硬，渐渐增添了一层琅玕般的光润。这种植物直线生长的劲头使人另眼相看，那一段段整齐而有节奏的竹节，给人一种流畅的旋律美。

说起竹节，古代的苏东坡善于画墨竹，整棵竹子自根到梢一气呵成，一点也不考虑每一节的长短和粗细。

一次，朋友米元章来访东坡。这天，主人照样十分得意地为客人画竹，元章看了很纳闷，于是说道：

“画得不错，不过看这竹节倒是不太讲究啊！”

东坡随口应道：

“这是当然的，竹子生长的时候，并不考虑每一节如何啊！”

豪放派的东坡是说幼竹只顾一个劲儿生长，听起来很有意思。然而，这话说得太牵强附会了。即使竹子本身不是一节一节数着长大，然而竹节的节奏对于表现竹子的美感却十分重要。凡是懂得这一点的人，都不会同意东坡的说法。后来果然有一位叫毛西河[1]的人，对什么都爱挑刺儿，一次，在宴会上有人夸赞东坡的“竹外桃花三两枝，春江水暖鸭先知”这两句诗，毛西河听了不以为然，他冷不防站起来说：

“什么鸭先知？简直胡扯，如果鸭子知道，那么鹅也该知道啊。”

在座的人都哈哈大笑起来。

元末四大家当中，最有特色的风景画家倪云林最爱竹，经常写墨竹自娱。某年秋夜，乘着酒兴挑灯画竹。第二天早晨一看，根本不像竹子，连他自己都感到吃惊。

“我想画的是竹子，但不像竹子，但细细琢磨，这种不像，也许就是不可模仿的地方吧。”

他说着笑了。

云林为朋友张以中写墨竹一幅，题词曰：

“以中深爱我所作竹画，我之竹惟写胸中之逸兴也。此乃似竹也？非似竹也？叶繁乎？疏乎？枝斜出乎？直立乎？余对此皆不介意。他人见了是麻是芦，则各随其意。我亦不以此为竹矣。”

[1] 毛西河（1623—1716）：即毛奇龄（字大可，学者称西河先生）。浙江萧山人。明末廪生。清兵入关，预南明鲁王军事，事败，亡命江湖十余年。康熙十八年（1679）举博学鸿儒，授翰林院检讨，与修《明史》。二十四年（1685）引疾归里，专事著述。有《西河集》。

这么一说，他仅存的几幅作品里确实有的竹子既像麻又像芦。然而，用心去看，不知为何，会感到一种真正的竹子精神脉脉流贯其中。不用说，这是因为云林平素深受竹，他熟悉这种植物所含蕴着的生命价值和精神实质，将自己的灵魂也寄托在草木之上了。

云林逃离世间的烦嚣，只是注视着自己的灵魂，于人生的悲苦和寂寞中忧愁地生存着。作为唯一的伴侣，必须和他有着共同的资质。竹子就是这样，正直挺拔，清贫遗世，品格高尚，心境闲寂。——这些都是竹子的天性。而这样的天性正是每一棵银光锃亮的竹子自秋至冬一点点磨砺出来的。

因此，对于我们这些爱好者来说，竹子不单单是静寂的植物，它用叶片微笑，用枝条凝视。它琅玕般美丽的干是一种娴于思索的奇妙的存在。

和云林齐名的元末四大家之一的吴仲圭[1]，也是一位爱竹如命的人。他在建造自己的居室“笑俗陋室”（据说宋刘樗园[2]悬“笑俗”二字的木刻匾额）时，首先不忘于庭前植竹。

“有了竹，人就不俗。”

他注视着静寂的竹影，时常说出这样的话。

他的隔壁住着当时颇负盛名的画家盛子昭[3]，子昭家携金帛求画者出出进进，而仲圭家里从未有这样的客人登门。妻子为此而时常嘀咕，听了妻子的牢骚，陋室主人面对庭前的竹子只有苦笑。此时，竹子也对主人报以会心的微笑。他所绘制的竹就是最好的明证，画里的竹子如道士一般微笑着。

[1] 吴仲圭（1280—1354）：即吴镇（字仲圭，号梅花道人）。嘉兴（今属浙江）人。志行高介，一生隐居未仕。元四家之一，号称诗书画三绝。有《梅花道人遗墨》。

[2] 刘樗园（生卒年不详）：即刘庄孙（字正仲，号樗园）。宁海（今属浙江）人。宋亡不仕。有《樗园文集》。

[3] 盛子昭（生卒年不详）：即盛懋（字子昭）。嘉兴武塘（今属浙江）人，与吴镇比邻而居。山水、人物、花鸟俱精，至正（1341—1368）间有盛名。

有一位戴醇士[1]，他叫画家在自己的肖像上特地添加两三根竹子。他说："竹子是吾师。"并作咏竹诗：

微风报秋，修竹自语。下有幽人，与竹为侣。若闻竹语，属我写汝。写竟问竹，竹笑而许。

竹子和戴醇士达到了人与物圆融无碍的心灵之交。他虽然见到过许多超越世间一切、洗尽万虑、心境寥落之人，而对于这种植物，可谓"一日若不见，心中暗生尘"。这就表明，竹子这种植物，具有优雅的气质和高贵的生命价值。

以写兰竹而闻名的郑板桥，也在居室的窗前种植了竹子。

"不光自己爱竹，竹也爱自己。"他说。

郑板桥一有空闲就站在竹前，总是看不够。日光月影之下，竹叶映在窗户上，他就慌忙回到室内，就像前蜀舜弦夫人[2]一样，就着纸窗上黯淡的阴影，脑子里浮想联翩，精心地绘制墨竹。

于秋天的月色下赏竹，没有比此更富幽玄意味的了。

清冷的月光水一般流泻在叶面上，朦胧的竹影无声地印在附近的窗户和墙壁上。竹与影参差而立，静悄悄吐露着幽微的气息。忽然，所有的叶子一齐微笑着，低语着，欢乐地跳跃着。这时，窗户上，墙壁上的影子也一齐微笑着，低语着，欢乐地跳跃着。是因为风吹来了。于是，清冷的月光从叶面上滑落了，顺着竹叶、竹枝、竹干，哗哗地倾注到地面上了。

[1] 戴醇士（1801—1860）：即戴熙（字醇士，号鹿床、莼溪等）。钱塘（今浙江杭州）人。道光十二年（1832）进士，官至兵部右侍郎。擅画山水、花卉、竹石。有《习苦斋集》、《题画偶录》等。

[2] 舜弦夫人（生卒年不详）：即李舜弦，前蜀末帝王衍昭仪，诗书画俱工。先祖系来华波斯人，唐末定居梓州（今四川三台）。其兄为五代著名词人李珣。

啊，水银般的雨，佛光的微滴。

这也仅仅是一刹那，风儿一过，竹，影，似乎完全忘记了刚才摇荡的春心，依然在寒冷、青白的月光下静静地沉默着。

这时，悄悄触摸一下琅玕般的细竹的干，不觉吃了一惊。比起草木来，竹子的肌体浸透了秋夜的严寒。由此，我们同时感到了秋夜大气的清凛和竹子空寂的心灵。

蔬菜的味道

一

元代的著名道士、画家张伯雨[1]，有一次画蔬菜，题名“汉阴园味”。古代，子贡会丈人于汉阴，当时丈人正用水浇园。他不辞劳苦，凿坑掘井，上上下下，抱着水瓮往来取水。子贡看他那笨拙的样子，十分同情，他想出了一个更好的办法，教丈人用吊瓶打水。然而，丈人有些不悦，仿佛很使他伤心的样子。丈人讨厌的不是子贡的一番用心，而在于这种便利的机具。他长年同土地相亲近，以种菜为乐，与其摆弄这种方便的机具，他甘心于那种抱着水瓮取水的笨法子，始终像一个外行人那样，保有一种品味原始操作的心境。伯雨深有体会，将此种心境用在自己的作画上。后来，明代的姚云东[2]得到这幅蔬菜画，十分感动，他在住居周围开辟菜园，撒上菜种，天天在园里耕作。

[1] 张伯雨(1283—1350)：即张雨(字伯雨，号贞居子)。杭州钱塘人。青年时期遍游名山，弃家为道士。以方外诗人身份，广交天下文士，名震京师。有《句曲外史集》。

[2] 姚云东(1422—1495)：即姚绶(字公绶，号云东逸史)。浙江嘉善人。官至广东道监察御史。因忤逆权贵，贬永宁知县，遂辞官归里。善诗文书画，以此终老。

他从早到晚以亲眼看着菜蔬生长为乐。云东也想学伯雨，亲近土地，将获得的“园味”充分描画下来。

费时九个月，终于完工，就是那幅闻名的《杂菜图》。现在不知传至何处，真想赏玩一番呢。虽然这种机会十分难得，但我却从这位名画家亲手绘制的画里感受到一种热情。我会重新审视涌向我身边的这些极为平常的东西包含的美质，并深爱之。这不论对谁都是极好的事。

二

肥胖的女子总喜欢扯开汗津津的领口。萝卜也一样，因为浑身是肉，埋在土里一定很憋闷，所以拼命挺着膀子，挣扎着露出地面一两寸来。初冬清寒的空气触摸着它的肌肤，似乎很是舒畅。萝卜从地里拔出来的时候，你手上能感觉出长长的根须逐渐脱离了泥土。然而，那离土的萝卜新鲜白嫩的肌体，被扔在菜畦上的一刹那，更令人有一种喜悦之感。仿佛脱光衣服的女模特儿，站在画家狡黠的目光下，带着几分裸露肌肤的羞怯。这时候，你才能真正感觉到萝卜肥美的肌体。那筋肉之间的纹路，那叫人不忍细看的嫩白，还有那鲜活水灵的体表，所有这些都不能不令观者赏心悦目。只是萝卜的叶子带有细刺，仿佛肥满的女人腕子上长的粗毛，总有点叫人扫兴呢。

我曾见过一幅画，据传是出自钱舜举[1]的手笔。萝卜和螃蟹是用细线勾勒成的小幅画。那只螃蟹奇特的形状以及萝卜白得有点儿怕人的筋肉，至今还留在头脑里。

[1] 钱舜举（约1239—1301）：即钱选（字舜举，号玉潭）。浙江湖州人。景定（1260—1264）间乡贡进士，宋亡不仕。工诗，善书画，擅长山水、人物、花鸟。与赵孟頫等并称吴兴八俊。

三

球菜原是海岸植物，自古生长于潮香醉人的断崖之上，终日眺望着白马一般疯狂跳跃的海涛。它的根笔直，深深扎进土里，叶肉肥厚而劲健。它那硕大的叶掌层层相叠，在胸前紧紧抱成一个圆球。其中究竟藏着什么秘密呢？叶掌上突现的静脉历然可见，一根根仔细萦绕着，最后绝不会在小贝壳般的叶片外缘留下任何痕迹。上面的叶片拼命伸张着，力求包裹球面；下面的叶片反转向上，仿佛希望伸向太阳，同时又受某种强力的支配，一片片力争覆盖着球体。这是一种重和力的互相咬合，互相拥抱，封闭在内里的叶子永远见不到太阳。——我每每看到球菜，总有一种透不过气的感觉。

四

芋头剥去外皮，裸露着，在厨房的一隅颤抖。然而，它和母芋一同被掘出地面的时候，又是多么讨喜，多么有趣！众多兄弟围着母芋肥硕的胴体，毛扎扎的个体互相挤成一团。看到这种情况，反而感到那些不长尾巴的小生物有些不自然了。

剥去沾满泥土的芋头皮，手指会痒得受不了。用手整治洋葱和辣薤，眼睛会感到刺痛。这两者都表明了生长于土中之物的无言的挑战。

二十四五年前，我和德富健次郎先生结伴走过大阪道顿堀[1]的戎桥。在桥面上，德富先生向前大跨两三步，又急忙站住，转过头来问："薄田君，你有弟子吗？"

[1] 道顿堀：位于大阪市道顿堀川（运河）南岸的繁华街区。

“弟子？我没有弟子。”当时我才二十五六岁，哪儿来的弟子呢？

“这我就放心啦，千万不要什么弟子之类，你看，小芋头一长成，老芋头就索然无味了。”

德富先生说罢，又大踏步走起路来。

打那之后，我每当嘴里吃着平时不大在意的芋头时，立即就想起德富先生的下面这句话：

“新剃度的小和尚，你还没有彻底盗得爹妈的真味吧？可怜的小家伙。”于是苦笑一番。

五

看到菜篮里新鲜的白菜时，我首先感觉到的是初冬黎明寒冷的空气。其次就联想到那紧缩的叶片上满储着浓重的夜露，还有那叶面细柔而滑爽的肌肤，其次的一刹那，马上就能体会到口齿间嚼着腌白菜的那种高兴劲儿。

如同手里捧着赤乐茶碗的茶道艺人，看到表面的釉色，就想到烧窑的火力，接着就立即想起厚实的碗口抵着嘴唇喝茶时的快乐心境。

这是没办法的事。

螳螂

我坐在秋叶之中，向前伸着两腿晒太阳。这时，有一种东西沿着草叶爬上我的膝头。一看，是螳螂。这只螳螂刚刚捉到一只小小的红蜻蜓，生怕它跑了，两手紧紧将小蜻蜓抱在怀里。

可怜的牺牲品。我用指甲轻轻弹了一下蜻蜓的翅膀。我很想救它。螳螂站住了。似乎被我的多管闲事激怒了，挺着胸脯试做抗争。我想触碰一下蜻蜓的尾巴，螳螂见了，后退一步，高高举起了右镰。我又捅了捅蜻蜓的头，一刹那，螳螂丢下红蜻蜓，挥舞着双镰向我奔来。

“好一个顽固的小东西，又来啦！……”

我瞅空儿想用两根手指夹住对方纤细的脖颈。就在这一瞬间，我突然感到，我所要争得的已经不是长着绿色脊背的小秋虫，而是潜藏在我自身胸中的对抗之心。于是，我悄悄缩回了手指。

“反抗”的小精灵啊！按下头又昂起来。“反动”的小恶魔啊！你居住于清澈澄明的秋的心中，由生到死，一刻也未舍弃反抗和争斗的意志。……

请看看马吧。马有着庞大的体格，但对人却十分恭顺，叫它干什么就干什么。据一位学者说，马之所以听从人的摆布，全是因为那双眼睛的构造不同。马眼比人眼看东西要扩大二十二个百分点。五尺半的人体，在马眼里变成了六尺七寸多。因此，马在人面前非常老实。如果马能知道人的真正身高，如果马戏团中的马得知在自己背上翻筋斗的不限于主角演员，那么马说不定会把主人从鞍子上甩落下来，再重重尥上一蹶子。大自然赋予马一双如此奇怪的眼睛，却赋予螳螂一对锐利的镰刀，等于是给了它一颗顽强的反抗之心。有了这对镰刀，你就能同所有的虫儿斗，同草叶斗，同风斗，同你的母亲——澄明的秋天斗，最后又大胆地同伟大的太阳斗。百舌鸟也像你一样爱打架，但那种鸟的征服欲仅仅在于兴趣，对于那些无法征服的对手，一般不勉强相争。比较起来，你显得多么冥顽不化啊！竟然敢和太阳一争高低！只是，你的体力太弱了。

“你最终只会被自己叛逆的怒火烧死。”

我小声对它耳语，谁知螳螂已经不见了。这倒没关系，因为我同时也对盘踞于自己心中的另一只螳螂发出了呼吁。

芭蕉的叶荫

我喜欢芭蕉。比起“叶子”这一称呼，不如叫“大披肩”更恰当。站在芭蕉叶荫下，雨一般新鲜的绿色濡染着，我的身体仿佛烧制成了青瓷，获得了永久的青春。还有，叶子椭圆悠长，恰到好处。穿连着叶柄、叶背的脉线流畅而柔和，微风吹来，叶子大幅度欢然摆动。——这一切所产生的昂扬的生气，不久又在我心中烙下了相同的影像。我在芭蕉叶荫下，怀有一种安逸和慵懒的情绪，而这种甘美的心境，是我从任何植物上都体会不出的。

那个生长在墨西哥的肉质肥厚的仙人掌，长着威胁人类的尖刺，这种刺在芭蕉身上一根都找不到。芭蕉也不像俄罗斯的向日葵，长着一副坚强的肢干以备不时之需。它不需要那些，它甚至觉得有了那些东西是一种耻辱。它只是毫无戒备地伸展着易破的阔叶和易伤的叶鞘，突兀地站立着，似乎丝毫没有想到暴风雨会像无赖一般胡乱摧残它。

多么粗疏又多么善良的生命！芭蕉是个好心的无抵抗主义者。——是的。它对自己周围的外界没有任何迟疑，无拘无束地伸展着大幅的叶子。只有心怀如此坦荡的芭蕉，才是真正的天生的无抵抗主义者。

这种伟大的无抵抗主义者，正因为太伟大，反而招致许多威胁其生存的东西。季节一进入秋天，大气的流动变得迅疾起来，就像那幅集中着十六人题赞的名画《芭蕉狂雨图》一样，茅屋背后一株高高挺立的阔叶芭蕉，望着澄澈的天空里浮雕般远山的姿影，静静享受秋日的快乐。然而，周围随时都会急遽骚动起来，经常受到狂风暴雨的袭击。

风雨由右敲击，它悠然左转，由下扇动，它又向上跃起。

只是因为芭蕉枝叶广大，它要承担全株的重量，所以不少时候，被害的程度也就更大。

风雨过后，它那自豪的大幅叶子有的撕扯碎了，有的折断了。芭蕉看到这些，会有何种想法呢？

芭蕉唯有苦笑，大自然将它造就得如此广大，又赋予它无抵抗主义，它对大自然这种意图抱着两种态度：既有充分的信赖，又有轻微的不满。

客室的南瓜

一

南瓜,说起来以前是作为药食保留到冬天,甚至过年。美国产的蔓子细长的南瓜,长着红色外皮、形态扁平的金冬瓜,还有呈现各种形状的,都有人喜欢栽培。此外,南瓜自秋至冬,还可以用来作为客室的装饰物。

我看到过奈良兴福寺闻名的木雕天灯鬼,左手支撑着右肩上的灯,猛然扭转着身子。对面的龙头鬼,将龙缠绕在脖子上,头上也放着灯,两手交叉,翻转着白眼。我见了甚为欢喜。用写生的手法塑造鬼形,而且充满感情。作者的高超手法令人惊叹不已。我出于对这些小鬼们的朋友般的亲切之情,总爱反复抚摩他们肩上的肉块,或者用手捅捅那突起的肚脐眼儿。

我爱南瓜也出于同样的心情。我想用手试探一下那瘤一般的疙瘩和皱缩的肉块的触感,这种触感和光泽正是造就它们的双亲——太阳和土地神秘而精心的杰作。实际上,南瓜只不过是欲情如火的太阳和黑土共同生育的缺鼻梁的私生子。这个私生子不是寻常儿,它充分继承了太阳的热和土地的力。

二

长的，稍长的，细长的，还有这疙疙瘩瘩的——不管什么形状的瓜儿，我都喜欢。正如从高丽陶瓷中品味出朝鲜民族的从容不迫和坚忍顽强一样，我们从这些瓜类所具有的各种线条、形状、触感之中，也能体味到：虽然外表看起来呆头呆脑，但内里却凝聚着一种力量，一种气概。这不能不使人感到惊奇。

瓜之趣味是同蔓子和卷须分不开的。最具力量的是连着瓜和蔓的脐柄，它必须牵系着整个瓜体的重量，就像充分体味到一种力量和新鲜感。以这个脐柄为起点，沿瓜肌分布的轮廓线各种各样。有的如甜瓜和雀瓜那样紧紧缠绕着瓜体，有的如长丝瓜，线和线平行远布，七尺之外才突然想起什么似的互相团缩，收紧。还有，如冬瓜和南瓜，一味描画着粗大的弧线，根本不顾如何收场。只有造化小儿才能这样大胆，放任，将艺术家和制作者、爱恋和舍弃，两者熔为一炉。

不知什么时候，我曾看过元末画家吕敬甫[1]的《瓜虫图》摹本。长长的蔓子生长着一只大青瓜，再配上一只火焰一般的红蜻蜓。我还见过小栗宗湛[2]的《青瓜图》，蔓子上连着两只大瓜，还有两只螳螂。瓜叶硕大，嫩绿，至今仍留在记忆之中。两幅绘画的共同点是对于自然风物深厚的爱，而且都是大瓜配着小昆虫。在青瓜肥硕的大脑袋前，画上翅膀轻捷的红蜻蜓和反抗心极强的螳螂，使人看了仿佛有一种威压似的，十分有趣。

[1] 吕敬甫(生卒年不详)：毗陵(今江苏常州)人。元末明初画家，擅草虫。

[2] 小栗宗湛(1413—1481)：室町时代中期画僧，将军足利义政御用绘师。擅山水、人物、花鸟。

三

我见过夜半亭芜村[1]画的甜瓜精和西瓜精。这位艺术家使得所有的幻想都像画面一样留下清晰的轮廓。他不断把玩幻想，会不会同时又为幻想所苦恼呢？他留下那么多关于妖魔鬼怪的文字和绘画，我所见到的是其中一部分。远州城门的夜啼婆，镰仓若宫八幡银杏树精等，都被绘制在一幅画中。山城驹一带的甜瓜鬼，左手抓着草鞋，想极力跑出去。浑身沾满朝露和泥土，俨然一个轻快的甜瓜小妖精。比这更活脱的是大阪木津的西瓜鬼，腰插双刀，装腔作势，走起路来头重脚轻。那只大头实在太重了，不时感到一种生命的苦恼和危险，因而患上了慢性脑神经衰弱症。我一看到这只熟悉的青瓜，心里就非常难受。

四

看到没长成的老秧冬瓜，马上联想到风罗念佛的俳人惟然坊[2]的头颅。这位俳人一生下来，头就很柔软，夜里睡觉不喜欢硬枕头。有一次住在老师的无名庵中，将枕头用带子缠了好几圈儿。芭蕉见了，奚落道：

“你的脑袋太讲究了，都给你折腾穷了。”

[1] 夜半亭芜村（1716—1783）：即与谢芜村（本姓谷口，俳号夜半亭［二世］）。江户时代著名俳句诗人、画家。主要作品有《玉藻集》、《摘新花》、《俳谐三十六歌仙》、《芜村七部集》、《夜半乐》等。

[2] 惟然坊（？—1711）：即广濑惟然。江户时代前期俳句诗人，蕉门十哲之一。松尾芭蕉殁后，于播磨倡导风罗念佛，晚年归乡（美浓）隐居。有《藤果》、《二叶集》、《惟然坊句集》等。

这个故事很有名。我每当看到连着一些破烂叶子、额上暴着青筋,似乎头痛难支的青瓜时,总想在那布满黄粉的歪斜的脑袋下边,垫上一个柔软的枕头。

五

读《太阁记》[1],上面记载着秀吉征伐朝鲜进军途中,于九州旅次扮成一个穿着怪异的卖瓜人。他在一块大瓜田里,开设一座简易茶馆,太阁自己和家康[2]、利家[3]等辈一块卖瓜。

"卖瓜了,买个甜瓜吧。"他一边吆喝,一边溜达着。

这时,扮作旅行僧的织田有乐斋[4]停下脚步。

"喂喂,卖瓜的,施舍个瓜给我这老年修行者尝尝吧。"

秀吉从自己的担子里拿出两个瓜来,交到他手里。有乐斋打量了一下,皱着眉说:

"真难为你了,不过这瓜不熟,给个更甜些的吧……"

看到他得寸进尺的样子,周围的人大笑起来。性格旷达的秀吉和甜瓜的美味在这里达到了和谐的统一。

[1] 《太阁记》:《丰臣秀吉一代记》的总称,以小濑甫庵《太阁记》(宽永二年[1625]自序)为代表。太阁即丰臣秀吉(1536/1537—1598),完成16世纪由织田信长开始的统一日本大业的封建领主和太政大臣。

[2] 家康(1543—1616):即德川家康。日本最后一个幕府德川幕府(1603—1867)的建立者(1603—1605在位)。他完成了武士们一百多年来所没有完成的大业,给日本带来了持久和平。

[3] 利家(1538—1599):即前田利家。安土桃山时代武将,事织田信长和丰臣秀吉。秀吉死后,又辅佐其子秀赖。

[4] 织田有乐斋(1547—1621):织田信长之弟,名长益。大阪冬季战事中协力丰臣秀吉。后隐栖,以茶人著称。

栗子

今天，收到住在但马的人寄来的小包，拿到手里一看，小包的一角破了，四五个焦褐色的大栗子滚了出来。

“啊，是栗子，丹波栗！……”

我不由惊叫起来，刹那之间像小孩子一般激动。

个个都像小鸟一样调皮地撅着嘴儿，饱满而圆实，随时都要爆炸似的。

焦褐色的肌肤，是贪婪地饱吮太阳热能而炙烤成的。

紫檀木的桌腿，独角仙的甲壳，蟋蟀的大腿——凡是强健之物，大多呈现焦褐色。

夏末，走过杂木林，经常看到头顶上长着硕大的栗球，开裂处可以窥见小小的栗子如出巢前的乳燕，探头探脑，望着外界的天空。那眼光充满着好奇和冒险。正像老燕子不让雏儿飞出巢外一样，栗球儿怕孩子们太莽撞，将它们紧紧抱在怀中，一刻也不肯放松。

封闭于壳里的栗子饱吮着阳光，天天长肉儿，不断充实着个体生命。逐渐承受不住内部的压力了。

秋天来了，栗子该爆出壳儿了。由于内部的强大压力，栗球儿自动炸裂了。

冒冒失失的栗子向往着“未知的王国”，自己从壳里飞出来了，正如顶着焦褐色头巾的小燕子。

有的悄悄落在枯叶上，有的碰到石头，“砰”地弹起来，不知藏到哪儿去了。——不管哪一颗栗子，都离不开母树八尺远。它们无怨无悔。对于这些栗子来说，不论何处，都是求知之土地。焦褐色的外皮很坚硬，即使碰上石头也蹭不出一点儿伤来。

我一边思索，一边将两三颗栗子埋进火钵灰里，于是那灰中立即突突冒出一股烟来。

梨

水果篮里盛着西洋梨。个个像企鹅肥硕的屁股,三三两两堆在一起。这肥硕的屁股,将那小小的脑袋映衬得十分寒酸。

小窗里射过来正午的阳光,忽明忽暗。这一明一暗,正好表现着秋日果园时来时往的欢乐和忧愁。

同雨斗,同风斗,还要同可恶的虫子斗。好不容易长大的梨,交织着悲与欢。这种内里之情,透过那一触即破的薄皮,微微弥散着果物的馨香。

那溢满甜汁的细白的果肉啊,犹如灿烂的笑脸诱惑着我们。

住在栂尾的明惠上人喜食秋蘑,然而,他耻于人们知道自己的嗜好。他说:

"出家人甚至耻于别人说他喜好佛法,何况食物之类……"

清心寡欲的修行者的内心是这样的,然而我却毫不以自己喜欢眼前的梨而感羞耻。

梨在我面前化成一团浑圆的光和影。

秋蘑

虽说已是秋天,依然留恋树荫。

我在一片小松林里散步。赤褐色的地面上杂草丛生,开着不起眼的花儿。

我在草丛里发现一棵蘑菇,张着巴掌大的伞盖儿,站立在地上。

“哦,秋蘑……”

我坐在近旁的一块石头上,周围静悄悄的,仔细一听,山冈上有伯劳喳喳鸣叫。声音高亢,震荡着初秋的大气,清晰可闻。

“已经有伯劳飞来了……”我想。

空中的秋,使得伯劳开始了紧张的旅行,由深幽的山谷飞到人们居住的乡村;地上的秋,使得秋蘑钻出赤褐色的土壤,抬起了圆圆的头颅。这秋蘑具有祖传的远远超过人类的敏感,当秋的气息尚在土壤里微动的时候,它早已感觉到了,争先恐后开始了自己的生涯。

昨天,我也到过小松林,走的也是这条路,而且和今天一样,曾坐在这块石头上休息。然而我没有发现秋蘑的影子。这种菌类植物,肯定是一夜之间长出地面的。世界上有些事真奇怪,就在这一夜之间……

但是，菌类如此焦急地感受着秋的动态，这样不会销蚀自身的生命吗？尽管已过了秋分时节，正午的阳光对于初生的秋蘑仍然有些强烈，而且附近活动着不少流氓无赖般的虫子。

我用手指悄悄触动一下漏斗状的伞盖，本来该是汗津津的肌肤已经变得粗劣干燥了。我又微微掀动一下伞盖的边缘，肥硕的茎上爬着一只蛞蝓，正在贪婪啃噬着呢！那齿痕泛着瘆人的荧绿，流淌着铅灰的涎液。

看来到明天，这棵秋蘑只有枯死。

但是，它一点儿也不为自己的命运感到悲观。它还有下一个秋天。菌类也和众多其他植物一样，对来年抱着坚定的信念。

水仙赋

所有的草木都凋落了，冬天后园的一隅，一株水仙开放着五六瓣花儿。

肥硕的球根裸露着雪白的肌肤，寒战战地横卧在干燥的土地上，牙雕般浑圆，厚重，弯弯地高擎着茎和叶。

一簇粉绿色的、如女人纤指一样柔软的叶子，用手轻轻一弹，仿佛就会发出金属般响声的金银花杯。

叶面和杯底贮存着严冬清冷的日影和粉雪轻微的叹息。满了，消了。又满了，又消了。

水仙在轻轻呼吸。金花银花的芳馨从花杯里悄悄溢出来，随着大气的流动，向周围无声地渗透，摇曳。干渴的地表和土块，被这香气不断笼罩着，熏蒸着。如同那些具有美丽生命的众多生物一样，水仙生于荒瘠的土里，反过来又净化着母亲大地。

一切香气都在人的心目中孕育着思慕和幻想。我从水仙冷烈的芬芳之中，感受着年轻女尼清澄、纯净的生涯。

有着石蜡般冷艳、滑腻肌肤的后园女尼生来不喜欢喧骚的环境，她特地选择了百草凋枯、阳光下泪的季节，于孤寒和静寂的草庵里独自营生。对于一个有着独立生活的孤高的生命，这环境未必可厌。草木大多醉心于太阳，醉心于碧空。然而季节更替，现在的太阳成了一杯温吞水，碧蓝的天空也染上了一层煤灰。只有洁身自爱的女尼，对这些漠然置之，将目光注视着自身纯白的姿影，独自陶醉于清净灵魂的心香一瓣之中。只有这清纯的心灵的芳香，才真正是大球根精髓中孕育出来的水仙的生命。

大雪纷飞的日子，媒人小蜜蜂不会再来了。古代，孟蜀有一位杰出的术士，他的画受到好评。一次，领主召他来，叫他在御殿前庭的东墙上画一幅野鹊图。这时，忽然不知从何处飞来许多小鸟，在附近嘁嘁喳喳地乱叫。领主十分惊奇，又召来当时闻名的花鸟画家黄筌[1]，叫他在西墙也画上一幅野鹊图。然而，什么奇迹也未出现。领主问黄筌为什么，黄筌回答道：

"对不起，我的画是艺术，而他是凭借魔法……"

他毫不为这种骗术所动。只有真正的艺术家才能保有沉静的自信和不灭的光辉。如今，我从水仙纯净的花瓣上看到了不欢迎骚音的那种高尚的超越和洁癖。

此外，水仙的子房不结一粒籽儿，一如女尼从不怀妊……

[1] 黄筌(903—968/约903—965)：字要叔，成都人。历仕前蜀、后蜀，供职宫廷画院。取诸家之长，皆曲尽其妙。尤擅工笔花鸟。

秋的小精灵

秋分前后，走在大都市的柏油马路上，时时注意着眼前杂沓的人流。当你稍微冒险地将视线移开，转向那高耸的断崖般的灰色建筑所夹持的天空，你会看到直到五六天前未曾留意过的湛蓝的一隅。

“哦，秋天到啦。”人人都会在心里泛起各种联想。

蓝得那么深，那么明澈。除了古陶，哪里还能见到如此的光亮和润泽呢？只有经历燃烧的灼热的窑，才会表现如此独特的高雅和无穷的魅力。

每当见到初秋的天空，我的心就飞到故乡的山野，想象着那树枝上累累的果实和草丛里成熟的籽粒。这是一个欢天喜地的世界！硕大如人头、香喷喷的朱栾。鲜红如火、甘甜欲滴的柿子。清初天才画家恽南田[1]这样形容葡萄和石榴：“一个酸中有甜；一个甜中带酸。”红玉一般浑圆的苹果。孕育胎儿似的、肥臀的梨子……

[1] 恽南田（1633—1690）：即恽寿平（名格，字寿平，号南田，以字行）。武进（今江苏常州武进区）人。常州画派代表，与王时敏、王鉴、王翚、王原祁、吴历合称清六家，诗书画俱工，人称南田三绝。有《瓯香馆集》。

在这些十分风光的伙伴里，唯有一个渺小而寒酸的小不点儿跻身其间。它在我的“想象”里时常闪现着青灰色的脸蛋儿。在那芳香、甘美、色彩绚丽、婀娜多姿的记忆的王国，却有这样一个小冤家挤进来，旁若无人。我只能默默守望着，拿它毫无办法。

也许有人问，这个盘踞我记忆之中的、寸步不离的小东西究竟是什么呢？老实说，我要回答这个问题，总感到有些胆怯和羞愧。为什么呢？这个小东西太悭吝，太鬼气……

小不点不是别的，它是团栗[1]。

出生于寂寥的田舍小村，孩子时代买不起一件玩具的我，每天只是和习见的自然风物一起玩乐。鸟、虫、鱼、贝壳、树果、草叶，在这些东西里，我总能寻出玩耍的伙伴来。尤其是团栗，有了它，我们玩得更起劲，更快活。它天生与人为善。

秋深了。我们走进村头的栎树林，路旁掉下了无数挣脱球苞的团栗，有时还会恶作剧一般砸在我们的脑袋上。我们拾起来，当做玩具，做起了各种游戏。它没有什么本事，只有朴实。它听任孩子们的摆布，又是飞啊，又是跳啊。

对于这种愚直的小东西，我们不太看重它所带来的热闹，经常又陶醉于其他的游戏之中。

这时，我的父亲看着那堆被丢弃的可怜的团栗，规劝说：

“不管哪一颗团栗，生下来不只是为了做你们的玩具，它们是栎树的种子啊！你们玩够了，不应该弃置一边，要让它在土里好好睡觉……”

我们记住这句话，玩累了就把这位愚直的朋友迅速埋进地里。但有好多时候还是随手丢掉。

在我记忆的底层，每当想起这位小精灵青灰色的脸蛋儿，就多多少少感到既懊悔又安然。

[1] 团栗：在日文中并非指一般的栗子，而是栎树（即橡树）的果实，俗称橡子。

婆罗门和竹子

古时候，有一位婆罗门。他听说佛陀的身高有的达到一丈六，他对此甚感怀疑。

“太高啦，其中肯定有诈，一定要识破。”

婆罗门巴望有一天能碰到佛陀，他每天手里拿着长一丈六的竹竿，在外头到处转悠。

有一天，他在名为杖林山谷的小路上，有幸见到一位佛陀的身影。那佛陀似乎喜欢周围的安静，正打坐在柔软的草地上沉思，身子一动不动。

“真是天赐良机，过了这个村就没有这个店啦。”

他蹑手蹑脚从身后挨过去，尽量不让对方发觉，用手中的竹竿量了量佛陀的身长。说也奇怪，这竹竿还不到佛陀一半高。

“真见鬼，这是怎么回事？”

婆罗门又在那里拾到一根相同尺寸的竹竿，接在原来的竹竿上，再次量了量佛陀的身高。谁知，接过后的竹竿仍然只到佛陀的腰间。

不管婆罗门将竹竿接续多少次，佛陀的身长总是竹竿的两倍。他心中暗暗吃惊。

婆罗门扔掉久久拿惯的竹竿，悄悄走下山坡，身影消失于绿树荫里。

佛陀可怜这些被丢弃的竹竿，他让砍下来的接口上长出根来，这根又不知不觉钻入地下。过了些时日，竹子扩展着青青枝叶，在明朗的阳光里跳跃。

几年的岁月过去了。一天，婆罗门又走过这个杖林山谷的小路，看到山冈上一望无垠的竹林，大吃一惊。他不由想起几年前自己在这里企图测量佛陀的身长，终于没有成功。

“那时候竹子并不多呀，今天是怎么回事？……”

婆罗门心中犯起了嘀咕，他到底不知道这些竹子是如何生长起来的。

野鼠和无花果

一

我坐在浑圆的庭石上，呆呆地望着四周。

十月末午后三时，和暖的阳光洒满庭院，杂木林，半枯的秋草，长着苔藓的庭石，吊在树枝上的蓑虫，全都像老人一样，弓着脊背晒太阳，一动不动。

我发现院子角落一棵无花果根部的泥土鼓起来了，下面似乎有什么蠢蠢欲动。那里是覆盖着好几层大叶子的阴暗之处，起初看不清是什么，仔细一看原来是野鼠。

野鼠。——一想到这里，周围的气氛一下子全变了。水一般清澄的“静寂”中，产生了一脉动势。

野鼠出穴，稍稍抬头环视一下。我目不转睛地盯着它。这个狡猾的小家伙，看到自己身边确实没有敌情，这才放心地飞身跳到无花果的树干上，迅疾地向上爬了三四尺。

在树枝斜逸而出的地方，野鼠停住了，将鼻子贴着灰白的树干来回嗅了嗅，好容易选中了主干，然后拼命向上爬。

在这一刹那，我发现树的顶端有一颗无花果。不知是孩子们遗漏下来的，还是太难摘了，仿佛故意保存在那儿，等着野鼠趁机来盗。看那熟练的动作，肯定是在这之前早已熟悉这一行。

树梢纤细而弯曲，要爬到那儿实在不容易。野鼠的后肢不止一次滑落下来，吊在半空里，十分危机。但每一次它都以前肢为支点，弓着背，用尾巴平衡全身动作，终于又重新站立起来了。野鼠的身子像个小妖精，既灵活又柔软。

野鼠终于爬到树顶端，用小鼻子嗅嗅无花果的甘美香味，急不可待地伸出前爪，抱住了熟透的果实，接着稍微站直了身子，大口大口咬嚼起来。

二

由此我又想起从前见过的关于木鼠的两幅画，似乎都是元画。

一幅画着一只拖着长尾巴的毛茸茸的木鼠，坐在岩石上，头顶上方垂挂着高高的松树枝。画面题赞曰：

松下有栗鼠，松高鼠无倚。岁暮天宇寒，门空易窥伺。

木鼠的心思牵挂着头顶的松萝，但它又毫无办法。此画画的就是这个意思。

另一幅画的是一只木鼠窥伺一颗石榴，三只小动物前后鱼贯而行，下垂的树枝挑着一颗石榴摇摇晃晃。木鼠轻捷的动作，通过灵活而柔软的脊背和尾巴生动地表现出来了。

岩石上的木鼠空空仰望着；树上的木鼠想得而未得；而我眼前的这只野鼠如今却是大获全胜，满嘴嚼得咯吱咯吱响。

我的心也随之畅快起来，但转念又想，那要是一颗石榴会怎样呢？

五月的阳光和阴影

一

雨住了。五月的天空晴得要笑出声来。

鲜丽的蓝天，淡淡的，十分温润，令人想起宝玉般的名物、砧形的青瓷的肌体。这种温润使我心动。我真想静悄悄跑到郊外，光着脚，用足心感触那柔嫩的青草。然而因为卧病，这两年足不出户，所以很难回应如此的诱惑。我只好展开空想的羽翼，在短暂的时间里，浮想联翩，用心灵尽情感知那晚春的光景。

我首先蹲踞于大河岸边，静静看着钓丝随水流漂荡。我想钓的不是鲫鱼，不是鲤鱼，也不是鲶鱼。倘若不经意钓到了，无论鲫鱼、鲤鱼、鲶鱼，或如阿伊努人[1]一般毛扎扎的河蟹，或是水中的懒汉鱼、土附鱼，这些都没有关系。然而，但愿钓得不要太多。

[1] 阿伊努人：居住在库页岛和北海道的原住民。

古时候，傅大士[1]最爱捕鱼，他手里拿着网在河岸上来来去去。一天，他捕到很多鱼之后，将鱼篓整个浸入水中，说道："好吧，想走的走，想留的留，随你的便吧。"

回到水里的小鱼，兴奋地鼓着鳃，划着鳍，纷纷从鱼篓里向外逃。

后来，梁武帝召他于御前讲解《金刚经》，他登上高座，一句话不说，突然用拳头捶了一下书案。这一举动，使得坐在下座的武帝大吃一惊。他由此察知了一种禅机，如同当年发现鱼儿鳞光一闪。当年那些和他一同捕鱼的年轻伙伴们，看到他将鱼儿放走，都异口同声地嘲笑他："好不容易抓到的鱼儿又都放掉，真是个傻瓜。"

我不想学傅大士，将鱼篓打开盖子没入水中。然而，鱼捕得太多，就会着迷，令人讨嫌。再说，一门心思在鱼身上，竿子甩上甩下，不堪其烦。我钓鱼，于大水流中垂下一根细丝，以此探知深水里的动静和情境，用心体味那微妙的触感。说实话，哪怕钓不到一条鱼，心中也觉得快活。

钓丝是一种奇怪的东西。这根细丝传递着来自死寂一般深渊中的小小欲望和呼吸。它的敏感给你带来冷水中神奇的诱惑和深沉的秘密。它使我们无意之中忘掉了垂钓的根本目的。

二

画家钏云泉[2]也喜欢钓鱼，一天绘事终了，其后的一个月都用来钓鱼。他常常外出旅行，每当这时候，他首先不忘的是，把画具和钓具，分装在两只书箱里。

[1] 傅大士(497—569)：名翕，字玄风，号善慧，世称傅大士。东阳(今浙江义乌)人。与达摩、宝志共称梁代三大士。寺院经藏中置其像，俗称笑佛。

[2] 钏云泉(1759—1811)：名就，字仲孚，号云泉，通称文平。江户时代后期南画家，长于山水画。性孤峻，有洁癖。

有一次，他在越路旅行，曾在一位富豪家逗留。云泉看到村庄附近有一条大河流过，连忙从书箱里取出钓具，每天到河边钓鱼。房东看到客人乐此不疲，心中甚是不悦。

“先生，我请您住下是想要您画画的，而您却从来不摸画笔，只管一味垂钓……”

听到房东说出内心的不平，云泉赶紧将钓具装进书箱，退了房子，急匆匆上路了。

云泉在某人家逗留时，晚上提着沉甸甸的鱼篓回来，将当日钓得的鱼，亲手做成菜肴。

“先生，用不着亲自动手，您只要吩咐一声是烧是煮就行啦。”厨师实在看不下去，于是开口了。云泉默默摇摇头，有着洁癖的他，别人做菜，他认为不干净，是从来不进口的。

也不是都像云泉这样，认为别人做的东西不清洁。大凡钓师们都以为自己钓的鱼，还是由自己亲自动手才觉安然。然而像我，只是靠想象取乐，没有机会整治那些活蹦乱跳的鱼儿，以至于两手沾满鱼腥。

三

不知是什么东西，将深蓝色的影子映在河面上，突然腾起一股水雾，眼见着贴着水面，将身子藏在附近土堤下的柳树荫里了。没错，是翡翠鸟抓到一条鱼。

古人歌曰：

> 翠羽立高枝，危巢对落晖。碧潭千万丈，直下取鱼归。

翡翠的窝，是地道的“危巢”。这种羞怯的鸟儿，总是选择临水的断崖，在隐蔽的深穴里筑巢。你要是断崖上见到小孔，可先用鼻尖嗅嗅那里的土块。要是土块带着鱼腥味儿，那肯定是翡翠鸟的巢。

翡翠一有空就站在洞口或树枝上，静静瞅着水面。只要小鱼在水面上打个旋儿，决逃不脱它那双敏锐的眼睛。

早就听说澳洲有一种名叫笑翡翠的神奇鸟儿，这种鸟见到人不但不害怕，反而大大咧咧走近来，围着你转一圈儿，似乎要调查一下你的身份。最后仿佛将你看做小无赖，哈哈大笑起来。人们听到它的笑声，没有不魂销魄散的。

听博士石川千代松[1]说，早年他曾经从悉尼动物园带来一只笑翡翠，放在上野动物园里饲养。然而奇怪的是，来到日本以后，这种爱笑的鸟儿总是板着面孔，很少发笑。不过，要是它看到像我这般可笑的钓师——即便饵食被鱼儿叼走还是毫无觉察，只是一味把光杆儿钓竿垂在水里，说不定这种鸟儿又会开口大笑起来的。

[1] 石川千代松（1860—1935）：动物学家。著有《动物进化论》、《进化新论》等。

奈良

来到奈良。

一踏上大和[1]的土地，就像徜徉于“梦之国”中，其心情正如有人所说：“在这里住过，说不出什么时候，也说不出因何事由。”对于生死轮回甚感兴趣的我，总觉得自己曾经穿着天平时代[2]深紫的裙裳，漫步于春日野上，抑或裹着蓝花染的细布衫儿，同年轻姑娘一道，参加男女歌会，尽情唱着艳歌：“少女伴着郎走来……”朴素、清寂的古都的色调，在我住居的京都也能看到，然而废墟的空气，只有在大和才可嗅得。犹如读画需要一定的距离，接触大和的空气，我们这个时代当是最佳时点。一接触这里的空气，我就能于渺远的古代找回早已失却的心灵的记忆。我仿佛见过行基菩萨[3]、柿本人麻吕[4]，还有光明皇后[5]。我仿佛依稀记得他们的面容。

钟声响了。

是东大寺的钟声吧？咚的一声，宛若幽梦。我又忽然想起，那是哪个时代，也是这一天，我不是也听到过这样的钟声吗？那个时候，大和正值盛世，充满了活力。那尊大佛[6]尚在青春年少，巨大的手掌，捧持着无量众生之魂。其后，随着时代的推移，据说大佛的头颅几度跌落地表，佛殿也化为灰烬。如今，我站在这里一看，大和已经变成废墟，大佛也上了岁数，什么“济度众生”之类恼人的

［1］ 大和：奈良县即古大和国，古代日本国家起源于此。

［2］ 天平时代：狭义上指奈良文化全盛时期的圣武天皇天平（729—748）年间，广义上指整个奈良时代（710—794）。这一时期日本文化受盛唐文化影响，中国化和佛教都得到高度发展。《古事记》、《日本书纪》、《怀风藻》、《万叶集》等均编纂于此时。

［3］ 行基菩萨（668—749）：奈良时代僧人。师事道昭。尝巡行畿内诸国，教化民众，为公共事业尽力。受大僧正位。

［4］ 柿本人麻吕（约662—约720）：飞鸟时代歌人，三十六歌仙之一，《万叶集》重要作者。作品以长歌为主，风格沉郁庄重，格调高雅，与山部赤人并称歌圣。

［5］ 光明皇后（701—760）：圣武天皇的皇后，聪慧仁爱，笃信佛教，创设悲田院、施药院，救助民众。其手抄《乐毅论》为日本书道精华。

［6］ 那尊大佛：指东大寺驰名世界的毗卢舍那佛像，高约十五米。

事儿早已遗忘了吧？路边抬头可见的熟悉的风物，已经改换了面貌，失去了实际的作用。所有的一切都漂浮于“美”的梦境之中。不仅那嫩草萋萋的春日野，还有那闪耀着少女般眼波的小鹿，就连斑鸠町的壁画[1]，药师寺[2]的三重塔，还有那些一度执法剑、立法幢、震法雷、普度众生的神佛们，也都于墓冢般的静默之中沉眠不醒。大佛的胸中，已经失去了往昔法化的威力，结成了美丽的诗歌之梦。说到诗歌之梦，又有什么奇怪？否则，那描画脸孔轮廓的曲线，那从胸际耷拉到膝头的衣褶，便不会使我们如此心驰神往。

从前大和处于盛世之时，奈良是佛法和王道的一大戒坛。然而，今日老衰，却变成了美丽的艺术游苑。不久再到一个什么时代，如果我还能再来这里，那时也许佛像被虫蚀，堂塔遭雨侵，我们祖先震惊内外的努力，没有留下一点痕迹。这也是无可奈何的事。我现在踏着奈良的土地，在这一瞬间，只要能让我的酒杯常满，也就够了。

[1] 斑鸠町的壁画：指斑鸠町法隆寺的壁画。

[2] 药师寺：位于奈良市西之京町，与兴福寺并为法相宗大本山，始建于天武天皇九年(680)。

落梅

淅淅沥沥，如不绝的啜泣，梅雨季节的雨下个不停。——不觉之间，云开雾去，这时候的天空，正像喜怒无常的少女的心。

夜间十一点钟左右，京都商业街上早早下了大门，这一带众多的商家已经打烊，平日里聚集着众多青年，笑语声喧的牛奶店，也早熄灭了华丽的窗灯；平时一直营业到半夜的木桶屋，这时也听不到一声槌音了。多么寂静！竟然也有如此悄无声息的夜晚！过去的生活里从未觉察过，现在想想，实在有点可惜。

忽然吧嗒一声。熟梅落地了。我微微听到叶子　瞬间的叹息。我觉得这个声音每大郁结在我的心头。我又听到了那些沉沦于“忘却”暗角里的种种声音。这些不断沉埋于黑暗之中的东西时时令我产生联想。有的悄然活在我的心里，成为新生活的动力；有的永久沉沦于“忘却”的深渊，对我们的生命之河不留任何影响。梅子也是一样，有的落在地上再次发芽，营造新的生活；有的则同树叶和尘埃交混，腐烂，默默销蚀着生命。

打个比方，就像路上的行人。有的偶尔交谈一句，便追怀不已，进而相熟，甚至成为恋人。有的则相见相忘，此后无复记忆。——今天梅子一声落地，也就等于忘掉一个人。

我这样想着，渐渐感到一种无言的寂寞。

秋来了

秋，又来了。

看天空，一派澄澈的桔梗色的美丽。阵雨霎然而止后，初夏青瓷色的天空固然鲜丽，空阔无垠的深湛和透明，则只有这时候才能仰望得到。我穿过市街密密麻麻的房屋空隙，看到了紫色的天空。

“哦，秋天。”

我不由停住脚步。这是何等的清澄！只有优秀的哲人，清净的内心差可比拟。除此之外，这世上再也读不出同样的意味了。桔梗色的澄澈很好，有时一两片白云静静掠过也不坏。哲人一生静观其心，有时也难免有追怀的云影起落。云彩不久散去，消失得不见踪影，剩下的只有这桔梗色深湛的清澄。偶尔不是云，而是箭一般的鸟影穿过空中。陶工酒井田柿右卫门[1]的眼睛立即捕捉住此景，将小鸟可爱的姿影描绘在大瓷盘的圆窗上。

[1] 酒井田柿右卫门：江户前期以来的伊万里陶工，至今相传十四代。初代生卒年不详。学习中国人烧制瓷器，创造“乳白手”技法，其后中断，至十二、十三代得以恢复。

品味一下山的寂静，这个时候也最好，易感的树叶零零落落。空明的树木之间漏泄的午后的阳光多么柔和。树荫间涌动的清凉的山气，轻轻地、一丝不乱地推拥着你的脊背。走在落叶小径上，鼻尖时时可以嗅到鲜洁的山野的芳馨。这时走进古寺，在薄暗的方丈里同老和尚相向而坐，和尚虽然默默不语，却可以感觉到他的肌肤的气息。在这种场合，用不着说一句话，反而更能品味出深意。

田园里果实累累，坠弯了枝头。忧郁的梨、葡萄，女乳般玉浆流溢的无花果、橘子，红玉般的柿子。——中国花鸟画名手徐熙[1]之孙，第一个将没骨法用于花卉上的徐崇嗣[2]，善于描画丰硕的果实离枝坠落地表的情景，力求使其情趣仿佛。我则喜欢倾听果实坠地的声响。站在无人的林间小径上，听着笑口大开的栗子三三两两掉在枯叶之上，那是秋天里才有的快乐。

太阳落了，清白的月亮露出了脸。这位天上的巡礼者，为了求得安乐之宫，由东向西缓缓行进，听不到足音，静静地立于森林的上空。于是，世上万物都来到这位修行完了的女尼面前，夜露瀼瀼似清泪，将昼间所见的一切，在心中反复品味，咀嚼，各自默默地陷入冥想的世界。

[1] 徐熙（生卒年不详）：江宁（今江苏南京）人，一说钟陵（今江西进贤）人。出身江南名族，一生未官。南唐著名画家，长于花鸟。其孙崇矩、崇嗣、崇勋亦皆善画。

[2] 徐崇嗣（生卒年不详）：徐熙之孙，北宋画家，工花鸟、仕女。

菱角

一

漫无目的地信步走着，不知不觉来到灌木丛生的池畔。池子里到处漂浮着细细的水草，午后迷离的阳光洒满水面。

沿着杂草小径一走到池边，突然想吃菱角了。

也不知是何种缘故。

中国湖州菱湖镇的菱角，据说口味甚佳，乘民船到那里旅行，叩舷即可购买一些来。我还没有尝过这种美味的菱角。少年时代，我时常吃的是自己乘小船到村边池塘采来的普通菱角，虽说味道不算好，但那长着一对角儿的傻乎乎的样子，着实可爱。用牙一咬，有一种难言的清香沁入齿间。

秋天来了，我之所以时时念起菱角，完全由于这种清香的缘故。

我从各处向池子上巡视了一遍，没有看到我所熟悉的菱叶。

忽然有小鱼小虾跃出水面，白亮亮的，随即听到水泡的微微响声。

一刹那，我仿佛感到牙齿咬碎了菱角的硬壳。

二

菱的根沉入池底深深扎在淤泥里，而蔓子却长长地伸出水面。叶柄上膨胀起来的三角形叶子，随着水面生出的波纹不住抖动，一刻也不停歇。叶与叶之间绽放着白色的小花，一派清寂，似乎不是属于盛夏的。这种质朴的花儿特地从水底爬上来，那种心满意足、谨小慎微的样子，也许是对好大喜功、奢侈浪费的夏日的太阳报以轻蔑的苦笑吧。

然而，这种小巧、谦虚的花儿，竟然能结出兜虫一般、魔鬼一般、长着硬角儿的青黑色的菱角来。

螃蟹

雨后的庭院里爬出来一只螃蟹，如醉汉一般，蟹壳和蟹螯通红一色，稍稍昂扬着身子，高高支撑着腿，口里不住吐着白沫。我微微一转眼，蟹就不见了。

蟹不仅是我们的朋友，也是共居的伙伴。秋雨潇潇的日子，这种腿上长毛的小家伙，一只只沿着墙壁爬着，一股脑儿朝我家里闯。面对这些张牙舞爪、行动带着几分威胁性的入侵者，我们全家仅以微笑迎接。看到这些自然界的小动物，我感受生命的活力，不能不以一种爱心对待它们。这或许是东方人特有的感情吧？

前年，本山村的甲麓庄落成时，本山松荫翁和主人高木先生结伴，一边在泉石间逍遥，一边交谈。我听到松荫翁一个劲儿称赞河蟹味道之美：

"我劝你利用这些水和石饲养河蟹。"

画家吴小仙[1]有一次喝醉了酒，顺手摘下水边蜂巢一般干枯的莲蓬，放在墨汁里蘸一蘸，就吧嗒吧嗒印在纸上了。看的人正在惊奇之间，画家又添加几笔，就变成了一幅生动的《捕蟹图》。

[1] 吴小仙（1459—1508）：即吴伟（字士英、次翁，号鲁夫、小仙）。江夏（今湖北武汉）人。善画人物、山水。

小鸟

过了春分时节。

我信步走着，来到一个小草丘上。小丘周围的灌木林刚刚露出新芽。中央有一块圆形空地，长着一棵高大的老樱树。

看到这棵樱树，就像见到老朋友，我连忙穿过灌木林，迅速走了过去。我用手一个劲儿抚摩那光滑的树干，然后悄悄背靠在树上。

枝条全都蒙上了嫩绿的叶子，缀满了指甲花般鲜红的蓓蕾，默然沉浸于初春热烈的气氛之中。树木从冬眠中苏醒过来，恢复了元气，在体内不断积攒着生命的活力。

曾听一位植物学家说，原野上一棵白桦，每天向空中散放八百多吨水分，若用普通的大水桶运送，来回就得三十二趟。如果将水从地面送到树梢，上下一次需十分钟，那么一共得花费五个多小时。

桦树是这样，樱树也不例外。尤其是春天一到，所有的树枝长出了数不清的绿叶，开放着水灵灵的花朵，一天天，树木内部一刻不停地先将众多的水分，由根部吸收进来，再运用巨大的力量，将水喷射一般送到树顶。

我的背后感受到一种急剧的跃动，不由在心中呼唤了一声："春天啊！"抬眼一看，头顶上垂挂着樱树的枝条。

一瞬间，一个黑魆魆的东西，如小石子一般从空中落到树枝上。我发现那是一只小鸟，浑身生满镶着黑边的灰色的羽毛。眼前忽然迎来一只不知名字的小小玩友，我心中甚感高兴。

古代中国有一位名叫焦澹园[1]的儒者，他由众多的学者里脱颖而出，被选拔为东宫侍讲。有一次，他正在上课，宫中的树木上飞来一只小鸟，清脆地鸣叫着。东宫发现了小鸟，一心一意注视着小鸟在枝头上轻快地跳跃。东宫突然听不到侍讲响亮的声音，吃了一惊，这才觉察到全是因为自己。他很是难为情，马上恢复了原来的姿势。侍讲这才放心地继续讲下去。

在儒者焦澹园看来，听讲圣贤之道，即使是东宫，也不该走神儿去看什么小鸟，这自然是不合礼仪的事。但是说实在的，东宫发现了美好的事物，侍讲无论如何都该表扬一下。一边听枯燥的圣贤之道，一边听小鸟美丽的叫声，同时眼睛也被那扑棱扑棱的动作所吸引。即便是循规蹈矩的生活中，人们也不会失去同自然界相嬉相悦的心情，这就是一个很好的例证。这位侍讲无论贤愚，他既然发现东宫被小鸟所吸引，那么，他就应该想到，这位年轻的贵公子，比起圣贤之道来，更着意于那些自由和明朗的事物。

有闲情去考虑别人的事，不如先同自己发现的这只小鸟玩上一阵子。——小鸟试着在树枝之间轻快地翻跟头，这当儿，我发现鸟身上一个奇怪的现象。

小鸟勒着一个红兜肚，尾尖上那根红色的羽毛，引起了我的联想："多像渔夫的小儿子，戴着一个红围兜儿。"

我不由放声笑了。小鸟毫无顾忌地继续翻着跟头。

看着看着，我的心不知不觉也翻起跟头来了。

[1] 焦澹园(1540—1620)：即焦竑(字弱侯，号漪园、澹园)。江宁(今江苏南京)人。万历十七年(1589)状元。晚明著名学者、思想家、藏书家。有《澹园集》、《国史经籍志》、《焦氏笔乘》、《焦氏类林》等。

雪舟观

接梁川纲岛先生最后手书，是芙蓉花刚刚开放的七月初。

《早稻田文学》四月号《自然与艺术》一文，今日拜读。欣知文中对于雪舟及运湛二庆[1]之批评。小生乃雪舟一崇仰者，何时能同大兄共同就此大艺术家尽情畅叙矣。《塔影帖》者，小生亦欲学大兄搜集来一见为快。一笑。贵体若何？望多加珍摄。小生之病亦不必挂心。……

对我雪舟钦仰之念，何可比譬？其技艺不论在哪方面，无不值得惊叹和渴仰。其笔力犹如从大自然之深处踊跃而出。梁氏对此极为心醉，几进崇拜之域也。

[1] 运湛二庆：镰仓时代父子佛像雕刻师。运庆（？—1223）风格写实而强劲，独领风骚，代表作有兴福寺北圆堂诸佛和东大寺仁王像等。其长子湛庆（1173—1256），通称尾张法印，代表作为京都三十三间堂千手观音像等。

去岁春，于病榻之上访纲岛氏，谈罢圣方济各，接着首先进入话题的就是这位画圣的笔力。我说雪舟自可成为永恒，梁氏首肯。然无暇畅谈行旅之事，随后分别。得此手书，静待纲岛氏再会，以聆听他对于雪舟精透的批评和深切的同情。孰料此愿望亦成终生之恨。对雪舟赞叹之念，因此种追怀而产生的一抹温情，将永远不会消泯。

（明治四十年九月）

物之味

一

“大凡艺事，不通食物之味的人，真不知如何呼吸。对于庖丁之功夫，毫无感觉者，永不能把事情办好。”

四条派[1]的始祖松村吴春[2]逢人就这样说。

上田秋成[3]在《胆大小心录》一书中，说吴春“饭食品类繁多，且善于品评其味”。可见他是一个味觉敏锐、深通烹调之道的人。

吴春青年时代尽管生活很不如意，但仍和五六个俳人伙伴经常在一起举行所谓“一菜会”，每月两次。在宴席之上，除了研讨俳谐、绘画之外，仍不忘品味各种菜肴，积累食事方面的知识。

[1] 四条派：日本画派之一，以江户时代居于京都四条的松村月溪（吴春）为始祖，为幕末明治时期京都画坛盟主。

[2] 松村吴春（1752—1811）：即松村月溪（号允白，汉名吴春）。江户时代中期画家、俳人。师事与谢芜村、圆山应举，融会二者画风，创作富于诗情的花鸟、风景画。

[3] 上田秋成（1734—1809）：江户时代中期小说家、歌人。主要作品有《诸道听耳世间猿》、《世间妾形气》、《雨月物语》、《春雨物语》、《胆大小心录》。《雨月物语》被誉为日本怪异小说的顶峰之作。

二

吴春困窘时，曾为岛原的游女向相好的嫖客代写艳书。他有无数次如此痛苦的经历，一旦画坛成名，就再也无法忍受贫困生活了。

跨出芜村师门后，吴春的画一直卖不出去。他诅咒命运不给自己一点前途，从而自暴自弃。他想，既然无法生存下去，那就只好死掉。

喜爱品物之味的吴春死前只有一个希望，一定要美美吃上一顿。

哪怕就一次也行，他想尽情享受一下，但一直未能一了心愿。

世上有一道独一无二的美味，然而，吃了这种美味之后就必须死。由于他对死的恐怖，所以始终下不了决心。

如果吃了之后不久就死，那么对于将死的他来说，最合适的食物只有一种。

这种食物不是别的，就是河豚。

吴春决定要死的当天晚上，卖掉值钱的东西，买来美酒和河豚。

“河豚啊，如今我要品尝你，不久又要品尝死。我于此同你们二位相会，对于我来说倒也不坏。”

吴春望着玲珑剔透的鱼肉，心中作如是想。他随后一边痛饮，一边大嚼起来。

河豚好吃。对于遍尝物之味的吴春来说，吃到如此的美味还是头一遭儿。吴春在最后时刻能吃到这样至高无上的佳肴，或者说能享受如此的快乐，哪怕马上就死，他也打心眼里感到荣幸。

不久，他浑身倦怠，眼前一片朦胧，他开始麻痹了。

“河豚啊，你是美味——你是无与伦比的佳肴——死也同样这般味道吧……”

吴春慵懒的心里做着梦……

柔和的黑暗和香甜的睡眠悄悄到来，其后他什么也不知道了。

三

翌日早晨，太阳高升。吴春渐渐从酒醉和鱼毒的麻痹中醒来。

他用亡者般恐怖的眼睛巡视周围，脸上一派茫然。他看着室内杂乱的情景，过了很长时间，才回想起昨晚的一切。

他抱着仍然有些胀痛的头，沉思了一阵子，然后抬起沉重的头颅，叫道：

“死了的人又复活啦。好，我要做事，从今干什么都不发懵了。”

他又找回自己几年前已经失去的声音。

忽然，他想起将自己杀死又将自己救活的河豚，这道美味使他永远难忘。

鱼之旅

好像鱼儿离开了水。——这话是形容无依无靠、束手无策的窘况的。然而，有的鱼即使离开了水，也能存活好长时间。南美热带有一种鱼，能够预知池塘变化——池水被灼热的阳光蒸发而干枯，于是及早走上漂泊之旅，去寻找更加广阔而寒凉的水源。数百条鱼穿过森林湿地，夜以继日地不停爬动着。

我有一次深夜走在山道上，草鞋踩上了像绳子般的东西，用手中的灯笼一照，原来是一条浑身沾满沙土的鳗鱼。

“啊，吓一跳，足下滑腻腻的，还以为长虫呢。”我对后面的伙伴说，“没想到，鳗鱼会爬到这种地方来。”

“秋天啦！又是‘落鳗’季节啦。”

伙伴看看地面上的鳗鱼，又抬头望望黑暗的夜空。天上的星星眨着眼睛，银河宛如白色的带子。

“秋天啦！”

伙伴又重复一句，他告诉我，每年一到秋天，鳗鱼为了产卵，就从山顶的湖泊、高原的池沼以及小溪里次第向下爬行，千辛万苦，下河入海，走过千里迢迢的旅程，直达菲律宾一带地方。它们的生活细节至今不为人们知晓。

“看样子，这条鳗鱼是从附近水池里爬出来，刚刚踏上漫长的旅程啊。”

“哦，是吗？鳗鱼啊，你也是长途旅行的一员吗？我不知道，草鞋踩着了你，实在对不起。”

我想察看一下沾满沙土的鱼身有没有受伤，打着灯笼遍地寻找，鳗鱼早已从地面上消失了。

路边杂草丛生，茂密的草叶上浸满夜露，水珠不住流淌下来。鳗鱼一心要走上远海的漫长旅途，趁我不注意，就钻入草丛中，滑落下去了。

“啊，太好啦！”

我自言自语。我想，只要有着一种顽强的生命力，哪怕受一点伤，也会很快痊愈，自己的理想之旅也一定能够实现。

于是，我们又急急赶路。

松菇

一

夕阳照射着厨房的地面，地板上滚落着五六枚光裸着的松菇。我拾起一个瞧着，这种菌类特有的浓香，深深浸染着掌心。

没有比一种香气更能惹人产生联想的了。一闻到松菇的香气，我立即想起十月的高空下，绵延起伏的长满绿色松林的山丘。出汗的马毛皮会有一种气味，女人的肌肤有粉脂的香味。同样，秋天的松山也有着松山的体臭。日光，云雾，往来光顾，滴滴松脂不断浸润的山岭斜坡上，从层层堆积的落叶之中探出圆圆头颅的松菌，将松山红色肌肤的体臭，一代代充分遗传了下来。只有这松菇堪称秋的真正的小天使。

二

很少有像我们母国这样为松树所惠顾的土地。高山低丘，高原平地，田畔沙滨，到处都能看到松树的存在。宛若远古时代的蛟龙，遍体鳞甲，有的独自而立，而更多的则是手牵手、肩并肩群聚而生。和杉、枞等树木不同，群聚的松树并不长得一样高，它们虽然过着集团的生活，但不损害自己天生的个性，各自随心所欲地伸背，扬手。从整体上看，松树总是一团青绿或赭红，但走近去仔细一瞧，你会大吃一惊，每一棵树都体态各异、性状迥然。有许多树木如女人的脸庞，一到老龄，唯现丑态。但松树不同，它像男人的容貌，年年岁岁，同环境争斗，饱受磨炼，性格坚强，带着生命的创伤，傲然挺立。

松树的这种性格为人类所敬爱。松叶浸染着松脂香气，它的一呼一吸向周围的大气放散着新鲜的气息，使得人们的身心为之一振。过去，我每当情绪忧郁的时候，总是走进松林，一经饱吮充满松脂芳香的空气，忧郁便消失得无影无踪，心中立即恢复了活力和生气。

古代，足利尊氏[1]无比喜爱洛西[2]等持院境内的一棵松树。这棵松树叫杜鹃松，是杜鹃筑过巢的名木。其实，谁都知道，这种鸟从来不筑巢，它总是偷偷在黄莺窝里产卵，让黄莺为它育雏，所以这里说的也许是黄莺。但传说归传说，总之，足利尊氏爱赏之余，又趁着迁徙镰仓的当儿，也不忘将这棵松树特地带上了。谁知，这棵树在镰仓时毫无生机，一旦随主人上洛[3]，再返等持院，立即根深叶茂起来。

我站在松林里，感到久病的忧郁渐次减轻，正如这棵杜鹃松回归寺院，恢复了生气一般。也许因为在这里感受了一种乡土气息吧。总之，我感到松脂的芳香已经深深渗入我们生活的内部了。

[1] 足利尊氏(1305—1358)：室町幕府初代将军。平定元弘之乱，拥立光明天皇，封征夷大将军。开辟室町幕府时代。

[2] 洛西：平安京(京都)仿中国长安、洛阳建造，分东西两部，西侧右京仿长安，东侧左京仿洛阳。右京地区多沼泽，实际开发的只有左京，故京都也被称为洛阳。市内各区至今仍保留洛中、洛东、洛西、洛南、洛北等称呼。

[3] 上洛：洛即京都(洛阳)，上洛意为赴京都。

三

松菇的熏熏芳香，促我如此联想。然而，我如今抱病一身，过着起居不自由的生活。在松林中感受的大气的鲜烈和芬芳，不管如何诱惑着我，使我感到轻轻的悸动，如今的我都已经无能为力了。

有人看过近江石山寺[1]保存的古文书，据他所说，京都一位公卿，想听一次杜鹃的鸣叫而不可得，随即求助于观世音，希望这种鸟飞来都城上空鸣叫。这种愿望记载在书上。我想，如果我向观世音祈祷，能听到杜鹃的叫声，即使有病也不会不到松林里走一走的吧。万一我做不到这一点，还有满心的幻梦和联想呢。我多么想乘着自由的羽翼，飞回我那弥散着松脂芳香的故土啊！

[1]　近江石山寺：位于滋贺县（古近江国）大津市，又名花之寺，由良弁创建（749年）。寺内藏有众多珍贵的汉文书籍、佛像、画卷。据说紫式部在此创作了《源氏物语》。

石竹

这时节开的花里有石竹。这花静静开在阳光常照、干涸而枯燥的沙碛中、山路上。茎秆断了，就那么断着，从下一节开始仍保持原有的气势，照样生长，纤细，娇柔，于似有若无的阳光里随风摇曳。它有着金针花一般的强韧的神经。灼热的昼间，许多花草都打蔫了，唯有这花，睁着清澄的眼睛，一眨不眨地盯着太阳。茎折断了，一点水汽都不出，透过线香一样干枯的髓，生命在呼吸。沙的梦。灼热石头的梦。不论多么贫瘠的土地，都能扎根生长。这奇怪的石竹色的“生命”之梦。

松树

我喜欢在松林里散步。

呼吸着四周松树特有的浓郁而醉人的馨香,清新的空气刺激着鼻翼,令我心情振奋。

往昔,松树曾被暴风吹倒,半个身子触及大地,仰望天空,身心憋闷,不断努力着,想重新站起来。

松树的一只臂膀痛楚地折断了,剩下的一只高指云天,对着太阳大声挑战,互相调笑。

松树承受着自身的重压,前屈着身子,眼看就要倒下来。

松树一生平安无事地伸展着枝条,完全没有料到会受到一种危难的冲击。

松树比伙伴们高出一大截,它受到闪电的袭击,原来的旧痕又添新伤。

看到这些,我走近松树,用手抚摩那干裂的肌体,心中思虑着:

“大家都有着各自的苦处,而且都在坚忍。”

只有这时候,树木才不仅是树木本身,而是作为一个奇异的灵魂,站立在我的面前。

山茶花

山茶花哭了，又笑了。白里透红，无声无息，十一月末，站立于凋枯的丛林之中。

犹如偶感风寒的少女，眼圈儿潮红，肌肤上微汗，触之，使人感到格外冷艳。

哪里飞来的浪蜂，一头扎进大发髻般的花蕊，旋即又退了出来。想必那花蕊香气太淡、太清了吧？

往日，有一棵山茶花长在阴暗的院角里，只有一侧对着太阳。今年，我把它移到向阳的院中央来了。就像习惯于躲在屋角里应客的侍女，一旦走到大庭广众之中，就老记挂着身后，好大的不自在，一个劲儿俯首拈带一样，这棵山茶从院角移到院子中央之后，也似乎记挂着背后的另一半儿，只肯开出三四朵瘦弱的花儿，一副羞答答的样子。

唉，寂寞的山茶花。

新秋

时令是九月。初秋的最初的脚步首先来自果树园。朝露瀼瀼的叶荫下,垂挂着紫水晶般的果实。这是一串串饱含汁液的大粒葡萄。女乳般鼓胀着,用手一摸备感柔软的无花果。浑圆肥硕的梨子。——一个个争先恐后呈现出色、形、味来的甜美的“秋”,不久，到下一个月，又将用金黄而温柔的手指抚摩成熟的柿子、苹果、栗子和橘子,向大地展示明朗的微笑。

夜晚,青白的月影里,在一个无形的、奇异的指挥棒的指挥下,秋虫一齐自豪地歌唱。水里,盛夏时节散游于大海中的鲻鱼,迅速回返,乘着满潮,张着嘴巴,闪着鳞光,轻快地游到河口附近来。

这时候,秋天已经不知不觉进入我们的生活,进入感觉和心里。——我们东方人对于季节的感触，永远像果实一般新鲜,像鱼儿一般敏感。

阴影

宁静的冬日,到院子里晒太阳。

柔和的阳光拥抱着我,地面是光秃的树影。小鸟的振翅,枝条的晃动,阴影的摇摆……阳光使我浑身放散着枯草般的气味。片片云彩掠过太阳。阴影无声地时来时去。我的心情也随着忽明忽暗。

小花

一叶兰是一种草，在深山的树荫里扎根，只有一片叶子，只在两三寸高的茎秆上顶着一朵小小的花。在那里，别的花草都在尽情释放色彩和香气，唯有一叶兰，天生一副谦恭的品格。看到这种草，使我想起那敝衣褴衫、焚香念佛的贫苦的女尼。

我还想到了浮艳华美的《诗词集》里，只留下一首素朴小诗的无名诗人的微光。

树叶

隔着竹墙，邻居有棵大栗树。月初，焦褐色的果实炸裂了。附近的儿童齐集树下，喧闹嬉戏。而今果实已经落光，终日只可听到风声。

真如堂[1]一带。三四只鹞鹰缓缓描着大圆圈飞舞。在这静寂的秋日，午后的风稍烈。旅馆的女儿年方十四，说要到若王子[2]去，要我远远守望着她那行进在原野上的背影。她顽皮地从窗口一闪，随即飘进一件东西。一看，是古老栗树的枯叶。上面写着三四个客人的名字，这些人看样子是来安慰她那寂寞的心灵的。接着又悄然滑进一小片叶子，颜色艳红，是另一种树叶，拾到手中，是檀木的残叶。由此树名，想起当年相知一人，将其名写于叶上，置于座右。一阵风来，此长发之人与侧旁一人相伴而舞。树叶之奇趣有若此乎？

（明治三十六年十一月）

[1] 真如堂：位于京都市中心区洛中，正式名称是真正极乐寺。

[2] 若王子：指位于京都市左京区的若王子神社。

静默的山

二月十四日，午后六时。自室町头向北，出城外。鞍马大道两旁松树之端，焦褐色的大日枝山[1]，永远慈眉善眼地耸立着。宛若一老者，额发散乱而微秃。几经几代之推移，都市之荣衰，看惯了教法之兴废。见此山犹如眺望深怀雄大魂魄的禅定之姿和“圣心”。天色已晚，日光由西山上温雪的云间漏泄下来，山肌一片澄明。灰色的云朵由西北方飘来，长垂于山襞，再从山肌滑落下来，倏忽消隐。现在的近江路越过峰峦，向阪本方向延伸。啊，青春的天空回荡着连续的乐音，不断经营自我。然而，山既不动，也不急，永远沉默不语。到了“坏劫”的时代，有朝一日万象悉归于破灭。但山仍将保持静默，安享其无。自然所产之性格，何等伟大！——太阳落山了。看吧，暗夜衣被长垂，渐渐遮盖上日枝山光秃的前额。

（明治四十年二月）

[1] 日枝山：又名比睿山，横跨京都市左京区与滋贺县大津市两地，为日本七高山之一。主峰名大岳（大日枝、大比睿）。

美景一日

阴历十一月末。去京极八幡访友,向西经过出町桥。“虬之森”[1]木叶尽脱。冬日微弱的阳光犹如女人白色的丧服,缠绕在小树枝上。落合川水流细瘦,枯叶飘散在河滩的沙子上,无风亦狂舞。有的缠络在河中蓬蒿的茎秆上,有的浸在水里,随波漂流。遥看多时,天空俄而阴云密布,时雨骤降。这良辰美景令人心醉。骤雨袭来,即使落荒而逃,也难以躲避,只好双臂抱头,伫立于桥中央。河里的落叶和流水相逐,当流到御幸桥的一半时,时雨已向云林院的彼方逃逸。黄色的阳光从云间漏泄下来,羞答答拖曳于天空。

这是一瞬间的事。

看吧,大比睿山的顶峰,飘起一道花冠般的彩虹。不管有风无风,“虬之森”每一棵树木上的雨滴,都辉映着一团金黄的颜色。

这一年里最美的一日,不就是今天吗?这鲜丽的美景偶尔于垣间得见,此种幸运总可抵消数日的烦愁吧?

（明治三十六年十一月）

[1] 虬之森:位于京都市左京区下鸭神社的树林。

静寂

我家在都市的北部，位于鞍马大道附近的栎树林中，后边是一片竹林。路远，来访者稀少。不时有风吹落叶的沙沙声，墙头上的鹟鸟的鸣声。好似山乡，离世之味甚深。静观心中三昧，得以检验功夫之不足。又于寂默之中感知一脉搏动，禁不住自我生命之踊跃。那是往来于竹林尽头鞍马大道上货车的辙音。冬季伐木，急急驶向出町的柴车，还有满载鱼干、鲑干等物，回返贵舟町一带的牛车。每每听到轧轧的车轮声，我就想起人世之经营，思其劳苦。平时独自醉心于静观内心之功夫，此时也能产生一些力量，化作对现世的一份同情，为之做出努力。故我爱这种静寂。我庆幸我的迷醉之心使我的生命没有萎缩。

（明治四十年二月）

旧都的味道

那是什么时候，我刚来到京都，看到田间、路上，净是小石子，土壤没有油气，感到很奇怪。心想，流水的清澄，女人的雪肤，并非没有缘由。其后读二钟亭半山[1]早年出版的一本书，上面写道："京之土地多为小石子，土气甚少，故人绮丽。自古女子多美人，皆因国中无油气而洁净之故也。鱼无旨。生草等纤细，如唐绘之明洁。蕺草、薮柑子之类多伤而不生。"其观察之微细，颇能道出京都之真味，令人称奇。

过去住在大阪，朝夕多亲近河水，初识带有阴影的水色，甚觉奇怪。至于流水之味道，到京都后才有机会品尝。水之味也就是土之味。流经整个京都者，不正是毫无脂腻的水之味吗？提到京都，人们对脂粉的香气究竟有多大的敏感性，很值得怀疑。

[1] 二钟亭半山（1714—1783）：即木室卯云（本名朝涛，别号白鲤馆、山风，俳号二钟亭半山，通称新七郎、木室七右卫门）。江户时代中期狂歌师、剧作者。有《今日歌集》。

一瞬的静思

过午立门首。路上行人绝迹，静寂如墓场。阴历二月初，日影摇晃，不动纤尘。何处传来鸟声，且鸣且止，叫声亦懒。身子如隐于大寺之殿堂，沉溺于无名的悲愁之底，无意之中获得一声安慰，随之潸然泪下。我等于逍遥之途，突然止步，恍惚于吾世之迷惘，"自然"停住了永无休止的运动着的脚步，那浩大的魂魄纹丝不动，沉潜于静默的思念之中。这一瞬的到来，也许仅仅在这一天这一时刻吧？梢头的苇叶犹在风中唱歌。这世上如有灵魂聪敏之人，于此一念之顷，趁此自然所奏之微弱而优美的旋律，得以潜入默思的秘密之中。

哦，静寂破坏了。尘埃飘动，木叶飞舞。这是旋风！自然继续着无始无终的行程，现在又举步向前了。

（明治四十年二月）

鹟之歌

那是紫苏叶之紫色渐衰、酸浆果叶子蜷缩、豆荚自动爆裂的时节吧？鹟鸟飞来鸣叫。犹如故人相逢，首先报之以微笑。阴历十月，或于时雨骤降、寒意砭肤之凌晨，或于抱炉笼居之午后，不知从何方听到这种鸟的叫声，谁能不感到惊奇？它那黄叶般小小的胸膛，传递着大自然的呼吸，一声声深含寂寞。神，以其宏大的魂魄产生浩荡的大海，产生坚固的高山，产生原野森林，又以和婉的魂魄，创造了女人的眼泪，美丽的曙色和鹟鸟寂寥的鸣叫。神是寂寞的，其魂魄美丽而伟大至极，然而在广漠的人千世界中乂是唯一的。神是寂寞的，人死了，会有次代之更移，然神之无量寿，自“劫初”以来，几经聚积，仍可无限期代代延续。世人若只知神的无限力量而不知其寂寞之情味，仍不可许之以真正的法门。啊，鹟鸟，我感到你的声音传达着鞭笞大海、震撼高山的大自然内部生命的寂寞！直至今日，胸中仍隐隐作痛。

（明治三十九年十月）

直观

自然所作万象之中，星之光，苍穹之广，以及山，海，巨象之牙，还有鲸之腭，共同达到庄严之极致。然而，为证明自然之无限力量，孰能胜过人心之直观。其眼闪灼于深奥自然之秘藏，于此眺望无量光之颜容。犹如秋日行云，投影于澄澈的湖面，乐享其孤独之思，自然投影于人心之直观，于天地间唯一寂寞之境涯聊以自慰。

（明治四十年二月）

眼泪

这阵子害眼疾，动不动就流眼泪。因为两手不能随意活动，会客时也不揩，任其流淌。

今天有一位人士来访，看到如此情景，大吃一惊地问：

“您怎么流泪啦？”

他慌忙站起来，我赶紧对他讲了下面的故事。

古代，唐朝有个老和尚名叫懒瓒[1]，在衡山结草庵而居。当时皇帝闻其名，派敕使召他回京。敕使进入草庵时，老和尚正在点燃牛粪烤芋薯。他吃得很香，鼻水不住往下流。敕使笑道：

“老和尚，我是来向你宣告敕令的。在这之前你揩一下鼻水好吗？”

老和尚马上回答：

“我忙于修炼身心，没有空闲揩鼻水。”

我讲罢，客人连忙掏出手帕，伸手为我揩了揩脸。

“说得好。不过我倒可以替您揩掉。”

[1] 懒瓒（生卒年不详）：法号明瓒，居衡山僧寺，因懒惰且好食残食，人称懒瓒、懒残。

萤光

一只萤火虫，尾巴拖曳着青灰的忧郁的光。飞过盛夏的水边，飞过阴湿的暗夜。

“萤火虫啊，你的光芒为何如此悲凉？”

“我的前方永远是广大的黑暗。我所寻求的光明，总是出现在后方。我的光芒只是告诉那些爱我的人们，自己刚刚走过的道路。”

译后记

薄田泣董(1877—1945),诗人、散文家。原名淳介。生于冈山县浅口郡。父亲笃太郎酷爱俳句写作,取俳名湖月庵清风,过着所谓半农半俳的生活。他虽为次子,分家以后却承担延续宗嗣的重任。笃太郎不情愿变卖田产,供儿子读书。而淳介自己也对学校教育深感怀疑,从冈山中学二年级退学后,便走上了独立的道路。

1894年,入东京汉学塾,作为一名助教,一面讲授数学、英语;一面来往于上野图书馆,广泛涉猎日、中、西文学著作,最爱读盖茨的诗和歌德的《少年维特之烦恼》。1897年,于《新著月刊》以杜甫"花密藏难见"诗句为题,发表诗作十三篇,赢得当时文坛大家后藤宙外、岛村抱月的赏识。不久,罹病归乡。1899年,处女诗集《暮笛集》问世,获得好评。翌年,赴大阪担任文艺杂志《小天地》主编。其后两年,相继发表诗集《已逝的春天》和《站在公孙树下》,成为继岛崎藤村之后,日本现代诗坛的重镇。1903年,因健康状况不佳,移居京都。翌年回乡静养,结交纲岛梁川,沉湎于"内省静观"的世界。第三部诗集《二十五弦》中的大多数诗作,都表述了这种心境。1906年,出版长篇叙事诗《白羊宫》,达到了诗歌创作的最高潮。然而,诗人结婚之后,因不堪生活的重负,只得转向随笔散文和小说的创作,以寻生路。随后不久就告别诗坛。1912年,进入大阪新闻社任编辑，并于晚刊上连续发表随笔《茶话》，反响强烈，从而确立了随笔家的地位。不久升任报社的学艺部长(相当于文艺部主编)。正当事业得意、文名日隆之际，不幸于四十岁时患上了帕金森症，只得靠口述创作。病势加重后不得不投笔缄口，直至郁郁而终。

薄田泣堇一生的文学活动，前期以诗歌为主，后期以散文随笔为主。主要随笔集有《茶话》、《新茶话》、《日熏草香》、《独乐园》、《草木虫鱼》、《树上石下》和《泣堇小品》等。1939年，日本创元社出版《薄田泣堇全集》八卷，将以上随笔集按照写作先后一并收入。这些集子中所描写的内容没有明显的阶段性区别，并且有些题材多次涉及。因此我在翻译时没有囿于原来各集的体例，而是打破界限，从中选择了满意的篇章，自行排序。对于原作中相近的题材尽量选择较突出者。当然，这样做也许会给读者查对原作造成一些困难。

薄田泣堇是一位诗人，他由诗转向散文，很自然地就将个人的诗风带入了散文创作。对于他的诗，译者缺乏研究，不甚了了，单就散文随笔一方面说，可以用“细腻而情深”加以概括。他一生为人公谨，端正，宽厚，一直孤立于文坛交友圈之外，又加上疾病缠身，生活和事业都极不适意。这就必然反映到他的创作上来。他常把理想寄寓于自然风物，借题发挥，随意倾吐，字里行间流露出一种悲凉的意味。他汉文造诣深厚，喜欢假古人以言事，取譬联想，妙手偶得，文字摇曳生姿。

薄田泣堇忆念友人的作品也颇具特色。尾崎红叶的清高孤傲，森鸥外的高贵华奢，德富芦花的粗放豪爽，岛村抱月的诚恳真挚，都给读者留下很深的印象。使得我们从日本文学史中获得的模糊的姿影，顿时变得须眉可见了。

这个选本断断续续翻译了一年有余，考虑再三，还是将早期写作的《茶话》和《新茶话》割爱了。因为我考虑，这部分大都是即兴小品，比较琐细，不成篇章，似乎远逊于以后的几部集子。我以为最能代表泣菫散文特色的是《独乐园》、《草木虫鱼》和《树上石下》等。故选择的作品便以此为重点。当然，其他集子中的优秀篇章也没有放过。

“琵琶弦上说相思”，“一枝一叶总关情”——这就是我对薄田泣菫散文随笔的总体感受。

陈德文

2005年5月5日“儿童之日”于日本爱知县春日井寓所